郁金香书系

阅读人世
Reading the World

赵园 著

南京师范大学出版社

图书在版编目(CIP)数据

阅读人世/赵园著. —南京:南京师范大学出版社,2012.1

(郁金香书系)

ISBN 978-7-5651-0639-2

Ⅰ.①阅… Ⅱ.①赵… Ⅲ.①散文集-中国-当代 ②随笔-作品集-中国-当代 Ⅳ.①I267

中国版本图书馆CIP数据核字(2012)第001325号

书　　名	阅读人世
作　　者	赵　园
责任编辑	王欲祥
出版发行	南京师范大学出版社
地　　址	江苏省南京市宁海路122号(邮编:210097)
电　　话	(025)83598077(传真)　83598412(营销部) 83598297(邮购部)
网　　址	http://www.njnup.com
电子信箱	nspzbb@163.com
照　　排	南京理工大学印刷照排中心
印　　刷	江苏凤凰扬州鑫华印刷有限公司
开　　本	850毫米×1168毫米　1/32
印　　张	9.75
字　　数	173千
版　　次	2012年1月第1版　2012年1月第1次印刷
印　　数	1—3 600册
书　　号	ISBN 978-7-5651-0639-2
定　　价	26.00元
出 版 人	闻玉银

南京师大版图书若有印装问题请与销售商调换

版权所有　侵权必究

目录

自序 / 1

第一辑　苍茫人间世

偶遇 / 3

温馨 / 9

"有美一人"
　　——《读人》续记 / 15

邻翁 / 20

旧日庭院 / 25

第二辑　远去的背影

王瑶先生杂忆 / 38

中岛先生 / 51

我所知道的吴组缃先生 / 58

"今之人谁肯迂者！"
　　——写在樊骏先生去世之后 / 62

第三辑　凝望大地

张承志 / 75

阿城 / 102

韩少功 / 113

梁晓声 / 124

色彩斑驳

　　——读作品札记 / 130

第四辑　用文字抚摸这城

邓友梅 / 184

刘心武 / 190

韩少华 / 196

汪曾祺 / 201

陈建功 / 206

旗人现象 / 211

写人的艺术 / 225

第五辑　读人于故纸间

读人(一——十一) / 234

读人(十二——二十一) / 260

我读傅山 / 278

自序

本书也如前不久由复旦大学出版社出版的那本《昔我往矣》，将写于不同时间甚至不同文体的文字汇为一集，只不过那一本纳入了该社的"三十年集"，意在以文字勾画作者三十年间与著述有关的轨迹，而这一本则由我自己选定主题，汇集的是写人的文字——所阅历的人，或所阅读的人（由当代的文学作者，到古人）。

1990年代中期就写过一组文字，题作"读人"。在阅世中"读人"，在我，正是读文学的必要条件，人文学者的重要功课，较之读文学，更令我有无穷的兴味。只不过"阅人"所得，并非都宜于形诸文字。本书所写我阅历过的人物，只有寥寥数篇。并非其他的众多人物不值得写，而是未及写、无意写或不便写：毕竟学术是我的"正业"。文学研究中所写人物论、作家论，也被我作为了阅人所得的表达形式。事实是,读作家、人物(无论历史人物还是文学人物),亦"读人",且有可能读得较为深入,发表时也更为坦然。由"文学研究"确也可见研究者阅人的眼光,衡人的尺度,涉世的深浅,以至于性情、境界。我好读别人的文学评论文字,尤其外国文学研究者的文字,兴趣就不止在文学。

我所写作家论,自不止本书所选的这些。只是有一些文字太过"专业",形式则太"学院",而本书则是以散文随笔为基本文体的。对有随笔意味的,也仍然有取舍,使内容不致过于分散。

一边编自己的书一边想,收入同一套丛书的外国文学研究者的文字,想必更精彩。与她们不同,我所面对的中国现当代文学尚未充分"经典化"。倘若以"经典"为标准,本书中涉及的作者,大多难以入选。本书的价值,或许更在个人化的阅读状态,和在那种状态下才会有的阅读感受。不同于外国文学研究者的还有,我所使用的分析工具多半缘于输入,却未必对于我的对象适用,不免于捉襟见肘。而我对于20世纪层见叠出的文学思潮又缺乏把握的能力。我好用"因陋就简"这说法,觉得它于我很适切。

我的经验是,即使学术研究,也赖有机缘的凑合。有些文字，确要在某个时间段、某种状态下才能如是写、写成那个样子。时过情迁，加之能力的蜕化，状态的潜变，兴趣的转移，会惊讶于当时何以有此笔墨。那种状态，那种感觉，注定了不可找回。"失去"是永远的失去。由此正可感知时间之于人的严峻，古人所说的"岁月不可把玩"。

鲁迅将他的第一个集子题作"坟"，实在太智慧。只是他老人家已经用过的题目，不便再用。但这书何尝不也是"坟"呢！

赵园

2011年4月

第一辑　苍茫人间世

将写在不同时间的《偶遇》、《温馨》排在一起，味道就略嫌甜。我并不喜欢这甜味，却仍然这样编了。这是我的文字中，以"人间温情"为主题的仅有的两篇。人生在世，你所得"温情"以至关爱决不限于此。更深刻与持久的，仍然是由家人、朋友那里得到的。却正因了"深刻"与"持久"，你不愿率尔动笔，于是你最重要的情感经历就埋藏在了你自己的记忆里，没有了机会形诸文字。倒是人生道途中的邂逅，某个特殊情境中的遭遇，有可能因了一时的兴致，被记录了下来。

人海茫茫，即使交游并不广阔如我者，觌面相遇或曾经相处过的，也不知凡几。搜索一下旧作，具体写到某个人的，确也只有寥寥数篇。所写的，是久已"失联"的小学老师、同学，某个不知其名的中学同学，道路所见的乞讨老人，插队时邻舍的老翁，早年家里的女佣。这些人以及相关的人事，倘若不打捞，自然有一天会湮没。写了下来，与人分享那一点感触，或许不无益处的吧。

"苍茫"则多少系于年纪。由昏花的老眼看出去，世界即不免于"苍茫"。于是即以此为题。

偶 遇

之一

年齿日长,世事也日见其苍茫了。你在这人海里浮游了几十年之后,倒像是愈远于"人事"。你甚至忘了你某个大学同学的名字。在有的场合,你难免会为此而尴尬。你的记忆被时间之手拂拭过,你无法阻止忘却之为过程。但却会有极偶然的际遇,像是被那双手漏过,它们也就完好如初地保留在你的记忆里,当你回头检视时,你被岁月打磨得粗糙的心,会顿时柔软起来。

那一晚我独自待在田野上时,夜并不深。我是穿过北大附近的海淀市场来到这田地上的。月色迷蒙。

那空阔与阒寂令我安心。那正是"文革"中的派仗时期。"革命"中人的道德面貌,是商业潮中的人们所难以想象的。当一辆自行车骤然在我身边停下,我记得自己并未惊恐。我看到了一个中年男子。现在已记不清他的相貌,大致是敦厚的吧。他问我何以待在这地方,说这不大安全。记不清怎么一来,他说到了他住在六郎庄,在颐和园工作;"文革"后园里常打捞出溺水者的尸体。我当然没有告诉他,我确实干过那类傻事,只是再三说明,那一晚并无自杀企图,我只是想一个人待一会儿。他显然并不相信,自顾自地说下去,并坚持送我回北大。

他推着车,送我到海淀路口处的北大校墙外,对着那片灯火通明的宿舍楼,又说了一阵子,无非是"想开点",肯定还有"相信群众"、"正确对待群众运动"一类话。不知今天一个如我当年那样年龄的女子,在空旷的所在蓦地遇到一个陌生男人,会作何反应,她会不会相信那确系好意,而非别有企图。

事后打听到,那片田地的另一头确有"六郎庄"。

那人如果还在,当是皤然老者了吧。

之二

刚到香港中文大学,宾馆服务台上的那些男孩子,就令人生出好感。他们整洁的西服,彬彬有礼的态度,流利的英语,都让我看得愉快。那几个月里,与丈夫间来往信件极多,又常通电话,有的是与服务台打交道的机会。那儿的男孩子似从无惰容,随时处在工作状态,整饬而振作。在大陆,见惯了诸种大众设施服务人员的职业性的无礼,以及豪华场所服务者的西崽式的傲慢,被人善待,常不免要受宠若惊。但适应"文明",毕竟是容易的事。在这远离家人的地方,即使偶遇的陌生者的亲切态度,也会稀释一点你的乡愁似的。

　　我注意到那个男孩子,是因了他那种特别的羞赧神情。我发现当我到服务台上取信件时,他总像是想说点什么,却又格格不吐。有一回,我拿了信件要走时,他突然说:你在北京是住在中关村的吗?当时他垂着眼看着台子,脸红着。我后来想,他之所以知道"中关村",大约因常有北大的人来住的缘故。我说,不,我不住在那里。另有一次,他问到我是否头一回来香港,我说,我已经来过一次。他问那次的居住条件比这回怎样,我说,差不多吧。他像是有点失望。我过后想到,他一定期待着我对这宾馆表示满意,这会使他高兴的吧。圣诞节前,有个学术会议在那所大学召开。我在服务台看到许多提袋,是为出席会议的代表们预备的。我想知道是否能遇到大陆来的熟人,请他查一下代表名单。他说,那个会你也可以去的,很认真地看着我。我知道他怕我有被冷落之感。他哪里知道,我是一向怕开会的呢。

我当然没有去听那会。

一个晚上，他打了电话过来，问"可不可以请赵女士吃点东西"。我说已经吃过晚饭了。他坚持说可以吃点别的。出于好奇，我到了服务台。那里有一些做熟的通心粉和色拉。我要了一盘色拉，他喜形于色。我一向怕领受无端的好意，这男孩的，却使我有柔和的感动。

离开中文大学前的一段时间，服务台上不见了那张羞怯似的脸。问到别的男孩，才知道他已不在那里，竟有点怅怅的。此后继续得到极好的服务，一丝不苟的，庄重的。回大陆的那个早晨，在未尽的夜色中到服务台交钥匙，是另一个男孩子值班。当他说希望我再来时，在我听来不是职业性的套话。我回报以微笑，如通常所描述的那样，怀着由衷的感激。

活在这世界上，你所真正需求的并不多。令你满足的，有时只是适时得到的那一点。你会将那好意一点也不遗漏地搜集起来，如一片焦渴的土地吸收水分。我也就这样地记住了上面那些零碎的事。

之三

在大阪的学术活动将近结束时，安村小姐主动提出，她可以陪我看看她父母家所在的村子。这应当因了我讲学的题目,是关于农民与乡村的。安村当时尚在京都大学读研究生,是被她的母校大阪女子大学临时请了来为我翻译的,那些日子就陪我住在宾馆。和我一道由宾馆去学校时,常穿件白上衣,玫瑰红的裙裤。两条修长的腿,步幅很大,步态有力得近于勇猛。我讲课时,她就坐在讲台下。每当我信意发挥时,会瞥见她蹙着眉,半是抱怨半是求救似地望着我,那神态真惹人爱怜。跟安村相处是不费力的。你可以和她待在一起而不注意她。她不是那种用了过分的周到,让你随时觉得要抱歉的人。

她父母家与女子大学有相当的距离。她那天特地开了车来,她的老师中岛碧先生也一同去。安村驾车的姿势很帅。虽仍在读书,却已令人可以想见职业妇女的风采。

车到那村子时,天已全黑。让我奇怪的是,这日本的村子竟也如中国的,入夜后只能见到房舍泄漏的零星灯火。我们先到由安村母亲经营的杂货铺。安村的母亲像是没有多少文化,甚至看起来有几分粗俗。看过了一处制作榻榻米的作坊,才轮到这一晚安村安排的主要节目。她带我们去看一处保存完好的旧式房舍。房主是一位已过世的学者的遗孀,眉目安详而温静。大约因事先通知过,施了点脂粉。只是在我看来,那古旧的房舍因过分整洁,陈设过于简单,少了点人的气息。这里或也就有老式日本人所耽嗜的清寂情调的?

跪在榻榻米上,将两手按在膝前,我与碧先生一道行礼如仪。那一套动作我自以为摹仿得已相当到家,甚至摹仿中有莫名的快感。那是一种避开了熟识者的注视,扮演另一个角色时的快感。只有在全然陌生的环境中,你才有机会放心地做这种尝试。

归途中,车行驶在暗夜里。夜行在我,一向是美好的经验。前排安村开车的侧影忽亮忽暗。我和碧先生沉默着,看前面的车尾灯与车边掠过的夜的城镇。过后我告诉碧先生,说我很感动于安村的安排。尤其她带我们去看父母家所在村子与母亲时的坦然。我由此更证实了这女孩的朴素。碧说她有同感。她也是头一回来安村家,见到她的家人。

回到碧先生家时,她的丈夫长文先生正在灯下削菜。人那么长,束着围裙,眼镜滑落到鼻梁上,样子有点滑稽。安村也留下来过夜,晚餐后给我们看了她的未婚夫的照片,白皙的脸上有一层羞涩。我不能饮,又一向拘泥于生活秩序,虽男女主人谈兴尚浓,仍告辞了去休息。睡下时,安村还在客厅与长文先生对酌。

一九九五年岁末
(收入随笔集《窗下》,四川人民出版社1997年版)

温　馨

你或许忘记了许多被认为重要的事,却偏偏记住了一些极细小的事——即如我似的记住了早年读过的一份刊物的封面,那是一册《儿童时代》;其时还另有一种刊物,《小朋友》,相信曾伴了不少如我似的城里孩子长大的,不知何时停刊了。那一期《儿童时代》的封面,是一面山坡下,两个放学后牧羊的孩子,伏在草丛中共读一册《儿童时代》,坡上可见小学的校门。我其实说不清楚自己何以会被如此简单的一幅画所吸引。那生活离当时的我很遥远,那校门也不同于我就读的学校,却像是一向熟悉,如前生记忆。

在我,学生时代的美好,似乎只在小学的不到两年间,其时我的家迁入了这座成为省会的城市,我转入了这所小学,后来即由这小学毕业。

担任我们六年级的语文课兼班主任的赵老师,扎了两根刷子似的短辫,在我当时的感觉中已不算年轻。赵老师有着一个男性化的名字,在不琐碎唠叨这一点上,也略近于男性。个子像是很高(后来我当年的同学校正了我的判断错误),颧骨微凸,神情安详得近于严肃。尽管从不疾言厉色,那种男性似的严肃,不滥施慈爱,竟合了如我当年那样的孩子们的胃口。我们或许正在试图摆脱过分的关爱的年龄,最受不了婆婆妈妈。看得出来,班里那些提前以成人自居的男生,对赵老师也像我一样怀了敬畏。

那个年龄自然会有不少事发生。曾有一个时期令我心情复杂的,是我的一次"告密"行为。

多半受了其时"革命故事"的鼓励,班里的几个男生,放学后竟在离学校不太远处挖起地道来。其时我恰好打那里经过,还帮了些忙,由家中取来了蜡烛之类,得了那些男生的赞许,用了当时流行的一本关于东北抗日联军的儿童读物中的小主人公的名字称呼我。过后不知经了怎样的"思想斗争",我主动向赵老师讲了此事,很可能告诉了她我在安全方面的担心。过了一个时候,我听说那几个男生被命写了"检查"。我猜想他们当时就认定了告密者。因为迹近叛卖,这一事件使我在一段相当长的时间里经受了惭愧的折磨,纵然我确有正当的理由。我已不记得我如何面对那几个男生。我当时的同学太好,他们似乎没有流露出任何敌意。

那一年家庭变故,母亲突然间成了人人所不齿的"右派",使这个家庭经受了1949年以来的第一次重大打击。在一次课前,似乎正是赵老师,向全班同学宣布因我不能与母亲划清界限,撤销少先队大队长的职务,该职务由同班的严姓同学接任。仪式极其简单,没有作任何别的解释。毕业前的一个晚上,赵老师找我谈话。那似乎是初夏,我们坐在办公楼前的水泥台上。令我印象深刻的,是赵老师几乎始终沉默着。我们,她和我,就这么面对着校园默默坐着。这沉默在当时一定使我紧张不安,却在一些年之后,令我对赵老师生出了感激。在我的回想中,那沉默像是越来越意味深长——很可能我对此已诠释过度。我宁愿相信那经由无语所传递的,是同情,甚或还有困惑。

今天已很难想象,在这所小学与我同班的,竟有一些在当时的我看来已是青年的同学,于是班上常有某某跟某某要好的传闻,议论者并无恶意,被议论者也不以为忤,大家都处之泰然。这所小学,如那一时期许多城市的以"育英"、"育才"命名的同类学校一样,是以"干部子弟"为接纳对象的。那时还在建国初期,一些进城干部在了断与"糟糠之妻"的关系时,将已过了学龄的子女由乡下接到了城市。

这些我至今也说不清年龄的同学,无疑给班级带来了一种略近于成熟的气氛。我不记得那个班上有过争斗,少男少女间难免的磕磕绊绊,似乎一派温和。而如我似的孩子,自恃年少,有了偶尔向大哥哥、大姐姐撒赖放刁的机会。

高姓同学似乎是那个班的班长,他脖子上有一道显眼的疤,因而"头容"略偏,在当时的我的感觉中,已是成人——或许只是大男孩而已。而他对我,确有一种兄长似的爱护,曾在集体活动时,骑了自行车带着我,引来街头顽童的嘲骂讥诮。有一段时间我没有住校,黄昏在班级的园地里劳动之后,他会带领一群小男生送我直到家门口,分手时总要说一声"毛毛再见"。我相信那是有意的保护,只有成熟的男子才会想到有实施这种保护的义务。

使我确信这种保护的,是毕业前的一晚,也是我的记忆中与这同学相处的最后一晚——尽管我们考取了同一所中学,却因不同班,竟再没有了交往,至今想来也仍不可思议。

那晚担任少先队工作的年轻老师找我谈话,内容无非是"正确对待"之类。我不记得高姓同学是否在场,只记得谈话结束,老师送我回家时,高姓同学始终与我们同行。老师一再要他走开,他却默默地走在一侧,对那老师的命令置若罔闻,甚至让我感到了尴尬。终于听到了父亲那辆破自行车吱吱嘎嘎的声音,我在黑暗中迎上去呼喊,果然是父亲。

高姓同学的执拗,事后还令我迷惑。当时的我是个懵懂的孩子,并没有意识到需要保护。直到一些年后,我才像是了解了那同学的好意。我相信不是哪个孩子,都能在这样的年龄,承受如此细心的爱护的。那年我十三岁。

初中时期高姓同学参了军,我当时似乎知道这消息,却不记得有任何表示,此后也不曾打听过他的下落。直到前几年,才由在京的老同学那里,得知他转业后当了工人,眼下生活很窘迫。他想必早已忘掉了那个被他兄长般地爱护过的女孩,更不会想到他的那些举动,至今还会被那女孩怀着感激记起。

我其实不喜欢"温馨"这字眼,嫌它太过甜腻,尤其在被诸种广告、流行歌曲用滥了的时候。但如上的经历,像是的确适于这种形容。直至过了而立之年读研究生,我才重又由学生生活中找回了"美好",但那三年仍然不便说"温馨"。这一种感觉,似乎在少年时代短短的一两年间被耗尽了,从此与我无缘。细细想来,那"温馨"固然缘于人,也缘于我其时的状态、心境,赖有种种我自己也说不清楚的条件的凑泊。有了这一种经历,"我的1950年代"就不曾被痛苦与愤懑所填充,尽管家庭遭遇了不幸。

　　感受"美好"是一种能力,母亲就赋有这种能力。我随时会由母亲脸上看到,孩童般甜蜜的笑意在漾开去,那多半是在她想起了一件旧事的时候。她总能记起那些令她愉悦的旧事,那些事像是等在某处,准备着被她召唤。

　　我告诉自己,你也得随时准备着与善良、真诚等等相遇,不拒绝哪怕一点微小的善意,极细心、用心地搜集起它们,用以滋养自己的"心灵",使之不失柔软。如若你承认你所经历的人间不能免于缺陷,那么这是你真正能够作到的。

二〇〇一年五月

（收入随笔集《红之羽》,春风文艺出版社2001年版）

"有美一人"
——《读人》续记

在题作"读人"的一组随笔中,我曾写到对于人的姿容、仪态的鉴赏。之所以想到写这些,是因为我发现,我们通常所认为保守刻板(尤其伦理意识)的古人,在鉴赏同类时,有时心态远较我们更正常也更自然。顾炎武据说其貌不扬,但关于"美色"却有不俗的见识。《日知录》卷三"何彼秾矣"条,就以孔子删馀的《诗》为例,说古人并不讳言女子的姿容之美,"岂若宋代以下之人,以此为讳而不道乎!"其时的另一大儒王夫之,在这题目上也见识通达。《诗广传》卷一径直说,"姿容非妨贞之具",所针对的自然是"宋代以下"道学空气中的虚伪不情。他还感慨道:"愚哉!庄生之言天全也!必哀骀它、叔山无趾而后为天全也,则天胡不使之为纵目乎?""天性者,形色也。弃天之美,以求陋澬樗栎之木石,君子悲其无生之气矣。"可见近代以来(尤其革命年代)美色之为禁忌性话题,正是得了"宋代以下"道学的真传。

至于《诗》,确有关于"色"的极精致的形容。即如"巧笑倩兮,美目盼兮",就实在很美,诱你去想象那双灵活转动着的黑白分明的眸子。有时真的想看到一对如此清澈的眸子。《诗》之后自然有的是关于女性容貌的描摹,却总觉不若这寥寥的几个字有想象的余地。

生当现代中国,如阮籍似的卧邻女之侧不消说已迹近流氓,而如果一位男士恭维妻子之外的女子"你今天真美",准会被认为有病的吧。较之对异性的鉴赏更其敏感的,或许竟是对同性的鉴赏。因而见诸古人文字的男性之于同性的激赏,每每令我有一点感动。即使在正史中,你也常常可见"美丰仪"、"美姿容"一类字样。记得有一回我读到关于其人"眉目如刻画"的形容,竟停顿了一下,想象那"如刻画"的该是怎样的眉目,并搜寻记忆,看是否见到过有类似容貌的人物。当然,你对此可以由古代中国的同性恋文化来解释,但却不便将对于同性的鉴赏赞美,笼统地划归"畸恋"一类。我倒宁愿认为,我们的古人对于人的美,更能保持较为纯粹的鉴赏态度,更坦然大度,也更有为细细地"读人"

所需要的馀裕。

由此我想到了自己关于女性之美的较早的经验。我读初中的那段时间,那所中学有差不多一半校舍,仍然被一所将要并入他校的艺术专科学校占据。走在校园中,会听到艺专的那一半平房中传出的钢琴声,和练声者唱音阶的声音。那所学校有几个漂亮的女子,常常为我们这班中学女生的目光所追逐,并依目测所得的顺序,分别戏称为"大俏"、"二俏"、"三俏"。大俏体态丰腴;二俏肥瘦适中,有着一张维族人似的轮廓鲜明的脸,据说曾在艺专排演的《刘三姐》中出演主角。我不曾看到这戏,还曾惋惜不已。两俏作为女人,在我们眼里都已过分成熟。三俏则是个青春焕发的少女,有着浑朴的不张扬的美,看上去像是更可亲和——当然我们谁也没有去试图亲近她。"俏"们想必也风闻过中学女生关于她们的说法,却仍然神采飞扬地在我们的注视下联袂而过。中学自有风气——那正是"大跃进年代",以不修边幅为时尚——女生们没有人仿效艺专女性的着装,但我猜想在我们当时的年龄,三俏们仍然提供了一种有关仪表美的启示,对于我们中的有些人,甚至还可能有一点开蒙的意味呢。

那期间还看到过其他当时以为极美的女人。比如一次上学时,在一所农学院门前的马路上,一个像是中西混血的笑容明亮、腰肢健壮柔韧的女子,就曾如一道阳光似的令我心神愉悦。此后行经那地方,会期待着再看见她,却从此不曾见到。

无论小学还是中学,或许出于对自身柔弱、不成熟的意识,低年级学生对于高班学生,往往怀了点莫名的敬畏。在一年新年晚会上,一个陌生的高班女生令满台生辉。其后的一个薄暮,我在教学楼下拐角处与这女生蓦地相遇,一眼瞥见的,是那张美丽的脸的另一半,竟灰黑如荫翳,给这脸敷染了一层阴森以至凄厉。以此种方式并置着的美与其残缺,令我有瞬间的恐怖之感。事后我怀疑是否真的有过这迎面的相遇。倘若果真如我所见,那确是我至今目力所及的美艳绝伦的脸,尽管只有半边。只是到了较远的后来,才想到,拥有这毁损的美貌的女孩,还能否保有一个正常的人生?那毁损是否也因了出常的美貌?这张脸可能有着怎样曲折的故事?此后无论在教学楼下还是在学校的舞台上,我都未再见到这女孩。或许她只是匆匆而来又匆匆而去,打我的生活中一擦而过,却也因此成为了我少年时代的神秘经历之一。奇怪的是当时的我像是并无好奇心,比如打探一下这女孩的任何消息。如若那时的我有深思的癖性,或许会震惊于造物之于人的残忍,甚至生出某种"无常"、虚无之感的吧——也像是全无这类思路。但那擦肩而过时的匆匆一瞥,却注定了久远地保存在了记忆里。

阅世如是之久,看到过的面孔已无以数计,能记住的却寥寥无几。甚至相处过一段时日的,其形容也在时间的磨蚀中渐就模糊。却有几个似不相干的身影,历几十年而仍有存留,这是否也属于你与斯世的一种"缘"?

二〇〇〇年一月
(收入随笔集《红之羽》)

邻 翁

1970年代初当我们几个人组成"大学生集体户"时,借住了生产队一个青年农民尚未使用过的新房。这三间西房一明两暗,半用了砖瓦半用了土坯,在其时已是不错的农舍。与我们为邻的,是一溜北屋,住着房主的叔伯亲戚。那排房的西头,与我们所住的那间只隔了露天茅房的,是那老人的小屋。

这老人身材相当高大,是房主的爷爷,与他的大儿子、儿媳住在一起,由几个儿子轮值供饭。

或许是插队之初吧,我们曾有一次将老人请到借住的房里,那天老人兴致极好,还讲到私塾里学过的"上论语"、"下论语"。那个村子,不会有另外的人听他讲这题目。另有一次,我们中的一个发现了送到老人那里的饭食太粗恶,义愤之余,用我们的烙饼换了那干硬的饼子。这样的事是如此偶然,更多的时候,我们也像村民一样忘却了他的存在。不知那一次交谈,那一块烙饼,会不会被老人长久地咀嚼?

那两年里,我不记得除了一件已分辨不出颜色的棉袍外,老人还穿过别的什么。内衣肯定是没有的——那村里的男性农民,除了活得较为滋润的,如生产队的会计,多半不会知道"内衣"为何物。我甚至记不起这老人当盛夏时的衣着,难道仍然穿了那棉袍?每到"饭时",我们会看到他的哪个孙女或孙媳妇端了饭来,面无表情地走开。他的儿孙们的义务,只在供应给他粗糙简单的饭食,他的需求被认为仅限于此。我几乎没有听到过他的亲属与他之间的任何交谈,他们大约只是在轮值送饭的那天才会想到,他还活在那间小屋里。与他一墙之隔的儿子一家,也极少有彼此间的交谈。但即使现在想来,这老人也决非乡村中最不幸者,他的儿孙毕竟还没有放弃供养的义务。比之时下那些被遗弃的老人,他的处境已经是正常的了。

老人生前,我不记得曾走进过他那间小屋——那小屋很可能除了床、方桌外一无所有——甚至常常感觉不到他的存在,否则不至于记不起他夏季的衣着。尽管是紧邻,那间小屋似乎全无声息,比如咳声,或别的什么声音——我们的确有理由忘了他的存在。夜间在油灯下读书,或有电时在电灯下绣风景,也全未察觉过近处的响动。老人似乎让自己溶化在了夜静中。

我只是现在才想到,不知我们住在了这里,对于老人意味着什么,是否让他兴奋过。我们与他为邻,是否使得他较为安心,至少短暂地,给了他的生活一点颜色?也是现在,才想到,这个早年识过一些字的头脑清楚的老人,或许曾暗中观察过我们,谛听过这相邻的几间房中的动静。想到我们可能于不觉间被注视与倾听,这么多年后竟使我有了些微的不安。

赶集的日子,我曾看到老人在一个熟肉摊子附近,站在围着肉的那些人中,由别人身后向里看,伸长了脖子。不知他是否终于吃到了那肉,有没有钱买那肉。只记得当时暗自惊奇,老人竟然独自走了那么远到这集上。他或许太想吃一点肉了。后来他向我借了几斤粮票,神色仓皇,显然不希望被家人看到。我当时可能会想到,他是否更需要钱。但也只是想一想而已。大家都穷,肉是奢侈品,那时的我确也不会认为,老人的这种愿望有必要满足,尽管孟夫子早就说过:"五亩之宅,树之以桑,五十者可以衣帛矣。鸡豚狗彘之畜,无失其时,七十者可以食肉矣……"(《孟子·梁惠王》)其时我的父母由城市"疏散"到了乡村,探亲时也曾想到,是否给老人带一点吃的,比如乡下的那种粗糙的点心,或熟肉,也只是想到而已,不曾当真,虽然这是极简单的事。

下地干活时，会看到老人的背影，孤零零的，在村外空旷的田地上，或竟在生产大队的林场一带，那看不出颜色的棉袍正如一堆土，以至那背影几乎消融在了灰黄的土中。我不记得曾去与他搭讪。他就那么堆在那里，没有人留意，没有人过问。

我没有为他做任何事，任何随手可做的事，却在遥远的事后，记起了那土堆样的背影，记住了那集市上伸长了脖子的窥看。我不能解释自己的冷漠，即使在注意到了上述的那些——否则它们不会如此清晰地留在我的记忆中——之后，仍然如此冷漠。要到一些年后，我才会关注老人的处境，那一部分敏感才终于被唤醒。写这文字的当儿我也想到，我的迟到的忏悔或许太过夸张，我能给予别人的，并不如自以为的那样多。即使重来一遍，也未必就能改善老人的处境，而又不招致他的家人以及村人的反感。事实很可能是，我们无力改变别人的生活，甚至那"别人"，其生活也未必如我所设想的不堪。

老人去世时，我正在县城。事后听一道插队的同伴说，老人吐了不少血块，气味很难闻。生产队长和村里的男人们绑了担架，准备送县医院的，不知为什么没有去。那一夜几乎队上的男劳力都挤在了那小屋里。我能想象那情境，塞了满屋子的人，有一搭没一搭的闲谈，一口口的痰唾在地上。那些人的体臭和喷吐的烟,或许使老人窒息。他终于引起了这么多人的注意。但他肯定希望一个人安安静静地躺着,熬过最后的那段时光。

据同伴说,老人临终前极其清醒,甚至没有忘记托他还给借我的几斤粮票。那同伴代表集体户送了花圈。其时我插队的乡村还未兴这种洋规矩,我由县城回到村里,女孩们兴奋地向我报告的,是那花圈的事,花圈下的老人已不再被人提起。花圈在村外的坟地上待了很久,直到破烂不堪,抖簌在风中,由村里去公社时一眼就能看见。

老人去世后,我曾在他的那间小屋住了一夜,其时的动机,或许只在破破乡民关于死人的迷信,或竟为了逞强,显示一下勇敢。在那小屋里我睡得很不踏实,一夜惊魂,天亮了才发现方桌下站着一只鸡,是打门槛下钻了进来过夜的。这事不消说成了村民的笑谈,很可能直到现在,还会作为"那几个大学生"的轶事,在田间地头或饭场上被谈古似地提起的吧。我却不能不自惭轻薄,为了自己住进老人不久前还住着的屋子,开这样无聊的玩笑。

那间小屋想必翻盖过了,另派了用场。

二〇〇一年六月

(收入随笔集《红之羽》)

旧日庭院

在开封那个名叫"大坑沿"的胡同住过的,是我的童年记忆中一处最好的庭院。开封人管小湖叫"坑",比如"包府坑"、"龙亭坑"。"大坑沿"指的应当是"包府坑"边,而"包府"则是包龙图的府邸。开封与这个民间昵称"老包"的人物有关的文物,像是非止一处,可证人们对这黑面大汉的喜爱。我们住过去时,包府坑还在,但水已退,这一带已非坑沿。那坑像是也不太远,我们姊妹会偶尔到坑边散步,听大姐讲小说或电影故事,看月下水光闪烁如碎银。记忆中的那坑像是并不小,有芦苇在水中岸上。

这处房子的房东据说当过律师,又广有房产。这处宅院本来像是留给自己住的。我们家住进了前院,后院的南屋租给了一对景姓老夫妇,房东家住上房和北屋。在童年的记忆中,这处宅子门楼像是很深,后来房东在由门楼开出的临街的一间挂了"麻刀铺"(贩卖建筑用的铡碎的麻)的牌子,却也并未见有什么生意。倒是房东老伯,常常站在这铺子的门板外,眼神阴沉地朝街头窥看。后院之后,尚有一个园子,尽管已荒芜倾圮,仍然大可作为孩子们的乐园——我的喜欢这处庭院,大半也为此。父母做教员,家当自然有限。我们用的大半是房东的家具。现在想来,堂屋的长条几、八仙桌,应当是上好的红木家具的吧,只是当时已不为人爱惜罢了。房东家送过我们一盆万年青,彩绘的瓷盆,我们由开封带到了郑州,"文革"中奉命向乡村"疏散"时,母亲送给了一家国营书店,现在早已下落不明了。

记忆中那庭院并不小。当然我知道童年记忆之不可靠,正是在这些地方。孩子用了量度大小远近的尺码,总与大人不同。这是个很规整的院子,略如"京味小说"所写京城的胡同人家,除了没有天棚,石榴、金鱼缸一应俱全,至于胖丫头,我就是一个。院中除靠西墙的花坛上一株巨伞般的石榴树外,还有一棵大槐树,矗在靠南墙的花坛上;无花果则在门楼下,总像是荫翳着一点什么,令童年的我感到神秘。雕花的月门后房东住的院子,另有一棵高大的杏树,将半树树荫投到这院里来。我们住的是一溜北屋,明瓦大窗。夏日里,院墙和树将大半个院子罩在了阴影下,冬季则会有一院洁净的雪,和满布在玻璃窗上的冰花——这种精美绝伦的天工造物,我久已不见了。

门楼下影壁后,庭院的西北角是厕所,东南角切出了窄窄的一溜,是厨房所在的小院,干娘就待在那里。我不知何以将这妇人称作了"干娘"——显然与民间认干亲的习俗无干;我们此前此后也有过其他女佣,但"干娘"只此一人。"干娘"是孩子们的叫法,父母则称"赵嫂"——她恰与我们同姓。我不知道干娘当时的年纪,但确已是儿童眼里的老妇。这类记忆也往往不可靠。儿童度量大人的年纪,所用的尺码也与成人不同。干娘矮而偏胖,小脚,脑后绾了髻,是其时标准的老妇模样。

尽管在那胡同很住了几年,厨房小院在我的记忆中却并不清晰。只记得干娘所用的劣质头油的浓腻气味。我们用过早餐后,会见她坐在厨房前的小院中梳头,绾髻。那头发长而油腻。有时大姐也在那小院洗头。苗条而有一头秀发、梳了两根长长的辫子、舞姿舒展的大姐,是我童年时崇拜的对象。

不记得干娘是何时起到我家帮佣的。她似乎曾经是大户人家的女子,丈夫不务正业,又像是曾关进局子里。这类事在我的记忆中,都影影绰绰。但在许多年之后,我却还能记起干娘的劳碌。由厨房端饭菜到我们吃饭的堂屋,要斜穿过院子。由堂屋门上的玻璃看出去,会见干娘端了饭菜,身子略向前倾,小脚迈着八字,急急地走过来。我所做的有限的家务劳动,通常也就是帮忙端端碗筷而已。除了春节一类大日子,干娘总是在厨房吃饭,如旧时的厨娘。我还记得每到晚饭后,收拾完碗筷,擦拭了方桌、条几后,干娘会在洋油灯光不到之处,疲累不堪似地呻吟着,沉甸甸地坐下来。后来问起,父母说那时给她的工资,是每月八元,在当时不能算微薄。那时的一元钱,能买到一百个鸡蛋。那年月雇得起佣人的人家想必不多,左邻右舍就没有见到。现在想来,承担七口之家的几乎全部家务,一定是件极辛苦的事。据我的印象,干娘对我的家是满意的。事后看来,虽辛苦如斯,在她,或许真的是一段较为安定的日子。后来离开我家跟了儿子,她还一再表示想再到我家,像是很怀念似的。

开封一带因曾为黄河淤灌,是盐碱地,地面以至墙上,往往可见白花花的一层,其时有人即以刮这层"碱面"为生。胡同里的水井则有甜水井、苦水井之分,苦水用于浣洗,甜水食用。常常可见卖水者,拉着装了木制水箱的车在街上走。我们家的水曾经由哥哥挑。哥哥挑着水,大脚片踩在青石台阶上,水沥沥淌进门楼去。哥哥应征入伍(后来又被退了回来)时,干娘还抹过眼泪——想必也记起了哥哥挑水的好处。

我也曾跟着干娘出门,应当去过她的家,却也记不分明。只记得她的大儿子或儿子的儿子来向她讨钱时,会带几个高粱面窝窝(即北京人说的窝头)来。那窝窝黑得发亮,因多放了碱面,吃起来很香。也曾跟了干娘走夜路(何以出门却全不记得),沿街的店铺上了门板,灯光由门缝泄出来。走在路上,干娘会传授给我一些很实用的经验,比如犯不上与那个总在上学的路上向我和妹妹寻衅的男孩计较:"有拾金子的,有拾银子的,没有拾骂的。"那时的我,是个骄纵任性的女孩,会欺干娘好脾气,有胡同顽童似的恶作剧。干娘也只是生气地说声"小孩家,逞脸!"同情、体贴是一种要由环境、经历培养而成的能力。我自己则要在一些年之后,在吃多了苦头之后,才会懂得体恤、同情。但干娘的愁容是记得的。只是由于禀性慈和,那眉目间的愁苦也因而显得柔和了。

除了做饭、洒扫、洗涤,干娘像是还缝衣做鞋——至少我和妹妹的衣裤,多半是干娘的手艺。常见她用了吃剩的粥将旧布片——不知开封人何以管这种旧布头叫"破铺陈"——一层层糊在案板背面打袼褙,晒干了比着鞋样剪了做鞋底。她住在那四间北屋最靠里的一间,没有窗子,通常就在哥哥、姐姐所住房间,坐在靠窗的床上,在透过大玻璃窗的阳光下做针线。纳鞋底时,在头发上篦针,头油自然有助于润滑。棉鞋做好后,还要用桐油涂到半腰以便踩雨雪。干娘的针线活粗糙,常为母亲所不满。盛年时的母亲,干练果决,对己对人都苛,一有不满,就会拉下脸去。全不记得干娘在这种时候作何反应,无非那面容更其愁苦罢了。当年的母亲确有一种足以令全家人震慑的威严,尽管并不常运用。每当父母午睡时,我们和干娘无不屏息敛神,悄然出进,惟恐弄出响动。这种训练对于我此后长时间的"集体生活"自然是有益的。直到婚后,还会嫌丈夫动作太大,声音太响,近乎"野蛮";却又以为或许他较我更"个人"也更"自然"——谁知道呢!

那时街道已有电灯,但直到我们搬走,用的还是带罩的洋油灯。晚上倘母亲在,会大家围坐在吃饭用的方桌边读书、写作业。读中学的大姐、哥哥好交游,爱玩,常去的地方,除了包府坑外,还有城墙,和一处我们叫做"水门洞"的泄洪闸。大姐、哥哥都是学校文艺活动的骨干,偶尔会邀了同学,月明之夜在院子里大唱其歌。哥哥还曾导演过一台家庭晚会,邀了房东及其他房客欣赏。干娘这种时候在什么地方,已全无印象。在我的记忆中,她似乎只在该出场时才出场,其他时候,即毫无声息地隐在不为人注意的角隅里。但干娘的性情决不阴郁,常常会因了大姐的一个很平常的笑话,不出声地笑成一团,用手绢抹着眼泪。

我的记忆中保留了1950年代前半期的开封市民对"新社会"的热情。那时的"五·一"节还曾有过市民的化装游行。那真是愉快的日子。大姐和她所就读的女中的学生也在游行队伍里,戴着仿照苏联动画片中的公主或乌克兰民间服饰,用硬纸板做成的头饰,后面缀着彩色纸条,令我羡慕不已。还记得在一个类似的节日里,我跟干娘到她称为"婶"的亲戚家(是个和她的年纪相仿的妇人),吃了大碗的粉条炖肉。迁就母亲的口味,平日饭食清淡,吃到放足了酱油和盐的炖肉,竟也能这样长久地记得。此外还记得曾与小伙伴跟着邻居一位做街道工作的大妈抓"特务",跟踪一个形迹可疑者。

那庭院浓荫下的宁静,覆盖了我的童年——严格地说,是1956年迁往郑州前的那段童年。宁静也因了与"成人世界"的间隔。我事实上是到了很久很久之后,在久已远离了那庭院与庭院中的童年之后,才听说了一些大人们的事。比如父亲说到解放之初的运动中,因压力之大,他所在学校竟有人割下了自己的阳具。那成人世界距我其实并不真的那么远。我们常去游玩的龙亭,高墙上有弹洞与血迹;弹洞据说是解放战争的遗迹,而血则是"镇反"中自杀者留下的。我也曾在静夜里听到过街上传来的"坦白从宽、抗拒从严"的口号声,其时即使未曾恐怖,也应当有某种神秘之感的吧。我不知是否应当为此而感激我的父母——无论他们自己的处境、心境如何,他们毕竟不曾将一丁点儿阴影投在我当时的世界里。

"我的1950年代"的前半段是由这庭院标记的。1957年后家庭生活的诸种变迁,使这庭院中的岁月对于我成为了永恒。我怀念其中的素朴、宁静与单纯,怀念那绝无沾染的纯净亲情。1956年家迁到郑州之后,干娘去了小儿子家照料孙子,此后仍偶有来往。干娘死于噎食症(即食道癌)前,我们姊妹曾去看望她。她去世前后,父亲还写了信去,申斥她的那个不孝的大儿子。

离开开封前小学班干部合影,后排左一为赵园

大约1996年的秋天吧,去开封开会,报到的那天,我几乎步行斜穿过大半个城市,寻访旧日踪迹。那一秋多雨,大坑沿一带道路泥泞。问了好几个中年人,都已不知道我们住过的那处宅院。一个老妇记得我们的房东,远远地指点着那房子的方位,我没有走过去。胡同中房舍破敝,全寻不回童年印象。真不明白这城何以衰败至此,地方当局何不将用于制造假古董的资金,用在改造民居、改善居民的基本生存、城市的基本环境上。我当然明白,当年庭院中的生活连同其时的空气,已永远消失在了中原的尘沙中。写这院落,不过欲将尘封中的旧事揭开一角,聊慰寂寞而已。这是一个家庭私有的一份记忆,在大历史中自然无足重轻——大历史不也由这些琐琐碎碎的人生构成?

一九九九年十月

(收入随笔集《红之羽》)

第二辑　远去的背影

人老了,悼亡伤逝的文字自然会多起来,我却因了交往范围的狭窄,只有不多的几篇。

《王瑶先生杂忆》是我所写第一篇悼亡文字,所悼为我的研究生导师,写在1990年,一种非常情境中,收入当年由天津人民出版社出版的《王瑶先生纪念集》。有人对我说,收在那本纪念集中的,只有我的这篇对王先生略有微词。我却相信,倘王先生泉下有知,是不会怪罪的。

中岛先生夫妇,是我和丈夫最亲密的日本朋友。碧先生辞世已有十年。1990年代初我曾应邀到她所在的大阪女子大学讲学,学术活动结束后,在她的家里住过几天,多少体验了一点日本人的日常生活。有关的经历,写了一点在本书第一辑《偶遇》一篇中。碧先生也曾在我简陋的家里住过一夜,那天我们一道由张家界归来。去世的前一年秋天,她来北京,住在我工作的研究院附近,说是要"借赵园半天",似乎想聊些什么,却终于只是说了些闲话。碧先生辞世后,第一个打电话来的,是她的一位同事。这噩耗令我震惊。那年她还不到六十岁。有人说日本研究汉学的先生,易于抑郁,不知然否。倘若真的如此,"中国"这个巨大而且复杂的存在,对于他们是否有我所不知的压抑?

几篇中以写吴组缃先生的篇幅最短小,那是在一次纪念性质的会议上发言后的整理。对吴先生,尽管极其尊敬,但了解的确有限,而发言的内容又有不便形诸文字的,就有了这寥寥的数语。

纪念樊骏的文字发表在今年二月份的《中华读书报》上,引起了一些关注,还有同行在网上传送或复印了分发。我猜想主要应当出于与我相似的感慨,对于"学科状况",对于学术机构的状况。文中的有些说法,可能令人不悦,我却要说,写的时候已经很克制,也无意于责难。学科、研究机构的败坏,并非孤立的现象,且近期还看不到修复的迹象,对此无可隐讳。

几篇悼念文字依时间排序。倘由写王先生的一篇看下来,不难察觉文字的日趋枯燥。你对生活、人事的敏感,你的文字感觉与文字能力都在无可挽回的退化中。这是你的生命史的一部分,无可奈何也无须惧丧。

王瑶先生杂忆

一九八九年岁末,随师母护送王瑶先生的骨灰回京后,理群兄来约写纪念先生的文字,我只觉得内心枯河般的,是洪水过后的一片沙碛。然而时间总能疗救创痛的。"回忆"亦如京城三月漫天黄尘中的新绿,渐渐又在心头滋生。关于先生,终于可以写稍多一点的文字了,虽然仍不能尽意。

先生于我,并非始终慈蔼。平原兄的纪念文章中提到,先生对子女和弟子"从不讲客套","不只一个弟子被当面训哭"。我就曾经是被先生的威严震慑过的他的学生。一九七八年重返北大,先生的那一班研究生中,被他一再厉声训斥过的,我或许竟是唯一的一个。待到有可能去体会那严厉中包含的"溺爱",已是我再次离开了北大之后。而在当时,却只是满心的委屈,还真为此痛哭过几回。直到毕业前,先生似乎都不能信任我组织"论文"的能力。有次在校园里遇到他,关于论文题目一时应答不好,竟被他斥责道:连题目都弄不好,还怎么作论文!那里正是北大后来颇有名的"三角地",人来人往的所在。当时我必定神色仓惶,恨不能觅个地缝钻进去的吧。在护送先生骨灰回京的列车上,我才由闲谈中得知,先生当初是表示过决不招收女研究生的。我突然想到,那时的先生听别人说起我的委屈和眼泪,是否也为他终于收下了这个女弟子而后悔过的?

王瑶先生夫妇与研究生

作为导师,先生自然有他的一套治学标准,有时在我看来近于刻板。比如他对"论文"规格的强调,我就并不佩服,以为太学院气了。因而即使在毕业之后,看到黄裳先生挖苦"论文"的文字,仍然忍不住兴冲冲地摘了来,嵌在自己论文集的后记里。然而我应当承认,先生的"那一套",对于训练我的思维与文章组织,是大有益处的。毕业后继续这个方向上的自我训练,其成绩就是那本《艰难的选择》。这应是一本"献给"先生的书,虽然书上并没有这字样,甚至没有循惯例,请先生写一篇序。

王先生去世后经了修缮的镜春园 76 号

我并不打算忏悔我对于先生的冒犯——那是有过的,在几经"革命"、破坏,古风荡然无存之后。我这里要说的是,即使时至今日,我也仍然不能心悦诚服于他震怒时的训斥。在我看来,这震怒有时实在不过出于名人、师长的病态自尊。先生在这方面也未能免俗。而他过分严格的师

西南联大时期的王瑶先生

弟子界限,时而现出的家长态度,也不免于"旧式"。五四一代以至五四后的知识分子,有时社会意识极新而伦理实践极旧,这现象一直令我好奇。因而在先生面前聆教时,即不免会有几分不恭地想:我永远不要有这种老人式的威严。然而于今看来,如先生这样至死不昏愦,保持着思维活力和对于生活的敏感,又何尝容易做到!

正是在北大就读的最后一段时间及离开北大之后,我与我的同学们看到了这严于师生界限、有时不免于"旧式"的老人,怎样真诚地发展着又校正着自己的某些学术以及人事上的见解、看法。"活力",即在这真正学者式的态度上。而严于师生分际的先生,对于后

辈、弟子的成绩,决不吝于称许。毕业之后,我曾惭愧地听到他当众的夸赞,更听到他极口称赞我的同伴,几近不留余地。他一再地说钱理群讲课比包括他自己在内的几位老先生效果好,用了强烈的惊叹口吻;说到陈平原的旧学基础与治学前景时,也是一副毫不掩饰的得意神情。我从那近于天真的情态中读出的,是十足学者的坦诚。正是这可贵的学者风度、学人胸襟,对于现代文学界几代研究者和谐相处、共存互补格局的造成,为力甚巨。我相信,十余年间成长起来的"新人",对此是怀着尤为深切的感激之情的。

我已记不大清楚是由什么时候起,在他面前渐渐松弛以至放肆起来的。对着不知深浅放言无忌的自己的学生,先生常常含着烟斗一脸的惊讶,偶尔喘着气评论几句,也有时喘过之后只磕去了烟灰而不置一词。然而先生自己也像是渐渐忘却了师生分界,会很随便地谈及人事,甚至品藻人物,语含讥讽。他有他的偏见,成见,我不能苟同;行事上也会有孤行己意的固执。但我想,这也才是活人的爱恶吧。我还留心到即使在彼此放松、交谈渐入佳境后,先生也极少讥评同代学者,这又是他的一种谨慎,或曰"世故"。先生并不属于"通体透明"的一类——我不知道是否真的有过以及目下是否还会有这类人物。先生是有盔甲的。那俨乎其然的神气,有时即略近于盔甲。在一个阅历过如此人生,有过这样的经历的人,这正是再自然不过的事。

但先生最令人印象深刻的,毕竟又是他"丢盔卸甲"的那时刻。坦白地说,我乐于听先生品评人物,即因为当这时最能见先生本人的性情。而先生,即使有常人不可免的偏见,却更有常人所不能及的知人之明。记得某次他对我说,有时一个人处在某种位置上,就免不了非议,并不一定非做了什么。我于是明白,对于先生,有些事,已无须乎解释了。还听说先生最后参加苏州会议期间,私下里谈到一位主持学术刊物编务的同行,说,他"完成了他的人格",在场者都叹为知言。据我所知,先生与那位同行,私交是极浅的。

常常就是这样,先生信意谈说着,其间也会有那样的时刻,话头突然顿住,于是我看到了眼神茫茫然的先生。我看不进那眼神深处,其间亘着的岁月与经验毕竟是不可能轻易跨越的。然而那只如电影放映中的断片。从我们走进客厅到起身离去,先生通常由语气迟滞到神采飞扬,最是兴致盎然时,却又到了非告辞不可的时候。我和丈夫拎起提包,面对他站着,他却依然陷在大沙发里,兴奋地说个不休。我看着他,想,先生其实是寂寞的。他需要热闹,尽兴地交谈,痛快淋漓地发挥他沉思世事的结论,他忍受不了冷落和凄清。天哪,"文化大革命"中的那些日子,这位老人是怎样熬过来的!

"文革"中先生处境极狼狈时,我曾一度和他在一起。那已是"清队"时期,教员被分在学生班上,甚至住进过学生宿舍。他即在我所在的文二(三)班,北大中文系有名的"痞子班"——"痞子"二字,是当年被我们洋洋得意地挂在口头的。我目睹过对先生的羞辱,听到过他"悔罪"的发言,还记得班上一两个刻薄的同学模仿他的乡音说"恶毒攻击"一类字眼的口气。我曾见到过他在"革命小将"的围观哄笑中被勒令跳"忠字舞"的场面;也能记起他和我们一道在京郊平谷县山区远离村庄的田地里干活时,因尿频而受窘,被"小将"们嘲笑的情景;他与另一位老先生拖着大筐在翻耕过的泥土中蹒跚的样子,还依稀如在眼前。为了这段历史,我在"文革"后报考他的研究生时,着实惴惴不安了一阵子。我虽然未曾有幸跻身"小将"之列,但与先生,毕竟处境不同,也确实不曾记得当年对他有过任何亲切的表示。重回北大后与他的相处中,偶尔听他提及与我同班的某某,说:"我记得他,他是领着喊口号的。"语调轻松自然,甚至有谈到共同的熟人时的亲热。我终于明白了,他已将我所以为不堪的有些往事淡忘了。在累累伤痕中,那不过是一种轻微的擦伤而已。他承担的,是知识分子在那个疯狂年代的普遍命运——先生大约也是以此譬解的。

却也有屡经惩创而终不能改易的。谈起先生,人们常不免说到他的"世事洞明,人情练达",他的社会的、人生的智慧,他的深知世情,以至深于世故,我却发现,某些处世原则,先生其实是能说而并不怎么能行的。比如他的"方圆"之论——外圆内方、智方行圆之类,我总不禁怀疑这是否适用于对他本人的描述。这或者只是他的一种期待罢了,譬如《颜氏家训》的诫子弟勿放佚,譬如嵇康的教子弟谨愿。听先生说到他在某次会议上因发言不讨好而不获报道,听他谈论某位骨鲠之士,听他谈他所敬重的李何林先生,他的友人吴组缃先生,都令人知道他所激赏的一种人格。性情究竟是自然生成,不容易拗折的。

但我也的确多次听到他告诫我以"世故"。这与"知行"一类问题不相干,也无关乎真诚与否。或许应当说,这也出于真诚的愿望,愿他所关爱的人们更好地生存。我因而相信他的本意决非在改造我的性情。临终前的半年里,几次当老泪纵横之时,他仍谆谆叮嘱我慎言,"不要义形于色"。我默默承接着那泪光闪闪的凝视,领受了一份长者对于后辈的深情。

中国式的书生,往往自得于其"迂"。先生的魅力,在我看来,恰在他的决不迂阔。其学术思想以及人生理解的一派通脱,或正属于平原兄所谓"魏晋风度"的?

先生以身居燕园的学者,对于常人的处境,困境,琐屑的生计问题,都有极细心周到的体察,决不以不着边际的说教对人。他没有丝毫正人君子者流的道学气。他的不止一位弟子,在诸如工作安排、职称、住房一类具体实际事务上,得到过他的帮助。这种不避俗务,也应是一种行事上的大雅近俗的吧。

有一个时期,他也曾为我的职称费过神,令我不安的是,似乎比我本人更焦急。每遇机会,即提之不已。我曾在筵宴的场合,看到所里的头头面对先生追问时的尴尬神情。我也曾试图阻止他,倒不是为了清高,而是为了避嫌。一次听说他将要去找某领导交涉,即抢先打电话给他,恳请他不要再为我费心。先生在电话那头像是呆了一下,然后说:"好吧。"过了些日子,他讲起他如何向某方反映情况,特意加了注脚道:"当时大家都在说,我只是随大流说了一句。"我一时说不出话,心中却暗笑他神色中那点孩子似的天真与狡黠。

我个人对于知识分子的研究兴趣,即部分地来自我有幸亲聆謦欬的首都学界人物,尤其北大老一代学人中硕果仅存的几位先生,王瑶先生,吴组缃先生,林庚先生等。我曾急切地期待有人抢救这一批"素材",相信文学正错失重大的机会——这样的知识分子范型,历史将再也不会重复制作出来。我尤其倾倒于这些老学者的个人魅力。那彼此区分得清清楚楚的个性竟能保存到如此完好,虽经磨历劫而仍如画般鲜明,真是奇迹!而比他们年轻些的,却常常像是轮廓模糊,面目不清,近于规格化——至少在公众场合。这自然也出于教育、训练。其间的差异及条件,谁说不也耐人寻味,值得作深长之思呢!

一九八八年北大为了校庆编《精神的魅力》一书来约稿时,我曾写到过我所认识的北大与北大人。但我也曾想过,那些以一生消磨于校园中的,比如先生,是否也分有了"校园文化"的广与狭的?先生是道地的"校园人物",而校园,即使如北大这样的校园,也通常开放而又封闭:某种"自足",自成一统。偶尔将先生与别种背景的学者比较,我尤其感觉到他显明的校园风格。我一时还不能分析这风格。是先生本人助我走出我视同故乡的北大的。之后每当回望这片精神乡土,对于一度的滞留与终于走出,是怅惘而又怀着感激的。

当着北大在一九八八年庆祝建校九十周年时,我见到了最兴致勃勃的先生。那一夜,他被一群门生弟子簇拥着,裹在环湖移行的人流里,走了一圈,兴犹未尽,又走了一圈。之后,他提议去办公楼看录像,及至走到,那里的放映已结束,楼窗黑洞洞的。返回时,水泥小路边,灯火黯淡,树影幢幢,疲乏中有凉意悄然弥漫了我的心。此后,忆起那一晚,于人流、焰火外,总能瞥见灯火微茫的校园小径,像是藏有极尽繁华后的荒凉似的。

去年十一月先生南下前,我与丈夫去看望他,他正蜷卧在单人沙发上,是极委顿衰怠的老态。丈夫过后曾非常不安,写了长信去,恳请他善自珍摄,我也打电话给南下与先生一道开会的友人,嘱以留心照料先生的起居。一个月后,在上海,我站在华东医院的病房里,看到临终前的先生。这来势急骤的震撼几乎将我的脑际击成一片空白,因而回京后,交给理群兄的,是写于尚未痛定时的几百字的小文,姑且录在下面:

无 题

先生最后所写的,或许就是那个"死"字,是用手指写在我的手心上的——我凑巧在他身边。那是十二月十三日上午,他生命中的最后一个上午。

我不敢确信他想表达的,是对死神临近的感知,还是请求速死。如果是后者,那么能摧毁一个如此顽强的老人的,又是怎样不堪承受的折磨!目睹了这残酷的一幕,我一再想弄清楚,先生的意识活动是在何时终止的。没有任何据以证明的迹象。先生几乎将他清明的理性维持到了最后一刻,而这理性即成为最后的痛苦之源。

我宁愿他昏睡。

不妨坦白地承认,先生最吸引我的,并非他的学术著作,而是他的人格,他的智慧及其表达方式。这智慧多半不是在课堂或学术讲坛上,而是在纵意而谈中随时喷涌的。与他亲近过的,不能忘怀那客厅,那茶几上的茶杯和烟灰缸,那斜倚在沙发上白发如雪的智者,他无穷的机智,他惊人的敏锐,他的谐谑,他的似喘似咳的笑。可惜这大量的智慧即如此地弥散在空气里。我不由得想到《庄子》中轮扁关于写在书上的,"古人之糟魄已夫"那番话。当着只能以笔代舌,歪歪斜斜地写下最简单的字句,当着只能以指代笔,在别人手心上画出一两个字,那份闭锁在脑中依然活跃(或许因了表达的阻障而百倍活跃)的智慧,其痛苦的挣扎,该是怎样惊心动魄!

我因而宁愿那智慧先行离他而去。

我并不庆幸目睹了最后一幕。我怕那残酷会遮蔽了本应于我永恒亲切的先生的面容。我不想承受这记忆的沉重,这沉重却如"命运"般压迫着我。超绝生死,究竟是哲人的境界,而我不过是个庸人。这一时翻阅旧书,也颇为其中达观的话打动过,比如"大块载我以形,劳我以生,佚我以老,息我以死"之类,却又想到,得在老年享用那份

"佚"的，并不只赖有"达观"。然而无论如何，先生总算"息"了下来，虽然是如此不安的一种"息"。

写这文字并非我所愿，我仍然勉力写了。我说不出"告慰灵魂"之类的话。我知道生人所做种种，自慰而已。我即以这篇文字自慰。

在写本文这篇稍长的文字时，我清楚地知道，因了先生的死，我个人生命史上的一页也已翻过了。我愿用文字筑起一座小小的坟，其中与关于先生的记忆在一起的，有我自己的一部分生命。有一天，这坟头会生出青青的新草的吧。

一九九〇年早春
（收入《王瑶先生纪念集》，天津人民出版社1990年版）

中岛先生

私下的谈论中,我们通常称她中岛。中岛是她夫家的姓,她的中文名字为"碧",一个很美的字。

我的与中岛先生较亲密的接触,始于1991年在大阪的那次讲学,尽管这之前就在家里接待过她与长文先生。到了大阪就看得出,她所在的,是一个有点特别的圈子,其中的人物衣着随便,却有着精致的品位,讲究情调,有十足的文人气——文人,是在较狭窄的意义上的,略近于"传统文人"——在我看来也更"日式"。看多了公车上盛装且浓妆的女人,我相信这种随便,在日本是一种风度,或许竟提示了一种身份。当时的中国,知识者、文化人以"下海"为时髦,不由你不想到,何以日本的学者(他们的收入自然也较商人、企业家为低)能保有这种自信,敝衣缊袍而绝无惭色?由我似的已不甚合时宜的人看来,中岛夫妇不免老式,即如家中竟没有电视机,且像是不曾用电脑。这在当今中国的知识人中想必"另类",在发达的东邻,倒未见得稀有。由某方面看,这"老式"不能不令人生出敬意。或许正因了"发达",而更有一份宽容,更有充裕的个人空间,不必在意是否保守、老式、另类的?

曾有日本朋友问道,中国人何以能认出他们是外国人的,我说是气质吧。中岛是那种不容易被认出的日本人,除非开口,否则大可混迹中国人间,被误以为两广一带的人。但习癖终究无以掩饰。一次买书,到了一切手续办妥,临出门时

与中岛先生、大平桂一先生在日本

她鞠了一躬,即刻暴露。这郑重的一躬在中岛是不可少的,她不能如她的中国朋友那样敷衍地点点头了事。

在礼仪行为上,她的确是不免老式的日本人。

中岛属于那种你可以与她长时间地相处,却不必对她特别留意的人。这也是大阪的接待风格,对于惧怕繁缛礼仪的我,自然尤为适宜。你可以保持较为松弛的状态,不必随时意识到你在客中,也不必为别人过分的好意、过多的关照而感到不安。这种交往通常在极熟的熟人间才可能,而我与她像是并未熟到那程度,只能认为这是她的一种作风。中岛并不亲昵,无宁说有点平淡,但那种细致周到之极的安排,却充满了体贴,不由你不感动。那才真的是无微不至,像是惟日本人才能的,由中岛做来,又别有一份女性、母性在其间。更难的,是周到却又不让你感到烦扰——我无法形容

中岛先生,后为大平桂一先生、得后

其间的分寸感,那是在精致至极的文化中训练出来的,那种文化我们这里或许也曾有过,却流失已久。她既非刻意,你也无从感谢——那个"谢"字确也一说便俗。

在大阪期间,我也看到了我不熟悉的中岛,着了浅黄上衣,腰间是宽的皮带,雄风凛凛地与人拼酒。更多的时候,则看她穿了最普通的职业妇女的套装,全不施脂粉,步态有力地在繁华的街上走。我想,在日本,这样的女子,一定令人不敢轻慢的吧。

讲学与其后的旅游,都由中岛先生安排。她和大平先生陪我去了九州,沿途很麻烦了她的朋友——像是一些极厚道的人。我们曾在岩佐先生的陪同下游志贺岛,在合山先生家做客,在福冈的饭店俯视楼下的夜市,在熊本的火山口一带的大风中行走。在这前后,也会了她京都的友人,她与长文先生的那个小团体。这小团体中看似随便甚至有一点颓唐的气氛,令我难忘,以至此后到了"现代"的东京,一时竟难以适应。

离开大阪前,曾在中岛家住过几天,夜间点了香炉,三个人跪在书房的条几旁闲聊,长文先生喝了点酒,微醺着,问我是否知道日本的"音读"与"训读"。那是一间令我和丈夫都羡慕不已的书房,为了充分地利用空间,书柜下铺设了轨道。前往东京前,中岛先生为我的此行结账,跪在榻榻米上,一笔一笔算得很仔细,给我的印象是,能省的都省了出来,却又决不简陋。

另一次较为亲密的接触,在1992年的秋天。我们征得湖南教育出版社的同意,邀了中岛和我们一起在长沙开会,会后有湘西之游。这一回令我惊讶的,是中岛先生对于简陋条件的忍受能力。或许是,惯习了正常的物质生活的,比之那些暴富、暴贵、暴得大名的人物,更能随缘,少一点做作夸张的身份意识。一路上,中岛跟我们一道住卫生设施不完善的旅馆,早出晚归,乘了大巴在尘土飞扬的山道上盘旋。那是一次快乐的行旅,一车的同行、朋友,聊天,打牌,不时爆出大笑。我猜想湘西之行在中岛,是新鲜的经验——混在这群不拘礼仪的放肆的中国人间,她常常被忽略了外国人的身份。礼仪未必是日本人的爱好,多半只是习惯,倘能不拘,未见得不感到快意的吧。

我又有机会感受中岛的细致。她的行李中似乎无所不备。在长沙的公车上被窃贼划破了袋子,她拿出针线为我缝补。由湘西返回长沙途中有同伴受伤,她取出药物和绷带实施救护。由长沙回北京的一段路,似乎因了车票紧张,她和我、平原一道乘坐"加车"。那车厢挂在一列车尾如孤岛,无人打扫,不送水、饭,一切都由乘客自我供应、自我服务,秋意已深,铺位上还铺着竹席,甚至没有照明。直到天亮时分醒来,看到人和行李都在,才松了口气。如此乘车而一路无事,大约只有那年月才行。平原是朋友中公认的好旅伴,能令他人轻松随意,于是三个人就闲聊消磨长昼。事后想来,这封闭、隔绝且运动着的空间中的一天一夜,一定较之湘西猛洞河"漂流"时的落水,更可以被她作为谈资的吧。此行对于她的意义,或许正在经历了普通中国人的生活。

我知道中岛先生的敏感,对于人事的洞察力,敏感即易于受伤。我还知道她的正直,甚至刚烈,这类品质从来有妨于生存。我不止一次从她那里听到愤激的话,那些话来得突兀,令我悚然。那决绝的话不像出诸中岛之口,尤其当你看到她的神情依然平静、平淡。我也自以为能察觉她的寂寞,于那平淡中看出寂寞之色,却并不真的了解她,不了解那掩蔽在寂寞神色后的中岛先生。不能彼此洞见肺腑也无妨于信任。中岛夫妇确是我与丈夫所信任的异国友人。我们曾在一种极特殊的情境中,及时地收到了他们的信,各有寥寥的几行,碧先生引了"绝望之为虚妄,正与希望相同",长文先生写的则是"行年五十而知四十九年非"。当时的感动,已非笔墨所能形容。

中岛弃世时,她的刘向《列女传》译注尚在校订中,遗留的工作是由长文先生完成的。不过几个月,三册一套印制精美的译注已到了我们手中,令人不能不感慨于东邻的效率。可惜尚无中译,否则以中岛夫妇的功力,碧先生的《列女传》译注,长文先生的鲁迅《中国小说史略》译注，当可使中国学者多所获益的吧。

中岛最后的一两次来中国，我有机会单独与她晤对，总觉得她或许想说点什么，却终于没有说。最后一次接听她的电话，是在她去世前的那个冬天。那是晚间，丈夫不在。电话中的中岛仍用了那种略带迟疑的语气，她说得少，我说得多，过后曾疑惑地想，不知她何以打电话来。

似乎还不到"旧雨凋零"的时节，听到友人的病的死，总不免郁郁终日。与几个朋友说到中岛的故世，听到的都是"可惜"。以她的学养与训练，本可以再作不少事的。为朋友写纪念，在我还是初次，接下来会有第二、第三次。却也未必，也可能由别人写我，谁能料到呢。即如中岛，不过大我两三岁，较我强健，看上去也比我年轻。你不能不生无常之感。

我对于日本，心情复杂，但我知道，我与外国人间不会再有这样的交往。这也属于那种只能一次的经历。

二〇〇一年断续写成
（发表于《随笔》杂志）

我所知道的吴组缃先生

我与吴先生的缘,应当由后来收入《论小说十家》中的那篇《吴组缃及其同代作家》说起。此文最初发表于文学刊物《十月》,依该刊的要求,以作品分析为基本线索。当时我所选的作品即《菉竹山房》,取其篇制短小而情节曲折有致。那篇

吴组缃先生

文字我自己并不满意;尺度严格如吴先生,也一定不会

满意的吧。《论小说十家》出版于1987年,吴先生有可能读过那文字。我不曾为此请教过他,也未闻他提起。

吴先生的小说创作与古典小说研究的关系,并非那么显而易见。写作《一千八百担》、《天下太平》、《菉竹山房》、《樊家铺》的吴组缃,是以域外文学为范本的。也如当时的左翼小说,他的作品有某种"实验性",由其后的文学史看去的"先锋性"。1930年代创作小说时的那个吴组缃,还看不出后来从事中国古典小说研究的吴组缃。

左翼作家曾被讥为"左而不作",吴先生是"左"而"作"的,与张天翼、两萧(萧军、萧红)等人同属左翼的"实力派"作者——当时却未必如是观。吴先生不像是左翼中的"活动分子",政治色彩不够强烈,创作倾向却鲜明。我以为不妨由这样的一批作者,探寻"左翼文学"、"左翼文艺运动"的边界。这边界很可能是模糊的。

我不以为吴组缃有怎样的小说才能,因此也不认为他后来的中止小说写作是未尽其才。写小说的吴组缃过于矜慎,有洁癖,难免会斫丧生机,压抑了元气。较之吴先生,不惜泥沙俱下的老舍更是小说家;甚至一再被吴先生挑剔破绽的茅盾,在我看来,也更是小说家。五四新文学三十年中,有大批文学作者。不妨区分"小说家"与"小说作者"。吴先生更应当看作"小说作者",尽管确有佳作,是出色的小说作者。我相信吴先生对自己的限度有清醒的认识。研究古典小说,他的选择是明智的。对于学者的吴先生,曾经的小说创作势必提供了便利,尤其对形式、技巧的敏感,对修辞的敏感;尽管他给人的印象是,特别强调文学与经验世界的关系。

我自己距"中国现代文学"这一专业已越来越远。前不久为台湾的一家出版社重新编选自己的小说家论,给了我回望那个专业和我自己的文学研究的机会。当年的阅读兴奋已成过去,你有可能想到,应当在怎样的视野中看取自己的专业对象。

据说有"专业读者"与"普通读者"的区分。专业读者倾向于理性地阅读,而普通读者更信任自己的直觉。写作那组小说家论时,我自然是"专业读者",现在却认为不妨也由"普通读者"的角度审视我们所研究的作家作品,在历史(文学史)一维外,"兼顾"审美这一维度。接受专业训练而又不失去普通读者的直觉,是可能的。审美评价的严苛之处,在于它可以将一些因素忽略不计,比如创作于何种时间、何种文学史条件下。我们的确有必要问,我们所研究的作品,是否经得起严格"审美"的估量。专业活动不应当剥夺了我们如普通读者那样感受与判断的能力。当然同样重要的是,尊重"历史性",将研究对象置于文学史的脉络中。如何结合这二者,仍然是值得面对的课题。

吴先生令我好奇的,还有他的阅历。五四新文学三十年间,不少作者的阅历比之他们的创作更有趣。那是丰富多彩的人生,包括政治参与,包括如吴先生与老舍的有机会就近观察如冯玉祥这样的人物。

"文革"期间我的同学中,关于吴先生的说法集中在他的骨气。在一些老先生被诱迫、胁迫之时,我和我的同学似乎认为,吴先生不至于顺从、屈服。他决非在有意示人以英雄气概,只不过不惯趋附,不能强使自己随时"认罪"罢了。他为此想必要多吃一点苦头。我们只是远远地看着,谈论着,并没有走近他。即使在"文革"后重进北大,我也没有试图走近他。我仍然只是与我的同学谈论着,直到他出席了我的硕士论文答辩。

我知道,王瑶先生与吴先生时有过从。在我看来,王先生是有"生存策略"的。"文革"中他的被我们纠缠不已的言论中,就有所谓的"苟全性命于治世,不求闻达于诸侯"。吴先生似乎没有策略——或许有我所不知的"策略"。在我们的眼中,他率性,有名士气,是魏晋人物。倘若真的如此,那么王瑶先生是最适于鉴赏他的人。在纪念王先生的文字中,我曾说过,这一辈老先生经磨历劫,性情却少磨损,似乎更有内在的力量拒绝塑造("改造"),而较他们年轻者,却往往面目不清。这真的令人心情复杂。

二〇〇八年四月

"今之人谁肯迂者!"
——写在樊骏先生去世之后

　　我有时会想,倘若活在另一时期,樊骏会是个"贵族知识分子"的吧。他出生在上海,家道殷实,早年读过教会学校。但当他1950年由北大毕业时,已是"新社会"、"新时代";此后所从事者,是与政治史、革命史撕掳不开的"中国现代文学";职业生涯之初适逢"知识分子改造",又长期生活在风沙弥漫的北京(这一点在我看来并非无关紧要),也因此就成了我所认识的樊骏。如果我没有记错,他似乎也有过回上海养老的念头,却终老于斯,且在那座敝旧的宿舍楼,隘、陋、阳光不充足的住所。你只能由某些细微处,比如着装习惯,看出一点他早年生活的痕迹。去世前的樊骏,已是社科院文学所"元老级"的人物,经历过文学所的"何其芳时代",被认为有那个时代的流风余韵。只是在我看来,他待己之苛不免于过,略近于不情,"严格要求"中少了一点余裕,更像某一种古人。

樊骏先生在书房

我会随时意识到樊骏属于另一时代,尤其1990年代之后。他应当是自己所属的一代中较为经得起潮水冲刷、不大容易被"时代"坚硬的胃消化掉的人物。我曾一再暗中比较他们和我们——"他们"指我所熟悉的樊骏、王信等几个人,"我们"则是我自己和二三好友——我们远不及他们的"粹"。"粹"自然指的是"纯度"。我所研究的明代人物,有对"纯度"的苛刻要求,拟之于金子的成色，所谓"淋漓足色"。我们因早年生长的环境，以及此后阅历的人生，有了种种沾染，其不能"粹"，亦属自然；而他们的罕见稀有，则因虽后来亦经历了种种（如"文革"），却能保存本有的纯净质地。这似乎又要归因于早年的生活环境与成长期的社会氛围。我对他们的"粹"怀了复杂的感情，有时甚至有几分怜悯，以为经历、经验过于单纯，如毛泽东所说的"三门干部"，不能不限制了涉世的深度，而研究文学也即研究人性、人生、人事，那种"粹"是否预先决定了所能到达的境界？但对那"粹"仍然怀了羡慕。如果不过分注重事功（即所谓的"学术成就"），那种境界应当更有益于生存。上面的意思，不曾在樊骏生前对他说过，倘若他在九泉下有知，会否是一脸我所熟悉的不大以为然的轻嘲的神情？

2009年文学所为樊骏举办八十寿庆，其时这单位刚发生了一些在我看来极荒唐的事，于是我的发言不免含了愤激，说樊骏是幸运的，他经历了为人艳称的"何其芳时代"，又经历了改革开放之初学科的崛起；待到所内空气渐趋污浊（我当时用的是较"污浊"更刺激的字眼），他退出了文学所的事务；待到这里的环境更加污浊，他对周边发生的事已失去了理解能力……事后王信对我说，"何其芳时代"没有那样美好。其实我何尝真的不知道，只不过在借寿庆这场合"说事儿"，说我对近事的感受罢了。

中国现代文学学科的"精神",部分地承自其对象,尤其五四新文化运动。践行五四新文化运动的某种精神,或许可以作为学术工作者与其对象间关系的特殊一例,是学术史考察的好题目。几代学人——由朱自清至王瑶先生的一代,与樊骏所属的一代,使这个时间跨度仅三十年的学科,一度显示出恢宏的气度与生气勃勃的面貌,在我看来,较之同一时期的其他某些学科,更能体现1980年代的学术文化精神。被这种精神所滋养,我是自以为幸运的。我自己得益于中国现代文学研究的专业背景,得益于1980年代的学科环境,回首自己的学术经历时怀了感激。当然也不妨承认,"我们"也参与了这学科环境的营造,与"他们"有精神上的相承,对此不必过于自谦。

1980年代中国现代文学研究界的两次"创新座谈会",第二次已见出衰飒,却在变化着的环境中,依然坚持着发现、鼓励年轻一代学人。"文革"大破坏之余培植元气也培植正气,被认为学科的急务。以"兴起人才"为己任,对后起者奖掖、鼓励不遗余力,以此造成的健康的学科风气,至少延续了十余年之久。"我们"是最直接的受益者。当着"我们"中的一些人走向了更宽广的学术空间,目送"我们"的,仍然是这种鼓励、欣赏的目光。转向了"明清之际"之后,樊骏对我的学术工作已不能了解。知识基础的狭窄,也是我所以为的"他们"的缺陷,为"他们"学术成长的环境所造成,无关乎个人的才智。而"我们"只不过起步稍晚,尚来得及做一点有限的弥补而已。以樊骏自省的冷静,自我评价的清醒,对此一定看得很明白,却乐见较他年轻者的学术拓展,没有表现出任何褊狭固陋的"专业意识"。在这一点上,无论王瑶先生还是樊骏,都是鲁迅的真正传人。

我不曾在樊骏生前称他为"老师"或"先生",樊骏则常常以我为例,要年轻同事不要称"老师",说赵园就是自始直呼其名的。其实在北大读研期间,曾听过他一次课,内容已不记得。后来他参与了我的学位论文答辩,因了关于他如何苛刻的传闻,事先受了一点惊吓。之后成了同事,稍多了一点交谈,谈过些什么也全不记得。待到他退休之后,每年在固定的日子登门探望,却更是在与他的友人交流。后来因中风后遗症,对我们的谈话,他能听懂的越来越少。他当然是希望懂得的。他仍关心着他供职过的惟一的单位。但听不懂于他,未尝不是好事——何必用那些烂事儿增加他衰病中的负担?

据说当初樊骏为唐弢先生作助手时,对研究生相当严格,以至因此结怨。他的坚持不招研究生,或许与此种经验有关?由我看来,樊骏无意于让人怕,倒是有点怕人，与不相熟的人打交道时心理紧张，有社交方面的障碍，却又偏有古人所谓的"金石交"。但对触犯了他所以为的道德底线的，却不肯宽假，会形之于颜色，确也是真的。他始终未脱出五六十年代的"清教"（这里系借用）传统，惯于自我抑制，与古代中国的道学一脉相近；却又率性，不掩饰好恶喜怒，偶或令人不堪，又略近于以青白眼对人的古代名士。尽管早已被"改造"为"平民知识分子"，在我看来，仍保留了骨子里的"贵族气"，不苟且，不追随时尚，对"潮流"反应迟钝。流行过"最后的……"这种修辞，比如"最后的士大夫"、"最后的贵族"等，我常常会想，樊骏也应当是某种孑遗，某种"最后的"，却又怀疑自己经验的广度，且一时不能断定他是"最后的"什么。

与樊骏同代的不少人有顺应时势的调整，他则属于不合时宜、缺乏"灵活性"的那种。我曾当面说他的"迂"。后来读黄宗羲的《思旧录》，其中写陈龙正投书刘宗周，黄宗羲看了后，说："迂论。"刘宗周却说："今之人谁肯迂者！""今之人谁肯迂者"，这句话正可用于樊骏。其实处如此复杂的环境，他也并非真的迂阔不通世务。"文革"中曾卷入派仗；"文革"后在不那么正常的单位环境中，也曾勉为其难地"干预"，难免有不得已的妥协。我听到过他使用"痛苦"这个词，自以为很理解他的感受。他真能做到的，大概只是守住书斋里的宁静，不因利害的考量而放弃操守，不为单位人事所裹胁绑架，如此而已。而"我们"较"他们"皮实，对"不洁"的承受力稍强，虽"痛苦"而不那么难以承受——不知这在"我们"，是幸抑或不幸。

洁癖从来是要抑制活力的，不但有可能限制对文学对人生的感受能力，甚至会限制了人性的深度。对此古人看得很明白，如每被引用的张岱的说"癖"说"疵"。这也是"美德"的一种代价。对樊骏，我不取"无私"、"淡泊名利"一类道学气的说法，更愿意相信他只是将学科发展置于个人名位之上，少了一点私利的计较，如此而已。1980年代眼见他花费了那样多的时间，用于每年的"中国现代文学研究述评"，以为近于精力的虚耗；他显然没有这一种关于"投入—产出"的精明算计。那种对学科的责任感是我所没有的。单位所拟"讣告"提到了他为了设立学术奖项的"慷慨捐赠"。我其实不大以为然于他的这种"慷慨"，以此作为他的"迂"之一证：何不用于改善自己的居住条件，或做一点其他更有益的事，比如慈善救助？他早已不明白目下的"评奖"是何种"操作"，想到的却只是用这种在我看来古老的方式"鼓励学术"。

我的导师王瑶先生对樊骏不但欣赏且极为信任，更是对同行而非晚辈的态度。樊骏对王先生，就我见所及，似乎也是虽有对前辈的尊重，而更以之为同行。

中国现代文学界的几代学人，就在这种融洽且澄明的气氛中。融洽固不易，澄明更难得。我怕这一切已不能复见，怕他们真的成了上文所说的"古人"。

由樊骏想到了一代人的际遇。在我看来，樊骏在精神气质上，更与其前的一代学人相近，却不能不受制于五六十年代的学术环境、学科状况。相信那一代有未充分实现的可能性，未尽之才、之能，未及激发的潜能，亦所谓造化弄人。这些年来，出现在上个世纪三四十年代的学人——所谓的"民国知识分子"——吸引了较多的关注，却多少冷落了距我们最近的这一代，即五六十年代涉足学界的学人、知识人。作为学生辈，我们也不免于势利，不能免于以学术成就取人，妨碍了对于他们探究的热情。

我对樊骏其实了解有限，比如全不了解他的早年经历，不了解他的北大年代，不了解他的"学部"岁月。1981年底我进入文学所时，"学部"的"文革"像是还没有过去，那段历史却至今未曾被真正面对。有上述诸种"不了解"，就只能说一点浮光掠影的印象。我相信校园、科研院所的气象系于"人物"。对于系于何种人物，却从来见仁见智。尽管对樊骏的人格一直有称美，对此不认可的想必另有其人。而且应当说，那"人格"在其人生前，未见得发生过怎样的影响，也未见得真的为他所在的单位看重。

最后还应当说,樊骏并非学界中人所共知的名字。限于工作领域,他的学术影响更在一个具体学科内部。但所谓知识界、学术界,岂非正由这样的知识人、学人支撑,且决定着这种"界"的品质? 倘若我们这里真的形成了"学术共同体",他们则是这"体"的骨骼。至于樊骏的学术贡献,有钱理群的长文(刊《文学评论》2011年第1期),无需我再妄评。看到周围的年轻学人因了他的去世而更加关注学术史、学科史,相信他在九泉之下会感到欣慰的吧。

二〇一一年元月

(发表于 2011 年 2 月 16 日《中华读书报》)

第三辑　凝望大地

以下两辑,是我写在不同时期的两组作家论,其共同之处是,所论均系当代小说家:1980年代的知青作者,1980年代初的京味小说作者。两组文字的共同处还在文体,即都近于随笔。以随笔的方式写作家作品论,较之俨乎其然的"论文"从容,便于阅读。

上个世纪八九十年代之交,一面为转向"明清之际"作准备,一面着手写预定计划中的后来题名为"地之子"的书稿。《地之子》涉及了众多作家,由中国现代文学史上写乡村的作家,到当代作家,甚至若干个台湾作家。"专论"部分选择了几位知青作者,当然因了与我的个人的经验相近:我曾以不同于知青的身份插队;尽管所论的作家,当时正在脱出"知青文学"的写作范围,日后更各有发展,不再适用于"知青作家"这狭小的名目。

所论的几位作者中,与阿城、韩少功有过不止一面之缘。还是在1985年,我的家由北京某处搬到了现在所住的三环边上。不知怎么一来,一位写当代文学批评的朋友,带了当时"火"得可以的阿城到家里做客。那天阿城话不多,只记得说这种新起的居民楼楼层太矮,家具也应当相应矮一些,以免压抑。

事后我和丈夫还真的听从了他的意见。刚迁入新居未久，房间里空空荡荡，连饭桌也没有，晚餐是在用凳子搭起的砧板上用的，其简陋可想。看过了他的《棋王》，对于"餐桌"边的阿城就有了一份好奇。我和丈夫都注意到阿城用餐时的专注与郑重，不免将他与《棋王》中的王一生贴在了一起。过了一些年后，再见到阿城，是在北大主办的关于北京城的学术会议上。我对阿城提起了那餐饭，看他的反应，似乎已经不记得了。

见到韩少功，也是在1980年代中期，我和一伙朋友应邀到湖南开会，会后有张家界之游。那次的会由韩少功与凌宇组织，到会的就有了几拨人，韩少功周围的湖南作家（时称"湘军"）、黄子平、吴亮和其他几位当代文学评论家，以及我们这些研究中国现代文学的凌宇的同学、朋友。那正是作家、批评家的蜜月期，这样组织会议很平常。韩少功与凌宇在车站迎候，后来又有机会在旅游车上听韩少功讲笑话。几年后在北京小西天看电影时偶遇，韩少功面对我，也如阿城似的一脸茫然。小说家阅人之多，是我们所不及的，这种反应很正常。再后来，我和钱理群、吴福辉有海南之行，餐桌上又听了韩少功与他主编的《天涯》杂志同仁讲的笑话，令人喷饭。记得最精彩的，是北京城里那些幕客式人物的行径——这么有趣的事，我们身居京城却闻所未闻。后来写明清之际士大夫的游幕，还想起了那些听来的故事，在篇末提到。至于张承志、梁晓声二位，则至今未曾见过。

有年轻学人说，《地之子》中于今读来仍觉得较为坚实的，是最后一章《知青作者与知青文学》。写作的当时自己并没有这样的估量。那时评论界与出版界，更看好所谓的"宏观"议题。事后看来，还是"作家论"这种较"微观"的题目，更便于我驾驭，所写的东西也更经得住时间。

我的关于中国现当代文学的研究止于知青，也因对"知青文学"自信尚能论述，而"后知青文学"则已出乎我的阅历及把握能力之外，硬要去写，也会苦于找不到感觉也找不到路径。因而向中国现当代文学研究告别而转赴"明清之际"，的确不失为明智的选择。

将《地之子》中的如下内容抽出独立成篇，不能不略动文字。这是需要说明的。

张承志

一代知青作者中,张承志是将他个人的知青姿态坚持得最久的一位。他在《金牧场》里宣称将为自己"寻找一种方式",寻找自己"今后存在的形式"。由《骑手为什么歌唱母亲》到《金牧场》,其间同代人已几经调整,他却将初作中已显露的面目顽强地保持到了这时候。我对这顽强怀着敬意。这孤独骑手的姿态使他的作品引出争议,激起极端反应(偏嗜与偏恶),使他离开了一批批耽嗜过他的作品的读者;过分冗长且不合时宜的《金牧场》,终于让评论家也失去了耐心。但张承志未必为此感到痛苦——求仁得仁,夫复何怨!

他以他自己所说的过度后延的"青春",明白无误地证明着他对那段岁月——那也是最有争议的历史岁月——的怀念。他不顾流行思路甚至不惜拂逆公众感情表达那怀念,但他并未试图代行历史学家的职责,他只打算说"一个人的历史"。你不能断言那一个人的历史是不可能或不真实的。他也并不为那段历史所囿,他由那儿出发时即放弃了那起点。他努力拒斥这一种或那一种框限,无止境地追求心灵的阔大,寻索足以容纳这追求的对象,并借以将自我期许对象化。这追寻之顽强不懈铸定了他的孤独。在"快乐而浮薄的年轻人"眼里,那姿态应与堂吉诃德向风车作战同属一类,他们乐于有机会以嘲笑显示聪明也显示放达,但孤独的骑手仍继续他的"自由长旅",一脸的蔑视流俗的狂傲神气。他只在自以为适当的时候宣告"祭典",宣称"诀别",这也注定了是反应冷淡的仪式。无论如何,毕竟由作者本人划出了一条界限,指点了一个有其起讫的过程。我打定主意利用这方便,试着关于这骑手这长旅说点什么。

草原——母亲

张承志的顽梗也表现在他不顾时尚对其表达方式的坚守上,比如"草原——母亲"(以至"人民——母亲")一类被认为过于古典、旧式,或过于意识形态化的表述。

那一代作者(或者不如说整个当代文坛)再没有谁

如此频繁地提到"母亲",在一个"传统"之极的题目上这样重复不已、不厌其烦的了。有关的话语在他较早的作品中的确使人感到意识形态化,而且正以此标志了一时知青文学中不无普遍性的倾向:感恩,无论是感具体人物的,还是感作为复数的"人民"、乡民的。彼时文坛正流行这类感恩仪式,作为漫长的回顾仪式中的一项内容。《骑手为什么歌唱母亲》(1978)命题方式就不免"老套"。小说中说:"在'额吉——母亲'这个普通单词中,含有那么动人的、深邃的意义。母亲——人民,这是我们生命中的永恒主题!"待一组小说结集(《老桥》,1984)时,作者仍坚持说:"我非但不后悔,而且将永远恪守我从第一次拿起笔时就信奉的'为人民'的原则,这根本不是一种空洞的概念或说教。""哪怕这一套被人鄙夷地去讥笑吧,我也不准备放弃。"这篇《后记》结尾处,又挑战式地提到"我的守护神般的人民母亲"。到后来,这种拒绝放弃演成不顾一切的护卫,对于批评、讥诮反击之凶猛近于粗野。写《金牧场》,作者非但无意于收回已有的说法,而且有意地重申。他宣称自己"已经不会改变本质","永远不会改变人民的十年苦难给我的真知;以及江山的万里辽阔给我的启示"。在"爱"的倾诉与护卫精疲力竭之际,《黑山羊谣》(1987)中满含倦意的茫然,是令人不能不为之动容的:"额吉我描述你讲述你,描述讲述得人们烦躁而轻蔑。

以前我总是小孩打架般地狠狠骂人们。可是在今夜——在这个寒冷的北京之夜里,我也百思不得其解了:'真的,为什么呢?'"正是这份罕有的顽强叫人想到,母亲依恋在作者,应有极其个人的依据,它本是一个人自我生命诠释的一部分;你不能否认那个人或许正适于这种诠释,虽然当其着手诠释时,前经验、既有话语多半在他耳边提示了什么。

《老桥·后记》里张承志还郑重地提到自己生活中的(而非纯属意识形态幻觉的)母亲,"在我年轻时给予过我关键的扶助、温暖和影响的几位老母亲"——"那蒙古族的额吉、哈萨克族的切夏、回族的妈妈",说,"我是她们的儿子","再苦我也能忍受的,因为我脚踏着母亲的人生"。[①]

一个"男子汉"无须在与女人(情人、妻子)的关系上过事缠绵——张承志的小说人物在这种关头会有一种近于不情的决绝,但对母亲的爱则无妨其为男子汉。或者男子汉本应靠着母亲"强大的韧性"而造成。张承

---

① 《老桥·后记》提到"风靡当代日本的青年歌手佐田雅志"的歌曲《无缘坂》,说歌曲"在深沉地描述了关于母亲的种种之后,这样结束道:
忍啊,这难忍的无缘长坂
我那咀嚼不尽的
妈妈的微小的人生"。

志小说中的女性,是在她们获得母亲般的品质那一瞬间,才作为女人终于"完成"的。"母亲"是张承志所以为的永恒的女性。[①] 你也不能否认一个人可以有他自己的女性型范,虽然是分明出诸极端男性自我中心意识的女性型范。公然的男性自私使这情感狭隘,终不能如作者表达的另一种爱恋——对"北方"、"大陆"等等的爱恋——那样有浩大之气。

但又正是在由北中国大草原出发向大西北的长旅中,张承志扩张了他较早的作品中上述意义的狭隘边界。那是一次属于他个人的寻根之旅,寻找精神血缘、人格仪范的长旅。他为描述这长旅而不断增设的地理概念("北方"、"大陆"、"北亚——中亚"等等)与重复使用的语词(由"人民"、复数的"母亲"到"民族"),无疑都有"群体"的语义蕴涵。这孤独骑手偏偏醉心于群体性的价值范畴,这使他的孤独也有十足的古典风味。当着"母亲"被置于不断移易扩张的语义空间,置于一些大概念(如"民族")之间时,其语义不可能不有所变化。现代精神分析学说认为,甚至与"民族"、"祖国"等语词

[①] 《北方的河》写人物关于女性(妻子)的期待:"她会在我们男子汉觉得无法忍受的艰难时刻表现得心平气和,而我则会靠着她这强大的韧性,喘口气再冲上去;她身上应当永远有一种使我激动和震惊的东西,那就是你的品质,妈妈。"

有关的群体归属感，也源于人的母体依恋。张承志个人的寻根之旅中，那些地理性概念，不妨看做"母亲"这一语词的置换。"北方"、"大陆"等等，是"母亲"的放大，是巨大母体。在《金牧场》中，有关"母亲"的具体描写和对巨大母体的向往、追寻交织融合，相互发明，互为诠释，呈现为张承志小说最惊人的语义丰富性，可惜人们把作者的努力仅仅看作一种旧作的拼贴，一次大规模的自我重复，而将本应留意的地方粗心地翻过了。

作者所醉心并庄严地使用的巨大概念，素被认为意指那种有赋予意义（即创生）的权威的巨大事物。张承志在说到"北方"、"大陆"时，的确有意识到被创造、被赋予时的神秘喜悦。这种经验太个人化了，即使同代人也难于分享。这种激情的达到要求特殊的心灵能力，类似的能力在现代社会已如此稀有，纵然你对包裹于激情中的观念内容不以为然，也会承认那种心灵能力与激情（以及相应的文字能力）是张作的魅力所在。你不妨赞赏这骄傲的孤独牧人，承认他的骄傲是有道理的。"传统"也罢，"古典"也罢，张承志的经验毕竟赖此而有天然的阔大，与人类某种积久的精神趋向一致。张承志也因此有理由（甚至有必要）"重复不已"地吟唱，那一片依然开阔的情感、精神草原是仍可听任驰骋的。

这样地读下去，张承志小说中有关婴儿、幼儿的描写不再使你感到惊奇,其语义不如说是显豁的。你似乎感到,在描写时的心醉神迷中,作者很可能有自我幻化(为婴儿)的瞬间,那种体验也会是巨大快感的源泉。不是童年回忆,甚至也不是童年向往,当然也不是《庄子》所谓的"彼且为婴儿,亦与之为婴儿"(《人间世》),而是自我经验为婴儿,体验被创生的神秘喜悦;这婴儿与母亲同其神圣,因而才宜于使用那样奇幻的文字。《大坂》一篇写那个不知所自的通体金黄的娃娃:"那个光屁股的娃娃在阳光烤透的尘埃里安静地爬着,肤色像熟透的小麦。"这神秘婴孩在小说中的一再出现之于人物有类似天启的意味,使事件弥散着奇异的"天国"气息(在此后的篇什里,张承志一再地提到"天国")。《GRAFFITI——胡涂乱抹》则分明写着:"我后来梦见自己变成了一个三岁的小孩子。一个三岁的、蹒跚地从大地的曲线上跑来的、光着屁股的小黑脏孩。"你不禁想到了《金牧场》关于草原所说的如下一段话:那草原,"尽管它时时使我们感到痛楚,尽管正是因为它我们才觉得自己的青春去而不返,而且残缺不全,但我们仍旧沉浸在一种独属自己的永恒体会中。在这美好的体会中,我们惊奇地发觉自己已经获得了一个庄严的蜕变,我们自己已经成为了一种神奇的新人"。用了如此浩大的气势与篇幅,正是为了写"创生",写一个生命的锻造。其间岁月彼此叠压、相互覆盖,由步行长征路,到大草原,到宁夏西海固焦旱的土地,到天山牧场,有生命降生中的漫长阵痛,似乎一切都只为着——造出一个生命。

当代中国文学中,没有另一位作者将生命的降生写得如此辉煌,充满了感激与感动。你因此可以用了较之读《骑手为什么歌唱母亲》时复杂得多的感受理解他的"草原——母亲",理解张承志赋予"母亲"这一语词的愈来愈甚的神性。在不断的语义发展、意义组合中,"母—子"超出了纯粹个人历史。你听到了张承志的"生命之歌",一如他在《美丽瞬间》中描写的天际奏响的圣乐。这生命赞美中蓄意加强的宗教意味,是张承志得自他的自由长旅中的。我们将在张承志谈论"美丽瞬间"的场合再次领略这种意味,并发现其间的语义关联。

孤独骑手

这是一种由复数的"母亲"庇护的与"民族"同在的孤独。但你不能否认张承志的确善写孤独情调,比如草原黄昏一个"歪骑着马"沉思的男人。这男人在《阿勒克足球》中出现时,那情境就十分动人,他此后又在《黑骏马》、在一系列作品中出现。张承志还由草原,写到大西北崖谷间行路者的孤独。这孤独甚至比之草原牧人的,愈像是千年孤独。这些行路者"心里像是有不少话,可是难得有人听他絮叨,胸口总是堵着一个冲旋的调子,可是又唱不出来。只有迎面逼近过来的山岭……""可是世界到底熬不住了。一声嘶扯般的喊声从空旷中响起,从土崖和坡谷里传了出来"(《黄泥小屋》),于是人类有了歌。大西北在张承志笔下,比之大草原,更气象莽苍,其间的孤独也更像是人类宿命。他一再写追寻中行旅中的孤独(我在下文中将要说到,这孤独有时正因追寻的目的物,才成其为真正的孤独的),让全篇呈现在一个动作的单调重复上,叙事结构也就直接传递了"孤独"。他的《晚潮》、《残月》等上乘之作都如此。《晚潮》读后,留在人们脑际的,是在一个动作(走)中铺展开去的无边孤独又充满抚慰的人间黄昏。因对孤独情调的醉心,他还不避重复地强调环境的孤绝,如高天阔地间的孤村:"官道以南,沙漠以北,上下几百里只有这么一个村庄。"(《九座宫殿》)"空荡荡的荒野上"的"几间小土屋"(《晚潮》)。《三叉戈壁》写戈壁滩中央的几间小土坯屋,《辉煌的波马》里是草地上的两户人家。

他的孤独者常有思想相伴,无论其在马背上,在旅途(以至"终旅")中,在朝圣路上,在黄土山包荒野丛莽间。因而与其说张承志醉心于孤独,不如说他更醉心于"孤独地沉思"。对于充满思索与激情的孤独的醉心,也酿出了他的叙述方式:一个行进者的行进之所以被选中作为贯穿动作,正因那"行进"即是作品意义生成、表述的过程。我们将会看到,张承志所写的孤独,是由人的存在方式、意义选择所决定了的,那是人物为自己选定的命运。这因而不全是种族(如回族)命运,它更是"个人情境",是知识者命运。你还发觉,那情境的"孤绝"并无现代派作品的彻底,即使在没有母亲或伙伴的场合,也仍流荡着温热的人间气味,"孤独"于是由"人境"获取了安慰。

"孤独"是张承志的自我状写,也是他直接的自我告白,他以此宣告了他的不苟同时论甚至不苟同同代人的流行见解。那是他以作品不厌重复地显示的姿态。张承志在人物的孤独中,体味着也描写着他为自己选择的情境。张承志个人的孤独情境更在于:他在同代人纷杂的话语之林中独行。

《老桥》可以看作一篇关于作者自己的寓言:"他"在经历了旧日同伴的背叛之后,只身去祭奠他们共有的过去,走在"死寂的山谷里",是"奇怪的独行人"。很有可能,张承志并非在草原孤独的放牧中,而是在归来后面对同代人的忘却与异代人的讥诮时,才深味了孤独并领受了孤独者的命运的;写作则成为一再的命运提示与确认。他几乎是弄笔后不久,就选中了"孤独骑手"的"自由长旅"作为自己的生命象征。由自己的体验出发,张承志坚持用异于同伴的态度、语调讲述知青的过去(你将《绿夜》中写知青围火歌唱的文字与阿城《树王》写类似场面的文字比较,会知道有怎样不同的知青历史记忆与知青情怀)。在别人诉说"失落"、申述"代价"、反思"扭曲"之时,他的人物却努力让笔下"站起来"一个人,"一个在北方阿勒泰的草地上自由成长的少年,一个在沉重劳动中健壮起来、坚强起来的青年,一个在爱情和友谊、背叛与忠贞、锤炼与思索中站了起来的战士"(《北方的河》)。这人物宣称"连青春的错误都是充满魅力的",立意在"北方的河"这一诗题下,写出属于自己的那条"幻想的河,热情的河,青春的河"(同上)。张承志甚至拒绝忏悔红卫兵的过去。《北方的河》的主人公,说红卫兵岁月的回忆使他"心跳","有种苍老的、他觉得不是自己该有的慨叹般的情绪在堵着胸膛",他想(并无愧意地),"是的,那时我是个地道的红卫兵","我愿意也承担我的一份责任",却并未就此发挥有关"责任"的话题。① 张承志说他"反对那种轻飘飘的割断或勾销"(《老桥·后记》),他守住孤独也即守住了他的历史诠释,属于他的"意义"。为了这"守住",他甚至宣称"应当对属于不同世代的人闭紧心

---

① 张承志的人物拒绝"为历史充当负罪人",却又说一天突然懂了:"历史的一切罪恶也都潜伏在我的肉体上。而且我还——别以为我温和善良我是嗜血的!"(《金牧场》)

扉"(《绿夜》)。

那是一种激情四溢的孤独。在同代人日趋平和(亦中年心态)时,他不但维持着价值评估中的偏至,而且明确无误地表达着绝无通融的挚爱或厌弃。他傲然地说:

> 让激流抛弃和超越我吧。
> 我以真正的异端为骄傲。
> ——《金牧场》

昂然不顾地走他的长途。"我独往独来地欢乐地走在我的流浪路上。我在茫茫人世中不异于别人但我知道我的血在驱使着我流浪。我看见了唯我才能看见的美好,于是我追逐着一次又一次地启程了。"(同上)

文坛的十几年间,阿城像是突然冒出,韩少功则陡起变化,王安忆亦因作品的变体而两度引起惊奇。张承志于1980年代初才华毕现之后,虽迭有佳作,却不曾令人以为须刮目相看,直到《金牧场》,他的叙事或意境,均不超出读书界的预期。创作上的得失不论,这种略嫌僵硬的坚执,正有一份孤独者的自信。我在下文中还将说到,在从事创作的张承志,"孤独"也是他进入体验的必要情境,是他体验的状态(尤其那种迷狂状态)。我甚至想说那是他的一份才禀,这才禀包括了他领略崇高美的心灵能力,拥抱辉煌境界的心胸、气魄,也包括了他表达迷狂体验的卓越才能。

自由长旅

"孤独骑手"与"自由长旅",构成张承志更完整的自我刻画。在"自由"可作多种理解多层次拆解剖析之时,张承志所标举的"自由",很可能被指为不自由,如囿于某些观念、范畴的不自由。这里不去说它。我们先来看那"长旅"。这实在是一种漫长之旅,在"走"这一动作中,汇集了人物的全部生活、全部憧憬,乃至人物的一生(如《黑骏马》、《残月》、《终旅》等篇)。这种结构方式在反复运用中本身也语义化了,它直接告诉你:人生即追寻(走)。

中国本有人生如"旅"如"寄"的古老说法,但张承志的"长旅",应有个人的经验依据。这意象很可能就生成在步行串联与插队(亦一种漂泊)中。不同于古老象喻的是,这提取于个人经历的"长旅",在张承志那里越来越有主动的人生选择、人生设计的意味,因而不尽是(或曰主要不是)无可奈何的命运承当。张承志所写人物的长旅,在其最成功的表现上是追寻意义之旅。目的,不消说规定了"自由"的限度。长旅,或为了追求生命在一个辉煌瞬间的完成(《春天》),或为了寻求对生命力量的确证(《大坂》),或为寻找一种天启与顿悟

(《美丽瞬间》),或者竟是为了殉教(《终旅》)。在较为平易的意义上,则可能是为寻求体验温暖的伦理感情(《绿夜》、《晚潮》)。在张承志,一切寻找都是对意义的寻找。"……我提着录音机穿越整个北疆草原的山山水水,也许就是为了寻找她。她是我的梦想,我的追求,我的痛苦,我的焦渴。"(《白泉》)《黑骏马》提供了有关"寻找"的近于完美的象喻系统,其诗意的组织形式以及那些民谣碎片,充满了意义提示。

这长旅可能正是寻找死亡(《春天》、《终旅》),小说却绝不包含鲁迅《过客》那样令人悚然的命题:前面是坟。追寻之旅的终点是在那之前的辉煌瞬间,在全部生命光热迸射的一瞬。这里没有"之后",没有之后的尸骸、腐烂,以及"坟"。这是向天国之旅。不同的"终点",来自不同的"存在"理解、生命哲学。张承志的语义毋宁说是明白易晓的,人们熟悉那种以人生为追求、以人生为征服的生存态度,他们甚至熟悉张承志所设置的某些象喻,如"老桥",如"大坂":"谁都知道,大坂是指翻越一道山脉的高高山口,是道路的顶点。"(《大坂》)一些读者的相继冷淡了张承志的作品,或也缘于上述"熟悉"——那正是青年们向存在哲学寻求灵感的时期。但把张承志的小说意境等同于某种思想,也不免失之肤浅。那境界恰在被冷落之后,使人看出了特异:现代氛围中异乎寻常的英雄主义。人类从未放弃过反抗死亡的英雄主义。追寻(即使通向死亡),在张承志的笔下,正是反抗死亡之旅,因而才有当代作品中罕有的激越情怀。不如说,他的"人物"更是"意志",为反抗死亡而行动着的意志;他的不同身份(却常常只具轮廓)的人物,是同一意志的承担者而已。"人生一世就是为了走这趟沙家堡。""人好像是苦着累着盼来了这一天"(《终旅》),盼来了这趟"保教"(伊斯兰教)的死亡之旅。这篇作品在张作中应算作例外——保教毕竟是一项"功业",而在其他篇中,"追寻"只是自我意义赋予,是自我生命完成。正是在这一点上,又不同于人们曾熟悉的那种世俗英雄主义。即使这篇《终旅》的人物,也是希图以宗教的名义给人生以意义,给痛苦的人生之旅以目的,在自分必死(且保寺无望)之后,以"意义"对抗死亡。在张作中,这又是男人们的超越之路,男人们"走向天堂"之路。这是没有回返的永远之旅,"走"有命定性质。《金牧场》是对此的庞大象征:一次次的启程上路。"强烈的深重的感情冲撞着你。你无法自制,你激动难忍,你不顾一切地又朝着它扑过去了。你把结束当成了开头,把生命交付给了道路,你又走进了你的大陆,你长别了你的休息和安宁。"这部长篇中,人物苦苦求解的关于"黄金牧地"的残破文本,是一个劫余的穆斯林寻找天国的故事。作为故事中的故事,与套在其外层的草原牧民大迁徙的故事互为诠释、相互生发。《黄金牧地》的文本,是全作中所有其他故事的象喻,因而又是作品的自我诠释。"是的,生命就是希望。我崇拜的只有生命。真正高尚的生命简直是一个秘密。它飘荡无定,自由自在,它使人类中总有一支血脉不甘于失败,九死不悔地追寻着自己的金牧场。"写在作品中的所有长旅、追寻、走,彼此相仿——结构、语义,构成一部庞大繁杂的写"长旅"的书。① 层见叠出无尽回环的行旅,足以造成浩大声势,令人想到宗教朝圣之旅。我们尚未说到写作行为在张承志之为"长旅":赋予想象中的生命之旅以样态,寻求已知生命之旅的象征形式。至于此书结句的不用句号(及其他标点符号),更是刻意为之的象征。

在不断的行旅中,作者愈益强调方位,一再郑重标出行旅所至的空间记号,人物则一面回首草原,一面追踪着大西北回族的民族历史,由草原向大西北旷远开阔地带作精神浪游。这是人物的文化探索之旅,探寻

---

① 这部长篇,在一个现时态的行动推进中,以插叙、倒叙随时引入"历史",以全部过程(包括情绪过程)趋向一个"解决":意义系统的完成。方向性的动作(走)与全作叙事语流的趋向合致。整部小说如大幅镶嵌画,极琐碎而整一,是独出心裁的结构标本。张承志用镶嵌式已非初次,这部作品可谓集大成,写作像是一次拼尽全力的跋涉,有"终旅"式的决心与自我悲壮感。

贯通北亚—中亚的文化血脉。"他心里深深地惊奇着,因为从乌珠穆沁到伊犁,整个北亚都在憧憬着一匹黑马。"(《美丽瞬间》)那些个空间记号,也即作者本人生命历程的标记:步行串联行经地区(红卫兵时期)—大草原(知青历史)—西海固与天山牧场(大西北、中亚寻根)—日本。其中大草原是基本情景中的基本,是一个男子汉的生成,而寻根、文化追寻(穆斯林历史、祖先历史追寻),则是这个成熟了的男人的更理性更自觉的自我人格建构。

因人物常在旅中,伙伴关系即成张承志小说中至为重要的人物关系:步行串联的红卫兵伙伴,知青伙伴,文化考察中的伙伴(青海瘸老汉,维族向导),从事历史文献诠释的日本伙伴,以及作为象征之象征的《黄金牧地》文本中的穆斯林伙伴。说实在话,中国当代文学以"伙伴"这一种关系而动人的作品一向不多,张作在这一方面亦可称道。《老桥》、《大坂》、《雪路》、《凝固火焰》、《金牧场》等作品中的某几篇,甚至有经典意味。伙伴关系中本有对"孤独"的放弃,但同行中的孤独也更是孤独。《大坂》与《凝固火焰》,以不同的调子写出了这一种孤独情味。母子、伙伴,是张承志作品中较有伦理深度的两种人物关系,两性(异性伙伴)关系描写则相形失色(《北方的河》甚至失之粗拙)。这里应有"东方男子汉"伦理体验的深切处与肤浅处。下文还将说到,张承志也有意不将上述两性关系作为铸就他的"男子汉"的条件。

在作者,长旅的意义更在寻求自我诠释。那是张承志个人的寻根之旅,其发动与指向,与同代作者并无直接呼应。"我奔跑着在中国的北方,在蒙古草原、天山腹地、黄土高原,……它们就是我生身的母土么?它们就是有神性的启示的土地么?"张承志经由写作寻找精神血缘,以便认祖归宗,这种动机只能是"个人"的。寻根中,他关心的更是对象与他本人的精神气质(或曰自我期待)的契合,寻访所向,愈来愈是宏大、雄大、阔大的事物。他的写作,可以描述为对自我概括的不断寻求——不只是对象化,而是在对象之上直接打上"我"的徽号。

张承志对"伟大人格"的追求是不餍足的,因而人物才有其不尽之旅。在《金牧场》中,于"北方"、"北方的河"、"大陆"、"大西北"、"北亚——中亚"等等巨大的地理概念之外,人物直接在另一人物身上读出了自己。"……我觉得小林一雄正在等着我,我要找到这个歌手。我跨过大海来到日本,也许就是为了找到他和他的歌。""我来日本是要找歌手小林一雄的声音。对于我这一切就是生存呵……"无论对"北方"等等还是对小林一雄的迷恋,都更是自我迷恋,自我人格迷恋。人物无论向哪个方向走,都会迎面遇到他本人,在大草原,在西海固,在天山脚下,在日本,他一再与自己迎面相遇。在天山脚下,"他只是觉得自己终于找到了仿佛一直在找的什么","他觉得自己血液中的一个什么精灵突然复活了";即使他所意识到的冥冥之中"神异的呼唤",也既"发于中部亚洲的茫茫大陆",也发于他"自己身体里流淌的鲜血之中"(《金牧场》)——一切发现都是对于"我所固有"的发现。他在小林一雄那里,遇到的依然是他自己的母性倾慕,他的孤独,他的长旅,他的历史记忆、当年情怀,他内心的狂暴激情,他男子汉的骄傲,以及他心灵深处的隐痛。小林一雄的歌,成为《金牧场》中特殊的激情符号,有关描写决不像是通常的审美陶醉,那是血淋淋的投入。

　　以写作为寻求自我象征的长旅,或许更是张承志的"自由长旅"的惊人之处。《金牧场》示你以在过去与现在、在广阔地域穿梭驰骋、放任回忆联想意义阐发的"自由"。你得承认,张承志有关内心自由的诠释也是有道理的:意识到了"终极之地"而仍然照直驰骋而去的,是"自由的勇士";不索取抵达的保证,陶醉于驰骋并向着"抵达"的,是真正的骑手。作者本人则以其不苟同时尚,护卫了他所珍视的内心自由。他的写作作为寻找文学自我的未尽之旅,携话语的长旅,的确可以向世人宣称:"我的心里唱的是自己的歌。"(《金牧场》)

美丽瞬间

张承志在较后的作品中,或明朗或隐晦地肯定了宗教皈依作为一种人生(意义)选择。本来就有不同的宗教精神。以佛教的禅悟责之张承志的作品,他的人物(以及作者本人)都有所"执",远未达悟道境界。但那种执著,不也可以视为近于宗教精神的?

张承志的人物执著于"念想"。《黄泥小屋》中的"穆斯林庄稼汉",其"念想"是一座黄泥小屋。《三叉戈壁》中的农业工作者与乡民,"念想"则是一片嵌在戈壁滩上的"碧绿的苜蓿地"。这些均属卑微的"念想",但它们是十足的"念想",人物因这念想,才"仗着心劲","追寻"着活。《晚潮》人物的念想更有极端的纯朴性,小说也因情境纯朴至极而格外见出作者描写的力量。张承志在这种短篇的框架中也较之在《黄泥小屋》那样的作品里更从容裕如。那些农民正因有梦,才成其为张承志小说的主人公的。"非无安居也,我无安心也。"(《墨子·亲士》)"念想"在张承志的作品里,像是越来越有神圣性质。如《九座宫殿》中回族先人们的念想是寻找宗教圣地。[①]《残月》的主人公,一个老回回庄稼汉,则有"主的念想":"人受着那样的屈苦,若是心里没有一个念想,谁能熬得住呢。"这是对穷回回宗教感情的注释也是作者自注。张承志所属的那一代,即使与宗教无缘,因对精神价值的注重,也会首肯下面的说法:"人得有个念想","这个念想,人可是能为了它舍命呐","人活着还是得有个珍珍贵贵的念想"(《残月》)。郑万隆的《陶罐》,直可读作有关"念想"的寓言。小说使用的确也是这字眼,"念想":"人他娘一辈子就得活得有点念想。"史铁生的《命若琴弦》亦有相似的寓言风味。史铁生直截了当地说目的本是虚设(张承志只是将目的非功利化了),他说:"目的虽是虚设的,可非得有不行",因为你已来到人间。这也是那一代中的许多人所认可的"理性生活",能使人保有其尊严以至保有一代人的尊严的生活。如果说人既是蛆虫又是神,那么张承志的努力即在保存并张扬神性。人不但有动物本能,而且有"心灵",有精神的内在的自我,有目标感与超越追求。这是屡经论证的"人之所以为人"。

[①] 此作写农民与考古者(知识分子)各有其念想追寻,农民的念想更有超越性,更令作者欣赏。小说比较了"九座宫殿"的作为宗教圣地与作为科学考察对象,以对比结构包含了文化评价。

张承志到后来,更经常地使用另一个字眼:"美丽瞬间"。使用这个字眼,同时也即改动了自由长旅的目标。其实他久已有对于他所以为"美丽"的"瞬间"的醉心:瞬间启示、激发,瞬间悟知、超越。比如《北方的河》一篇主人公扑向燃烧中的大河的瞬间,《春天》所写人的高峰体验的瞬间。无论面对大河、面对"凝固火焰"、面对夜色中的清真寺,还是马倌于完成壮举后死在关于春天的梦中,均属生活中的"美丽瞬间"。那是完满的生命体验的瞬间,是人与其世界的诗性关系完满实现的瞬间,那一瞬足以报偿了一生。甚至"牺牲"的令人迷醉亦因牺牲之为美:"……你有勇气拒绝牺牲之美的诱惑吗?"(《黑山羊谣》)"美丽瞬间"或者只是大自然的辉煌的瞬间呈示:"这是人间么? 我激动得痛苦难忍。这是今世么? 我觉得我简直发疯般盯着这一切,好像我要用眼睛吞掉这瞬间出现的陌生波马。"(《辉煌的波马》)大自然的无言中即有天启,所启示的并不深奥,那只是关于生命可能的辉煌、"美丽"的启示。至于《美丽瞬间》一篇中巡行在天穹的"一派纯净的乐声",更被指明了是"瞬间的启示"。

"美丽瞬间"与"念想"的语义差别或在于,"美丽瞬间"更近于宗教的瞬间了悟、瞬间永恒。作者以这一用语强调了非思辨性的心灵体验。不同于"念想—追寻"的目的性,这里是对机缘的承接,因而长旅不会终止,更无所谓"抵达"。较之"念想","瞬间"更是审美化的人生意境。"瞬间"是启悟又是生命创造、更新,张承志确也写出了再生般的狂喜。将更本真、自发地对神奇自然的迷醉,将迷狂状态下与客体世界物我一体般的沟通,视为人的精神自我的提升,认为其作为人生境界与英雄壮举等值,这在当代中国文坛上,应属罕见的思路。张承志(与他的人物)的孤独即由这追寻预先决定了——那种瞬间感悟从来不可供分享,它只能是一份个人秘密。这孤独才是近于"纯粹"的,却又偏偏含有对"孤独"的否定:人与上帝("美丽瞬间"、辉煌自然)同在。

张承志努力调和世俗人生价值与宗教性超越理想。《黑骏马》、《绿夜》的主人公,《黄泥小屋》、《晚潮》等作,表达了对世俗人生的价值肯定。我已在本章其他处谈到过,张承志对"意义"的耽嗜显然是由红卫兵—知青(甚至更早的)时期延续下来的,但却不是未经改造地延续下来的。上述准宗教精神即参与了改造。它并没有真的将意义玄学化,却将其普遍化了。启示,人生境界的提升是随时可能的。那与其说赖有神赐天启,不如说更赖有心灵能力,承受、感动与蜕变更生的能力。他所谓的向着"天国",无非指蜕变为更美好的人,他的信念并未失去世俗性质:"古希腊的艺术家是对的,经过痛苦的美可以找到高尚的心灵。"

(《大坂》)然而在对待生命的态度上("瞬间"与"一生"),张承志的作品确又是反世俗价值观的,在时下这个大众文化趣味弥漫的时期,尤有贵族品位。那注定了只能是少数知识者私有的一份精神生活。张承志的孤独在这种意义上也有"纯粹"的性质。我也在其他处谈到了,张承志所属的一代人中,有的由"文革"反思、知青历史反思,标举一种渊源复杂的平民精神,有的则如张承志,经由反思,走向宗教性的终极关切。那是充满价值感、意义创造的激情的一代,看似异趋者都致力于意义发现意义赋予,或者说将意义"还给"生活。

男儿之美

张承志情不自禁地随时夸炫着"男儿之美"。这自然也可以看作他的自我人格迷恋的一种表达式。他为了这迷恋不惜冒犯时论,冒渎女性读者的"性别感情"。他那些关于"男人"与"女人"的说法,即使在并不那么激进的女性主义者读来,也当属标准的"男性话语"。他以为女性之美更属于世俗日常生活。她们为此的粗糙化、为此的邋遢琐碎是令人感动的。她们在这最动人的瞬间成为了男人沉思与感悟的对象,她们的庸常之美与"深度"须由他发现。他发现了这些并非为了分享平凡,而是为了骑马登程去自由长旅,寻找属于男儿的超越之路(《绿夜》、《黑骏马》)。这个男子汉即使在因她而感动的时刻也比她优越,因为她纵然能越过"她的大坂",也仍然得以那"高大健壮的男子汉"为凭倚(《大坂》)。她作为女人的气魄更在于"心甘情愿地跟着我从一条大河跑向另一条大河",在于"有本事从人群中一把抓出我来,火辣辣地盯住我不放"(《北方的河》)。当然她也可供男子汉作瞬间凭倚,在他们"觉得无法忍受的艰难时刻表现得心平气和",使他们能"靠着她这强大的韧性,喘口气再冲上去"(同上)。因而她在最完美的表现上应当是一位母亲,"母亲"则是"牺牲"、"奉献"的别名。

何其坦白的性别角色期待!《北方的河》中较为动人的,是那个男人与黄河的故事,以及他与湟水的故事,那是他与另一个"男人"(有时即是"父亲")的相遇;他与她的故事则显得平庸、做作。那男人就这么"神情冷峻"地看着她,极苛刻挑剔地开列着他关于女性的种种需求。这个合乎需求的女人,是《黑骏马》中的索米娅,《大坂》中的妻子,以及不少篇作品中的母亲。即使她并不有违于上述女性仪范,在男人们"走向天堂"的路上,她仍然可能是诱惑,是对于他的男性意志的试炼,正像古老的叙事诗中那样。在这类重大关头(以及比较不那么重大的关头),男人以对她们的舍弃显示为真正的男人(《终旅》等)。这也是古典英雄诗通常的情节。世俗人生价值在这一种对比结构中遭到了贬抑。

那些张承志写来极其温暖动人的人间情境，是不便与超拔的意义之境并置的。女人只有在无妨于男人的自由长旅、彻底地属于世俗生活（即属于被相对贬抑了的价值）时，才像是"真正的女人"。张承志在这一具体话题上，也表现出对既有话语、观念的承袭，虽然经了他的笔，即使显然的男性偏见，表达也会有撼人的力度。至于地母般的女人，那从来是人们熟悉且不吝颂美的。"母仪"在所有关于女性的话语中最少歧义。何况张承志笔下的"母亲"，确也出自富于灵性的创造呢。

　　张承志的小说世界里有时是清一色的男人。他完全能循惯例讲述一个男人与女人的故事，但他表明自己不依赖这类故事结构。他让你看到，绕过、排开两性（不包括母子）关系，不但于他的艺术无伤，而且可能使他的世界更具男性力度与气势。这也多少系于时尚。一时不少年轻作者，铸造着他们各自的男人型范：郑万隆（"异乡异闻录"）、莫言（《红高粱家族》）等。贾平凹、张炜原以写女性人物见长的，如贾平凹的《小月前本》等作，张炜的《声音》、《看野枣》、《山楂林》之属；此后也更着意于男性力量发现——贾平凹在他的《古堡》、《浮躁》等作里，张炜则有《秋天的愤怒》、《秋天的思索》、《古船》等。张炜不止于描写，还一再施以"概括"，表明着铸型中的执著与专注。作为"时尚"，这大约也因普遍意识到了的历史严峻性。我还发现，同一时期（往往也正出于张承志的同代人之手)的探索片,有时也规避两性关系,或竟也是"清一色的男人"。对两性关系的规避,可能意在借此避开甜味的调料,避免滥情、软性,断然摈弃大众文化品位。这里也有极端的严肃化与贵族气质。

张承志写自足的"男人世界",不赖有女人命名的男人,以这种方式强调他所以为的男人的人生之路,男人的情怀与气魄。男性迷恋在他的小说中,无所不在地表现为对于马的、对于歌(小林一雄)的、对于一个男人(如《金牧场》中的平田英男)的迷恋。文坛一度流行以"性与暴力"凸显男性性征,以粗粝甚至粗野渲染男性力量,张承志的"男性"却宁静而坚忍。这位作者醉心于男性内在力量(顺便说一句,男性的坚忍强毅,也是张炜所偏爱的气质),这力量必得有"气候酷烈"的"北方"才便于养成,必得有西海固的黄土地("好一片焦渴的严酷的海呵,好一片男人的海")才足够形容。西海固式的男性强毅不在杀人越货的暴烈行为,而在反抗死亡的意志。"你用滴水不存株草不生的赤贫守卫自己,你用无法生存的绝境阻挡黑暗。"(《金牧场》)——这才是张承志激情所注的"男人"。

阿 城

老舍曾自拟"小传",堪称同类文字中的妙品。我读过的作家自述中,独出心裁与幽默趣味足与那小传相比的,也就是阿城的这篇了。作家出版社的一套"文学新星丛书"出到现在,还未见有另一篇作者小传,本身也具类似的研究价值。为了行文的方便,权作一回文抄公,将这妙文录在下面:

> 我叫阿城,姓钟。一九八四年开始写东西,署名就是阿城,为的是对自己的文字负责。我出生于一九四九年的清明节。中国人怀念死人的时候,我糊糊涂涂地来了。半年之后,中华人民共和国成立。按传统的说法,我也算是旧社会过来的

人。这之后,是小学、中学。中学未完,"文化革命"了。于是去山西、内蒙插队,后来又去云南,如是者仅十多年。一九七九年退回北京,娶妻。找到一份工作。生子,与别人的孩子一样可爱。这样的经历,不超出任何中国人的想象力。大家怎么活过,我就怎么活过。大家怎么活着,我也怎么活着。有一点不同的是,我写些字,投到能铅印出来的地方,换一些钱来贴补家用。但这与一个出外打零工的木匠一样,也是手艺人。因此,我与大家一样,没有什么不同。

提到阿城,人们容易想到汪曾祺,其实他或许更叫人想到老舍。阿城试作过京味小说,虽说只证明了不长于此道,但看那写女人的笔墨,确有一点儿老舍小说的余韵,比如说那家的女主人"在屋里走动着,既不夺钟,不夺胆瓶,也不夺字,但与这些东西是平级的,显得那么稳实、安静,似乎是颜体的贤慧二字,透着体面"(《傻子》)。他的不坚持写"京味",或者就因为"不长于此道"。非不为也,乃不能也。其实"三王"(《棋王》、《树王》、《孩子王》)中可感的文化气质,倒是颇与当代京味小说相近的。我指的首先是那种平民态度。上面所录像是随意的小传,多半出自刻意经营,不妨作为作者的个人宣言来读。看似随便处,每以遣词用字,透露出着意为之的神情。比如"如是者仅十多年"的"仅"字。下这一字显然用足了心思。重复地申明"与大家一样",也是用了心思的——正因"不一样",而且也心知肚明,才要说之不已。此种言说,也像有意的缄默,本是一种强调。"娶妻生子",是中国俗间所谓人生大事,一经文人说出,就格外透着郑重,别有深意似的。这其实也正证明着文人之为文人。阿城的确"人世近俗";其小传,其小说,却又证明了思路未出俗雅区分的文化视野(而非古代哲人提倡的"不别析"——即使《庄子》也不能不折不扣地做到这一点)。汪曾祺也如是,只是更有含蓄而已——道行毕竟不同。"与一个出外打零工的木匠一样",并不全是自谦。传统文人常私下里认同"手艺人",自觉制作方式上不无相像;以文字"换一些钱来贴补家用"也非自今日始,不过取酬方式、支付的内容古今不同罢了。一再说"大家……我就……"正完成了一种文人式的表白。至于对世俗人生价值的肯定,也应属中国士大夫"传统"之一种,只不过阿城比之初涉文坛时的王安忆,思更深,所悟也更透彻。季红真说阿城"一再选用'无字棋''无字碑'这样的意象,赋予平凡的生命以大的魂魄",[1]这也的确是阿城写"三王"等作寄意最深的所在。

---

[1] 季红真:《棋王·序》,作家出版社版。

我没有看出阿城有哲人面目。不以"哲学"胜，这一点阿城亦与同代作者以至同期文坛同。以之为哲人的，多半怕是惑于他那种表达方式。有人指出汪曾祺的作品有士大夫气，在我看来，阿城之作亦有此"气"，确又因此见得特别：那一代作者中，能令人由文字间看出上述渊源，察觉这一种背景的，毕竟稀有。那即使不是无根、也应是其根入土未深的一代。

阿城在其小说中不但不曾出于俗雅区分的文化视野，未远于士大夫的文化传统，也未越出他所属一代人有关"价值"的思路。《棋王》中"吃与下棋"孰轻孰重的反复掂掇并不出常，终于归结到"衣食是本，……可囿在其中，终于还不太象人"，亦势所必至。人们惊讶于其中关于"吃"的描写，描写中那一本正经的庄严态度——中国知识分子对于某些真正"基本"的问题，规避、疏忽已久——至于意义思考的常抑不常，就无暇计及了。读这小说，大可见仁见智。珍视俗文化价值者，叹服于作者写"吃"的一派庄严；注重精神价值、超越追求者，则感动于"车轮大战"中的生命扩张。其实《棋王》一篇，正是在意义的追索上，显得很有点艰苦，那思路往复回环，令你疑心作者遇到了"鬼打墙"。吃与下棋，在棋呆子王一生那里，先就有了极细致的区分："他对吃是虔诚的，而且很精细"；他下棋"同样是精细的，但就有气度得多"。他师傅说："'为棋不为生'，为棋是养性,生会坏性,所以生不可太盛。"他妈说:"下棋下得好,还当饭吃了?""先说吃,再说下棋。"说的都是棋道与生道孰重孰轻、孰先孰后。王一生不过折衷了两种说法:不鄙生道,却把命在棋里搏。这里稍稍出常的,只在"不鄙生道"。小说写千人观棋,"一个个土眉土眼,头发长长短短吹得飘,再没人动一下,似乎都把命放在棋里搏"。当此之时,下棋至重,无可比方,生命亦在"搏"中见出庄严、辉煌。这正是人们所熟知的知识者的价值态度、人生态度。因而小说写吃说棋再别致,也不曾真的说到了人们的意想之外。但篇末的那番话,仍很经读:"不做俗人,哪儿会知道这般乐趣?家破人亡,平了头每日荷锄,却自有真人生在里面,识到了,即是幸,即是福。衣食是本……"毕竟是自个儿由"每日荷锄"中悟出来的,说得亲切,叫人怦然心动。

阿城所写,是平常之人(写王一生也着意强调其人的绝不起眼),却各有极脱俗处,这脱俗处就在对精神价值的注重。棋王将生命系于棋,"那生命象聚在一头乱发中,久久不散,又慢慢弥漫开来,灼得人脸热"。树王将生命系于树,满山树倒,即"失了精神"。出奇的不只是"注重",而是超凡的执著,生死以之。这份精神信仰,正是文人、知识者所特重的,阿城不过将人物所系念的(理想、信仰等等),换了较为寻常的物事,如棋("玩物丧志"的"物"),如树,如是而已。

即使曲终奏雅,见识不远于"常谈",如此郑重其事地写吃,谈论吃,已足够惊人。"食文化"已近于雅,赤裸裸的"吃",无论在哪个民族,怕都是属"俗"的。吃本身不便也不宜言说,尤其不宜细说。就是今天回头看阿城写王一生的吃相那段文字,仍会觉怵目惊心。古代中国的名士,其异于凡品处,常常就在能得俗雅间的调剂,在雅俗之际有见识的通脱。阿城的写吃,略近于奇人狂士行径。此一种"写",作为象征行为,已够有力的了,不必于"主题"上再事苛求。何况中国古典小说,魅力通常正在叙境;纵然"终归团圆",叙事中也仍时有奇境、奇趣。阿城小说,亦适于这样的阅读趣味。

人们惊讶于阿城,也因久已冷落了中国的传统小说。这正如1940年代张爱玲引起的惊讶,多少也因新文学的读者久已冷落了旧小说那样。文坛上常有"轮回"的事,如回复文言趣味,如起用通俗小说笔法,如笔记小说、小品的再度行时。有意"做旧"或以"旧"为新,是通常"出新"的路子,且比之来历未明莫名所以的"新",更易于被接纳。这里说"新"、"旧"未必确当。文坛非如服装市场似的一味以"近"为"新"。阿城写小说,取径略近于史传文学、笔记小说(那"本土文化风味"其实也自文体中来)。写王一生、肖疙瘩、王七桶,就有写"异人"的文人趣味。田间市井间的异人也是"异人",譬如《儒林外史》中的"市井四奇",譬如汪曾祺所写"故里三陈"、皮凤三。看《棋王》中王一生所为,就决不平常,是非常之人非常之事。王一生的吃相固然俗,但写这俗却足以成就一种雅。中国文学中,写俗人俗事,有时正出自雅人深致。中国文人久已炼就了某种通脱,炼就了对异人、畸人的鉴赏眼光。传统社会太"常态",倒是由反面鼓励了对"异常"的兴趣,因而文字陈迹中,偏多关于狂怪行径的记述,不能欣赏"异"、"畸"的,适足以自白了见识的固陋。

欣赏民间奇人、异人,也出于中国文人式的文化信念:礼失而求诸野,相信野唱的樵夫,荷锄的田父、野老间藏龙卧虎,有异人异才异智。文化亦如歌子,一脉流淌,从未真的被阻断过。"街子哑了歌声,山里却还有。"(《树桩》)阿城的初衷,或许在肯定平常人生、俗常人事的,譬如吃,譬如弱手摺书页,譬如平了头荷锄,激情所注却仍不免在"非常",人物也仍不免有车轮大战式的英雄之举,这里头怕就有传统文人趣味的诱惑。

古代中国文人并未经由他们的"近俗"达到近代意义上的平等论。或许雅俗观念先已限定了思维边界。雅俗之际最能见出中国式文人的文化处境:他们极力打出观念壁垒、旧有的秩序层次网络,时有所悟,这悟者自己,却仍在网络、秩序、壁垒中,在其士、文人、知识者的角色中,在其欲走出的视野中。我这里只说"处境",无意于在中西思想间判断优劣。汪曾祺、阿城们经由中国文人式的思路,达至对凡俗人事、世俗人生价值的理解,这一种"悟"自不可轻看。且不说他们各有其得自大动荡、大劫难的个人体悟,单看数十年间有关思路的被废置、被遗忘,就不难理解他们的作品所引起的惊喜。对于读者,那或不是启蒙,而是点醒——将模模糊糊的一种观念记忆弄醒了。

至于阿城叙事的质直,与"生活流"、与"淡化"均无干系。那平铺直叙亦应出自与古代小说家相似的自信,相信叙说本身的力量,不假过多的形容。如季红真所说,阿城是个"大故事篓子"。较之其他同代作者、知青哥儿们,他讲故事的技术更精到,也更节制,尤能于平淡处讲出味儿来。白、平淡、平铺直叙,是叙事策略,而非对生活的态度。阿城并无仙风道骨,无所谓"出世之姿",这不但可以证之以他的写吃,证之以他小说中浓厚的反讽意味,而且可证之以他对意义、主题的注重,不惜反复点染。说得白,有意淡然,也是特殊形式的强调。岁月并不就能消尽了火气,阿城没有与年龄、阅历不称的道行——像他的有些同代人不胜羡慕的那种。说庄禅在阿城,何尝不也是策略、有意的姿态设计。"说出来的不是禅"——他自个儿就说过。知识者活在现代中国,要飘逸怕是太难太难。周作人说自己"从小知道'病从口入,祸从口出'的古训,后来又想韬迹于绅士淑女之林,更努力学为周慎,无如旧性难移,燕尾之服终不能掩羊脚,检阅旧作,满口柴胡,殊少敦厚温和之气"。① 真是无可如何。但阿城如此强调王一生的世俗人生体验,写并无政治色彩的棋里搏命,仍有另一种暗示:即使在"文革"中,在知青历史中,在政治文化铺天盖地无所不笼盖的时期,也有寻常人生,有衣食住行一类琐屑人事,有每日荷锄中的怡然自得。此中自有人生真味。阿城属于从"大事件"中走出来的一代。将他这类强调或暗示置诸同代人的作品间,方可见出各人由那经历中提取存储的有怎样的不同。

"三王"中,《棋王》与《孩子王》皆佳,前者奇警,后者朴质。《树王》虽不乏精彩,却嫌火爆了些,是刻意之作。在《孩子王》似的质朴如白土布、蓝印花布似的叙说中,似乎更有那段人生的颜色。此作的情节时间,应是"文革"后期,其中知青的"我"已老于乡村("在生产队已经干了七年"),叙事文字、叙事态度,就令人感出七年岁月使"我"平民化的功效,话语间浸透了土色。如人物说"我虽去教书,可将来大家有什么求我,我不会忘了朋友。再说将来大家结婚有了娃娃,少不了要在我手上识字,我也不会辜负了大家的娃娃"。这或不叫"复原"。这话语本身已全是"悟"。"白"到这样,才白得有味,白得意味深长。我猜想阿城写到了《孩子

---

① 周作人《雨天的书·自序二》,北新书局,1935年版。

王》,才更悟出了话语、叙事的功用。只是这境界似也可遇不可求,一现之后即难以复得。

　　阿城的文字似本色而极人工,这"人工"之于一个文人或又正属本色。阿城的文字显然是赖有训练的。《棋王》写王一生闻棋兴起,动手前"紧一紧手脚",精简传神处即近于古典白话小说。他只是不蹈五四以还的"新文艺腔"这一种"故常"而已。一点文言趣味,一点被摺荒搁生的古典白话小说笔调,在创作界普遍的熟语滥调间,自然令人觉得"生"、"新"。状物的生动又来自画家式的入微观察。如《树王》写"小娃眼睛一细,笑着说",写麂子"黄黄的一条,平平地飘走"。阿城不走有意粗粝的一途,他的文字虽极力地白、质直,却是精心提炼过的。呈现于阿城文字的,是整饬的世界。"三王"以及《树桩》,均可读作关于文化荒芜及其拯救的寓言。有拯救,即未全荒,不是一片沙漠。如《孩子王》里,"我"即于荒芜中醒悟;此外还有王福的抄字典,来娣的歌。因而大不同于莫言、郑万隆笔下强人横行的旷野,这儿是一种不乏融和的荒芜。阿城的平和,不峻厉,亦因"信念"。信念、文化精神,即见诸文字,文化意趣浓厚且"整饬"的文字。只这样,已足以与文坛流行作品面目不同,也与同代作者所写"知青文学"不同。这文字,这神情,是在那么长的岁月中蜕变生成的。他已走出了那"过去",只于文字间留下了那段生活的风霜颜色。

过度提炼的苟简，也会作成限制，一旦用了常规的写法，即顿见平庸。情况类似的还有李锐，写"厚土"一组太用力，像是写绝了，难以为继。何立伟更是极端的例子。以尖新取胜的，不能不更求尖新。太特别的，往往难以经久。有了醒目的"风格"标记，怕已是被那"风格"框住的时候。阿城走的是险道、狭道，他成功在这奇险处，也会在奇险上过早地耗尽了气力。文字也如人，骨相清奇者，未见得长寿。"极致"在作者，不一定是福，尤其来得过早的极致。你一再由文学史上看到，作者像是压倒在其辉煌的初作下。小说家大约是得有一点儿平庸的。老舍、沈从文，多产而写得持久的，都有其平庸处。有常有奇，才更合自然。因而倒是那些未曾惊人，但风格不局促、舒张自然的，其创作的前景未可逆料。近读王安忆《写作小说的理想》一文，其中说到"不要语言的风格化"、"不要独特性"等等，应是悟道之言。

韩少功

韩少功的作品证明着他属于他那一代,却又正是这作品难以归类,难以归在某些明显的代征(包括代的文学特征)之下;他的写乡村的作品,亦难以归在由同期乡村文学抽取的论题之下。"知青"这历史角色在他那里并没有剥脱,而是更内在化了。他以其"属于"与"不属于"证明着一种人与其过去的联系。

韩少功也如他的同代作者中最常见的那样,初作决不使人想到其已在乡间"脱胎换骨",倒是发现数年知青生活之后,口吻依然像当年下乡时的中学生。那种学生腔,或也是一种流行的文调,只不过初出道者更容易为其所囿罢了。

知青作者中乏奇才,乏不羁的才情,或也既因早年的训练，又因了日后训练的不足。写得恣肆淋漓生机勃发的，是同代作者中非知青（非"插队知青"）的莫言、刘恒等。知青作者的初作大多幼稚，有中学生作文（或大学写作课）的气味。阿城似乎例外，但他出手较迟，或许把幼稚的习作阶段掩过了。幼稚者的匠气自然不同于写熟、写油了的那一种，除了才禀外，也因太守规程，或因手段不多尚无游刃的余地。在韩少功，大约还因太浓厚的知性趣味。据说知性、理论嗜好都多少于"生命"有妨，看来这种说法可由韩少功、阿城的文体取证。

韩少功的小说，到《归去来》等篇已入佳境，找到了感觉也找到了形式。那种亦幻亦真亦虚亦实极具象又飘忽的境界，写得精彩而绝不逞才使气。这后一点也要紧。韩少功的谨严持重节制一笔不苟的认真劲儿，令人有信任感，这也利于造成特殊的阅读效果。《归去来》有鬼气，《雷祸》、《蓝盖子》、《爸爸爸》、《女女女》也有。但又不全是《聊斋志异》的那一种，至少经验根据不是。一个人被误为全不相干的另一个人，经了反复的提示、暗示、自我暗示，终于进入角色，认同了那"另一个"，如鬼附体（《归去来》）。现代心理学的依据不论，还应有知青式（或其他类似的外来者、闯入者）的乡村经验。"熟悉"，是传统社会的特点。沈从文爱说"日光下头无新事"。"熟悉"来自生活的凝滞重复，人的经验的狭隘重复性。韩少功屡次写到类似的经验：似曾相识，似曾经历，因过分熟悉而使人有梦魇感。《女女女》写"我"由省城回陌生的家乡，岸边小码头上，"有熙熙攘攘的家乡人，三两聚集低声言语，好像很有默契地向我瞒着什么。我总觉得身后有人叫我，回头看，是一个黑脸汉子喊他的丫头"。杂货小店里桌边围坐的几位老人，"又瘦又黑，言语腔调都酷似我父亲，不由得我心头一震"。人事在极单调重复中终于古老到怪异，固态化的时间尤其会令外来者的世界感知脱出常态。

《归去来》中的经验，还应系于现代人的深刻自疑：我是谁？我不是"马眼镜"（那"另一个人"），但我也可能是、不妨是、或许就是他。"我"的绝对性被打破了。那么，是否有一个"我自己"，与任何"非我"绝不混淆的"我"？这个"我"又是如何确认的？你会相信韩少功有一点玄学兴趣。他可以算作那代作者中最(?)理论化的一位。你也可以不接受上述玄学式的思路（或暗示）。小说中的"事件"很有趣，写得诡异而真，足以引起兴味。全作构思精巧、形式圆整，即使不含理论命题，也已不失为佳作。其中"我"与乡民的短短对话尤有情境感，颇堪回味。

在韩少功的感觉中，乡村早已苍老。"我感到我们已经滑到了地球的边沿，峰那边一定有沉睡着的几个世纪。"（《诱惑》）作者屏息体验着这深山里的生命状态,在对乡村苍老的感知中,探访着乡村神秘。苍老与荒凉,是最令韩少功为之怅然的乡村记忆。前于《归去来》,《远方的树》就写到过知青人物在乡村所经验的"时间":"眼下这一片黄沙土的大地,好像是被人们遗忘了的世界角落,太寂静,太单调。好像时间都凝结成黄色的了,不动了。在黄色的时间里,没工夫希望和回忆,只有流汗和大口大口地喘粗气,日复日,年复年。"《史遗三录》里则说:"我曾下放湖南省汨罗县务农六载。""……随老农开荒时曾掘出大批铜矛铜镞,轻捏即成粉末,怃然察出脚下荒岭原是铜器时代的惨烈战场,禁不住惶惶四顾心空良久。"韩少功终于找到了传达上述微妙的时间经验、历史体验的话语形式,使似不可言说者形之于文字。

瞬间停滞或重演,其背后有乡村中国无尽的荒凉与苍老。如此地感觉着乡村者,由寻常人事也会读出怪异,领略到不知何来的神秘暗示。比如《雷祸》所写乡民抬尸体下岭的寻常情景:"那一群人已下岭去了,时时还见老妇揪住门板俯仰,却像无声动作,但闻雨声沙沙。泥污中留下一些脚印,有大脚的,有小脚的,有胶底的,也有草鞋和木屐的,凸凸凹凹如一些深意难解的浮雕,一会儿,就被雨点溅洗得模糊了。这景象不可久看,否则必生出些莫名的不安来。"

韩少功这一时期的作品,常常有意疏忽了常规叙事的程序要求,而在一些似无关大旨处加意形容,细节处逼真到可怖,以强调、暗示(似大含深意又似并无意义)使意境混茫,借以逃遁着批评者习用的主题模式。写乡村,他凭藉的更像是综合化了的总体感觉。即使具体的情境记忆也更是感觉记忆,这种"记忆"是在事后的运思中被唤醒与强化了的,记忆方式已足够使韩少功的乡村故事与朱晓平的故事状貌大异。韩作纵然看似很"感觉",仍然令人察知浓厚的理性趣味,这也注定了故事难以源源产出。这一种心智活动必有苛刻的条件要求——外界的以及作者个人状态的诸多条件。

《爸爸爸》亦属奇文。虽然铺张了之后未必比之浓缩更见功力,境界毕竟大了许多。在长卷中也如在短制里,韩少功更善于经营的,仍然是具体情境,因而拆碎了尽可相对完整的片断。写女人们自相惊扰,写丙崽娘、仲裁缝斗法,夸张变形均有异样的生动。在较宽裕的空间里,韩少功更发展了叙事的非常规性,任记忆碎片在笔下变形,胀缩扭曲又重新拼合。《爸爸爸》较之《归去来》也更有寓言性。统治着这世界的,是无名——"不知来自何方"的村寨,语义未明的古歌。这无名世界汇集着诸种经典性的乡村图景:村妇的舆论制作,械斗,唱古。这里有通常的"乡村历史",有"起源说"(照例"模糊可疑"),有乡民的定居与播迁。这里甚至有大凡村落必备的种种:"寨前一口水井,一棵大樟树","老得莫辨男女"的老人("村寨所常有的活标志")。但作者感兴趣的,却仍然不在常态,而在看似常态中的意义未明的方面,比如意含含混的话语,以及含义模糊的行为语言。小说写丙崽娘传播流言,写仲裁缝在村民中的地位的那些文字就颇见精彩:

> 她圆睁双眼,把一户户女人都安慰得心惊肉跳之后,才弯起一个指头,把碗里的茶叶扒起来,嚼得吱吱响,拉着丙崽起了身,严肃认真地告别:"吾去视一下。""视一下"有很含混的意思,包括我去打听一下,我去说说情,有我作主,或我去看看我的鸡埘什么的,都通。但在女人们的恐慌中,这种含混也很温暖,似乎也值得寄予希望。
>
> 实在是看鸡埘去了。

仲裁缝在寨子里是个有"话份"的人。"话份也是一个很含糊的概念,初到这里来的人许久还弄不明白。似乎有钱,有一门技术,有一把胡须,有一个很出息的儿子或女婿,就有了话份。"乡民日常的话语世界,也如其历史文本(古歌),由种种含义可疑的话语构成。模糊,亦是古老文明的话语特征。

在这篇作品里,作者依旧用似随意又似大含深意的强调、暗示,以有意的误导,使你难以循习惯了的路径追逐"意义"。那个畸人丙崽就像一个似导引却适足以淆乱的人物设置,它诱人去诠释,却未必真的像看起来那样含义深奥。韩少功的感知能力似乎是专为探寻乡村秘密、破译文化密码而具的。他的叙事富于知性趣味,知性趣味自然出自局外态度(二者也难说孰因孰果)。写作《归去来》、《爸爸爸》时他自己并不投入,也不诱你认同(似也无可"认同")。非常规的话语——叙事,足以造成间离。他以逼真的描叙,示你以虚构性、猜想性,所写村落,似有若无,"历史"似是而非,充满了悬疑、不确定性。人物的"本质"更无从考定。较之事件,你被迫更关心他的叙事,被迫留神他以诡谲的眼神示意你留神的情境、细节。这里有韩少功的叙事策略。

韩少功是知青作者中有异能者,却也如其他有异能者一样,易于出奇制胜而难以经久。所幸他有才华却不"横溢",使用得极节制。他写作品也确实不能以总体气势胜,比如不能莫言似的酣畅淋漓或张承志似的大气磅礴,细部局部刻绘之精细与出人意表,同代人中却无可比并,尤其那种使情境暧昧飘忽迷离惝恍的笔致,在同期文坛上更是一绝。湖南作家或因楚地巫卜文化的熏染,长于出"鬼气"(残雪更是适例),但如韩少功这样将"虚化"与极现实的批判意图结合得似无间隙的,究竟少见。同期文坛写乡村神秘追求文化意蕴的,常乞灵于佛佛道道或晦涩难解佶屈聱牙的"历史文本",用了文白夹杂似通非通的表述,韩少功却另是一途。或许因为对"乡村神秘"的感知原就不同,也因为互不相侔的达到"神秘"的话语能力。

《爸爸爸》中的乡村(或不如说"乡村中国")历史毕竟不是一场噩梦、一出荒诞剧,这历史也有其奇异的庄严。小说结尾处"老小残弱"者平静地甚至优美地就死,青壮年为了生存而悲歌远行,境界极其幽深,读之令人肃然。集体自杀的极其理性与无理性的械斗相映,毕竟复杂化了你的历史感受。当此之际,甚至乡民的唱"简"(即唱古)也有庄严意味,于天真、简朴、荒唐无稽中,展示着乡民顽强的生存意志,乡民社会积久的文化力量。即使写到这儿,作者也没有放弃他的批判意向。这里惊心动魄地演出的,不过是又一度的生死轮回,丙崽的不死于剧毒的古怪生命力,是意味深长的象喻,使你在震惊于乡民的生命力时不无沮丧:这不死的生灵不过使得他所属的社会更其黯淡无望而已。

由一个局部——比如写女人的场合——或许更容易看清"记忆"变形的过程。韩少功曾经用常规方式写女人,尤其写被认为"好女人"的女人(《风吹唢呐声》、《谷雨茶》、《那晨风,那柳岸》等),同期所写乡村,也是温情脉脉的文学中久已熟悉的乡村。到《雷祸》、《爸爸爸》等,笔下的女人神情大变,她们似乎一味鬼祟,喊喊喳喳,贴着墙根窜来窜去,有某种古怪的动物癖性。这种动物癖性在《女女女》中更被大事渲染，以至篇名如同恶谑。此一时期，作者写乡俗人情，笔调也转为冷峭。两种女性角色在不同的意义结构中都更像是功能性的存在，后一种角色意义更在对"熟悉的"乡村情境的反讽，也是对乡村文学中习常语境的反讽。"记忆材料"的变形不只是发生在"时间"中，它更是发生在变化了的感知方式、理论态度中，更适于作为"新的"思想材料、形式手段整理加工"记忆"的例子。

《女女女》较之《爸爸爸》，意义更其芜杂，讽意也更为刻露，因而适于作为一种变体的极态，一种试验的段落记号。其中一个本像是祥林嫂式的女人终于蜕变到使你无所用其悲悯，另一个看似地母般的农妇却很可能是杀人者。作者有意戏弄你的接受期待，戏弄你的阅读习惯——以人物"性质"的似是而非，情节的若暗若明，又是你已领教过的本文的策略。寻找整一的（更不必说"熟悉的"）意义世界成为徒劳，这种拒绝的手势被认为大含深意。

"等待"是此作中别一个暧昧的意符，可以孤立抽取，似与上下文不相连属。或许即是作者个人情境的象喻，喻示着韩少功本人面对世界时的困惑。那是"我"回乡的路上，"一座座不动声色的山门，把人引向深深的远方，引向一片绿洲或一片石滩，似乎有一个人曾经在那里久久等待过的地方"。"我"走在家乡的柳树林中,"小路这样寂静,仿佛有个人刚从这里离去"。"我"驾驭摩托在城市街头,"或许,能使我在前面的路口拐弯之后,遇见一个什么人——我没见过的但等待着的人"。你或许由此想到了充满偶然事件、充满邂逅与错失的现代人生,想到这《女女女》的世界正如"我"等待中的"有个人"、"一个人"是否实有一样不可测定。但你也会想到"等待"也是知青经验,知青历史即是一场漫长而充满诱惑的等待。这经验自然不像《等待戈多》那样深奥,却也有助于体验知识者普遍的存在状态。

置于知青作者的乡村小说中,你会发觉《爸爸爸》之属令人难以认出"知青经验"的明显迹象。即使你如上文所说的那样察觉到了"主体",这主体也缺少不可替代的知青标志。本来,"寓言"的普遍品性,是排斥过分时期性、个人化的经验的。作者的情感态度尤其与任何一种"乡村怀念"无干。语调的冷然不全由于节制,也因所写种种,无所用其同情,无所用其俯怜众生的悲悯情怀。这"无所用其……"作为态度,一向为中国读者所陌生,因而鲁迅《野草》中的《求乞者》、《复仇》、《颓败线的颤动》等作太费解。但到了这个时期,这种态度在创作界竟也渐渐普遍化了。滥施悲悯使人平庸,善恶二分则使见识平庸。叙事语调的变换中应有超越平庸的愿望。由是,你感到知识者与乡村与乡民的关系在变化中。你相信韩少功仍然有其乡村怀念,甚至未见得整个放弃了"田居"的梦,①但回望中的乡村却已渐次改变着状貌。即使有一天他真的赋起了"归去",回到的也必不会是"原来的"乡村。

韩少功是在对乡村的不断回首中,渐渐显露出成熟的魅力的。他的作品可以看作这一个人走出知青历史的象征。他写过不止一篇关于知青生活的小说,《飞过蓝天》写得一派严肃,充满道德感,其中那个普遍颓废中的悔悟者,也像张承志《阿勒克足球》中痛苦而孤独的北京青年。"知青文学"的主题之一,就是"跟自己过不去"。到《远方的树》,这个写小说的知青,已放弃了对待"知青的过去"的上述态度,叙事语调显然有反流行调子的意味,用习见的故事框架写出了意蕴不同的作品。叙事者、主人公,以拒绝虚伪,拒绝故作多情、故作深情、故作庄严状,显示了某种超然,尽管小说收束处淡淡的惆怅与关于"大地与树"的诗情发抒表明了"不能忘怀"。在韩少功这里,每一蜕变都显得艰苦,每一作的产出都非易易。这刻苦谨严的姿态,也应当作为那一代作者给予文坛的纪念。

---

① 参看梁预立《诱惑·跋》。《诱惑》,湖南文艺出版社1986年版。

梁晓声

梁晓声是以写知青生活奠定了自己的文坛地位的。他的特别处还在提供的"过程"的完整性:从初踏荒原到大返城到淹没于"城市"。梁晓声的特别更在"兵团"这一组织形式对于他的经验的极端重要性,这一点即使在同出兵团的知青作者中也引人注目。因而梁晓声或许属于最后一代古典风的集体主义者——如果能证明红卫兵式的兵团式的准军事组织形式不再被起用的话。

应当承认,出于梁晓声特有的知青情结、北大荒情结,由他反复运用的那些个历史名词、专有名词(从"兵团战友"到"返城知识青年"、"返城待业知青")特别浓厚地散发出那段历史的特有气味。他似乎还爱用"隶属于"这种说法,不无自豪地宣称:"兵团战友,仅凭这四个字,两个北大荒返城知青就可以互相产生信任","它是一代人的'口令'"。他在《雪城》中,甚至分析性地描述了"兵团战士"所意味的特殊气质。不妨认为,他的作品集中了最为丰富的"兵团现象",只能由"兵团"解释的知青现象,大可以此充当"知青运动史"的一个方面的材料。"兵团现象"证明了梁晓声更具体地体验"知青情境"的能力。他对于"知青题材"的依赖,具体地把握一种知青情境的专注,都使他符合任何一种最严格的有关"知青作者"的界定而绝无争议。

梁晓声作品的知青气质还表现在,其将以下两种知青情绪宣泄得淋漓尽致:一代人的委屈与愤懑、失落感以至受骗感与自我人格力量、人性深度的自豪。梁晓声所提供的最惊心动魄的场景,我以为是《雪城》开篇处的知青大返城;这"返城"正因"兵团"而挟有撼天动地的气势,是充分宣泄上述两种情绪的最适宜的场景。类似场景,尤其类似气势,在知青文学中是仅见的。知青之作多涉"去留",却唯梁晓声抓住了这一瞬。这犹如一场大溃退的返城狂潮,是怨愤集中爆发与意愿集中倾诉的时刻。《雪城》的不寻常的起势,使前此梁作中的豪语、不无自恋的牺牲表白显得苍白孱弱。是作出版时,距其发表《这是一片神奇的土地》已有六年。他以上述场景及充溢其中的情绪,表明了他本人距《这是一片神奇的土地》式的主题已是多么遥远(即使两作间仍有深层语义的相通)。

正像他把知青英雄主义("征服"欲望,功业追求)写到慷慨悲壮,接下来他也把知青的历史债务追究,把知青的命运嗟叹写得追切沉痛。与他同期写作的知青伙伴,有的正是在上述诸种知青主题上,有意含蓄、有所保留(或曰留有余地)的。因而梁晓声更能表达一般情绪,其作在知青文学中更有"大众文化品性",而那些含蓄、诸多保留者,其思路倒可能出乎同代人通常思路之外。优劣不论,正如梁晓声是名实相副的知青作者,他的作品也是更充分的"知青文学"。至于"知青文学"应由较具大众品味者或更有精英特征者"代表",则是另一个问题。

借"债务"这样尖锐的问题,也如凭着返城狂潮涌入城市的那一瞬,便于将其他作者含蓄化了的、或零碎分散见于其他知青之作的知青情境写得集中强烈、淋漓尽致。这里有知青返城之初的困境:在拥塞狭仄的城市空间找不到自己的位置,与"知青历史"连结的"价值"受到质疑、嘲弄,失却了群体依托后的孤弱无助,等等。像"十一年前历史轰轰烈烈地欠下了债"这样的说法出现在《雪城》中不应使人感到意外;梁晓声作品对知青生活的艰苦性、对知青英雄气概的强调,自始就含有历史债务的追究与补偿要求。这里有梁晓声的历史经验形式与历史记忆。主题模式虽有变易,他的知青小说,毕竟有更具连贯性、贯穿性的东西在。债务——代价,是由不同角度谈论的同一问题。对于此一思路的执著,使梁晓声的小说更有狭义的"知青"性质。他主要不是由"知青"出发探究历史问题,而是由"知青历史"出发提出问题,其问题(债务、代价等)更系于知青这一群体的特殊利益。这一时期其他"代"的作者(包括支付了更高昂代价的流放者),纵然语涉"代价",也会极力隐微曲折。出现于《雪城》中的返城知青的确更像一个利益集团,一个向"城市"、向历史追索欠款的集团。或许正是有关思路使得梁晓声的小说语境显得狭隘,我却宁愿欣赏梁晓声的问题的直率性。不少作品写到的知青返城之初遭遇的冷漠与警戒,无不根源于"利益"这俗极了的题目。

一时的知青文学好说"代价",不能自禁,又闪烁吞吐。我则欣赏两种较为极端的情况:超越得失思路的旷达,或者直截了当的利益计较。知青文学的确常病在狭隘(即缺乏普遍品性),却也病在温吞。救治上述诸病,或取超然,寻求"普遍";或取写知青情境的淋漓尽致——写到了极处,会恍然瞥见另一达于"普遍"的路的。

写"知青后"状态,梁晓声似与柯云路的经验范围不同。《新星》等作所写,主要是干部子弟的圈子,《雪城》虽女主人公亦"干部子弟",作者目光所注,却更在平民生活世界。两位作者的历史趣味亦不同:《雪城》反复使用的,是"兵团战士"一类称谓,柯云路的人物却已在大谈所谓的"代"。《雪城》更值得注意的,是此作由上部而下部,所提供的知青("兵团战士")消融于生活、消融于城市的过程。梁晓声的同代作者给你看了城市制作的结果,梁晓声却有意展示过程本身。小说写一个人物,"前几年她还看看所谓'知青文学'和'改革文学',如今也不愿看了。她在心理上早已与'知青'挥手告别……""城市"在梁晓声笔下,是新的生存情境的总名。不少知青作者写到人物在几年十几年隔绝之后,面对变化了的城市的失重感,其中《桑那高地的太阳》写此种经验尤为痛切。这是一种其缘由、其情境都极特殊的城—乡间的失落,与五四新文学所写知识者于城乡间的失落,与海外华文文学所写华人在世界城市与世界乡村间的失落都不同。梁晓声使用"城市"这语词,并不只取其与"乡村"相对待的语义,这里"城市"是相对于北大荒(另一知青情境)的陌生情境。对于这一代人,它不只意味着特定空间,而且意味着更换了的历史环境。

一代人在被"历史"精心制作之后,又被变化了的"历史"再度制作,是人类经历中并不多有的。不少作者写到了返城之初的知青处境,却难得如梁晓声这样细密地观察。这一人群本是值得作这样的跟踪观察的。对"普遍性"的偏嗜固然可救狭隘之病,却也会使作者错失了眼下过程可供提取的深刻性。经由知青特有的焦虑(主要系于评价难题),经由知青式的城—乡主题,经由知青一代的被历史塑造与改塑,亦可达于普遍,我们却还未见到这一种可能性的更充分的实现。

梁作中命运感的表达似乎与"代价问题"的明确化同步。长篇(《雪城》)使梁晓声能更从容地追究命运之来,再度将整个知青历史置诸批判性的审视之下。到了这一时期,如此大规模地回溯,已难见于其他作品。但命运感的深化毕竟不能只靠了反复的慨叹。《雪城》的慨叹不已,确也如作品中一个人物所说,有点像"迷信的老太太们"的絮叨。

在同代作者中,梁晓声无疑是个趣味传统的讲故事者,《这是一片神奇的土地》、《今夜有暴风雪》,满是惨情、苦情、哀情以及豪情、悲壮之情。他不为同代作者的文学实验所动,坚持以戏剧性动作,以悬念、突变等等引人入胜。他的创作的大众文化趣味,亦可由其作品的影视改编率证实。对特定语境的依赖使这位作者有力,亦使之脆弱。知青历史毕竟已成过去,它愈来愈有可能以别种方式述说。在真正脱出这一历史的作者,以至并无此种经历的另一代作者那里,这历史的更丰富的意蕴,或将不断地被开发出来。

色彩斑驳
——读作品札记

色调：代际差异

任何一个文学时代，呈现于作品，色彩都是斑驳的。因而代际比较纵然不是绝无可能，也是太困难的事，势必要有所省略、无视、避谈，使"代"的实际涵容缩小，将"代"片面化、简化。我自知难逃定例，所幸这里只说关于"色调"的印象。"色调"本身即模糊，"印象"更是"主观"的——于此已申明了"局限"。

五四新文学写乡村，其彰明较著者，有两种呈对比的色调，一种上承古代田园诗的传统，写偏于静态、稳态的乡村，而注重均衡匀称的形式美感，追求美感的"纯净"——废名、沈从文是公认的大家，何家槐的部分作品,风致亦近之。以往的文学史,以之为非主流现象;所谓"主流文学",则主张写革命化的乡村或破产中的乡村,见之于作品,即有传统诗境的破坏,有非均衡不匀称。只是"主题"、意图当呈现于文字,其调子即生出诸种差异。自然更有大量不便类归的作品,如鲁迅的《故乡》、萧红的《牛车上》等等。同一作者(即如沈从文)笔下,亦有题旨、色调的变易。

上述两种极态,倒是可以由当代文学中找到其对应物,"比较"也更易于在看似相近间进行。

古代田园诗(及田园诗风的散文作品)中的和谐,也来自乡村生活固有的和谐。这和谐即使在革命时期也仍然存在,而且会长期存在下去。这里尚未及于人们关于这和谐的记忆,这种记忆将更是长久的。写乡村小景较易达于优美,已屡被证明了。这自然因依于文学传统,中国知识分子由"文化"陶养而成的近于本能的审美能力。到新时期,刘绍棠的《蒲柳人家》之属,何立伟的《白色鸟》等作,引起的毋宁说是重睹旧物的欣喜。① 其实乡村小说的作手,大多能画如是漂亮的斗方小幅。那小小一景,常是最能勾起乡愁的。写这一景,文字之美,也似不假人工。刘绍棠的《蒲柳人家》写乡间黄昏:"鸟入林,鸡上窝,牛羊进圈,骡马回棚,蝈蝈在豆丛下和南瓜花上叫起来。月上柳梢头了。"史铁生《我的遥远的清平湾》写归牧:"傍晚赶着牛回村的时候,最后一缕阳光照在崖畔上,红的。"

莫言让他那芜杂的语言材料发出一片喧嚣,将乡间涂抹得一派火炽时,仍能随手一抹,以简朴的文字写出令人心神宁适的乡村小景,寄寓他同于常人的乡村眷念:"雷雨过后的路面还很潮湿,被激烈的雨水抽打过的路面粗砺干净,低凹处凝着一层细软的油泥。小毛驴又一次把清晰的蹄花印在路上,那星星点点的矢车菊开得有些老了……""村子里已经炊烟升腾,街上有一个轻俏的汉子挑着两瓦罐清水从井台上走来,水

---

① 社会动荡使人的情感生活粗粝。将乡村诗意化的心理依据之一,是大动乱中积蓄起来的向乡村寻求抚慰的愿望。集中发生于城市的政治热狂、暴烈行为,使人们梦见了乡村的和谐恬静。史铁生、王安忆、朱晓平都写了人物于乡村宁静与城市喧嚣间的感触。《大刘庄》(王安忆)写大刘庄时,突兀地插入以下城市场景:"在一千里外的北京,正进行着一场江山属于谁的斗争。一千里外的上海,整好了装,等着发枪了。"强度对比,唤醒着人们温柔细腻的文化感情。我想,孙犁那种疏淡优雅之作,或者也由类似条件助成。

罐淅淅沥沥地滴着水。"像这样写乡间酒店："泥巴柜台上放着一只青釉酒坛,酒提儿挂在坛沿上。"①似不经意,已境界全出。画鬼容易画人难,不经意而"工",才更是中国作家写乡村的技艺入神处。

贾平凹的作品中古雅精致的小景随处皆是,倒教人难于摘引,只好随手录下几句以见一斑:"……阿季就往崖下走,一面看夕阳从汉江下游处照上来,在一面石壁上印一个圆圆的淡红,便发现自己在竹林里形影俱清,肌发也为绿了。"(《火纸》)

由五四新文学到当代文学,这种笔墨趣味更借了散文天地谋发展。其置于小说中时,常被指为"散文风",言外之意,是文体特征模糊。新时期十年,写小品散文式的小说卓然成大家者,是善写江苏高邮一带风情的汪曾祺。汪曾祺写故乡诸作,有的并非写乡村,古旧小城镇,在乡土中国,是介于城乡之间的。《大淖记事》等写水乡的作品,初问世时,真使读书界为之一惊:久未睹如此精美的田园画幅了。中国读者为了欣赏美并不计较文体界限分明与否。这类作品也一向被用做读书界审美能力的衡器。

不论传统的审美趣味如何的顽强,由五四新文学到当代文学,人们仍可看出一种贯通着的倾斜,即偏离

---

① 均见《红高粱家族》。

以至破坏传统诗性、乡村文学既成的审美标准,力图开出新境。这使六十年来的乡村文学显出芜杂,水平参差。这种破坏冲动的背后,除社会思想、历史环境、文学思潮(尤其新文学史上)等显而易见的原因外,也应有审美创造的要求。如果那漂亮的乡村小景有可能无须斟酌几笔勾勒而成,如果这些形诸现代白话的"小景"即使再精美也难以超过千锤百炼沙里淘金后的古代田园诗,那么何不另辟新径,尝试一下别的可能性呢!何况20世纪中国乡村在如此剧烈的破坏与重建之中,那些如画的情境、时刻、瞬间即使仍然是现实的,"乡村现实"也早已复杂到不胜把捉了。

你因而可能想到,写乡村骚动之所以吸引了创作界的普遍兴趣,不只由于号召,也因于上述审美创造的内在动力。我在《地之子》第一章《荒原》一节已谈到了乡村文学的写乡村荒原与乡村文学自身的荒原化,兹不重复。我这里只想补充说,新文学的写"骚动的乡村",常令人感到一种挣扎,一种因囿于已有形式、话语规范的痛苦挣扎。无论这一番挣扎的结果如何,都不妨肯定其意义的。近几年亦成一种时尚的有意的晦涩,有意的粗粝(由内容到文字),即使不是新文学史的重演,也应是寻路中的邂逅。"余地"在具体时期具体的人们那里一向是有限的。题材与意象有意粗粝如张天翼作品,文字表达有意艰涩佶屈聱牙以至重浊不堪如路翎,形容描写有意冗长芜杂出乎常规如端木蕻良,此外还应想到有意粗放的初期左翼文学。这当然只是一些越轨的例子。发生在乡村的骚动是政治骚动,在当时的历史情境中,不可能演成更深刻的文化变动(虽然政治骚动自有文化后果)。相应于此,写乡村骚动的文学,无妨其有传统的习见的和谐,在提供给人"骚动"这一政治信息时,并不予人以审美的陌生感。文学的美感面貌应是文化变动及其深刻度的灵敏试剂,于此也可以得一证明。回看新文学史时,你或将上述笨拙的努力视为艺术冒险,甚至视为以"艺术性"为抵押的赌博,但你由如此艰难的挣扎中察知了作者们当年意识到的紧迫性。这紧迫性于几十年后被另一代人感受着,他们所作的努力同样是不能保障成功的。只是在这里,你才更清晰地看到了文学事业的艰苦,仅有几十年历史的中国现当代文学创新的艰难。你因此对寻路者怀着敬意。他们的探索毕竟出于一种极重大的觉悟:文学者应当不断致力于发现语言表达的新的可能性，文学的生机也应系在这种（或许是无望的）挣扎上。①

新时期的作者正是当越轨时使人感到较之前代，更为挥洒自如，更有艺术自信。这不只因为具体作者的才情，也由于时代风气。尽管文学演进非即"上行"、进化，已有的文学积累毕竟垫高了后来者的起点。李锐式的文体试验，稳健沉着，更有美感的节制；莫言、刘恒的粗粝则有逼人的才华，更像是出诸不羁的才情。新时期文学有意在文体、意象的缝隙间，透露给你文化人类学、神话学、精神分析学说等等理论背景，使所写荒芜、粗粝、丑陋、"病态"不像是对读书界的无谓戏弄。文学在其惯例中，曾被作为逃避丑陋、逃避缺陷、畸态的河湾，一旦失却惯例的庇护，也就无可逃避。因而有了莫言那些令人反应复杂的乡村图画。作者那异乎寻常的感觉能力本可以用于酿造诗的，却造出了"真实"到粗鄙的乡村散文。

---

① 端木、路翎等以有意的芜杂、累赘，造成新的视听效果，力图唤醒被流行文调、"新文艺腔"麻痹了的语言感觉，逼使你去注意语言本身——这种意图是可感的。过分的风格化虽非大道，但这种努力，从来就是文学进步的积极推动力。在文学语言的变革上，即使个人之力如何微弱，以个人之力转换风气如何地不可能，那种知其不可而为之的顽强，也值得尊敬。

五四新文学已感染了俄国文学的阴郁,如许杰,如骞先艾,如芦焚(师陀),更如沙汀、张天翼、路翎,所写阴郁的乡村,由古代讽喻诗,由反映民间疾苦希图达于圣听的古代诗文那里寻找联系已显得牵强,它更与19世纪以来的域外文学调性相近。这种阴郁并没有从新时期乡村文学中消退。当"城市文学"(尤其城市改革文学)还洋溢着年轻人似的兴奋时,乡村小说已先一步如久历忧患的长者,眉目间一派苍老荒远了。率先复原牧歌情调的乡村文学,又较早地以阴郁严冷令人震悚。如刘恒,如何士光,笔下的阴郁,像是能直接诉诸感官。何士光所写乡场,阴湿而晦黯,"被烟火熏得灰黑的瓦檐"下,人们为生的沉重魇住了。"……隔着人家的壁板,听得见睡熟了的人们的鼾鸣,好像人们在夜里也不曾歇息,而是嘶叫着,在梦中继续着生存的战斗,又好像日间连喘息的功夫也没有,必须在夜间得到一点补偿,喘一个够。"(《梨花屯客店一夜》)你从张炜那里,从李杭育、贾平凹那里,都可以发现色调日见阴晦的过程:贾平凹由《小月前本》等等到《古堡》、《浮躁》,李杭育由《最后一个渔佬儿》到《阿环的船》,张炜由早年作品里的枣林海滩到《秋天的愤怒》中的"冻土沟"、《古船》中的小磨屋。无论贾平凹的州河,还是李杭育的葛川江,都像是在日趋沉浊,不复有沈从文笔下的沅辰二水般的澄彻浏亮。轮回、循环之感亦足添沉重。作品何止不浏亮澄彻,有时直如泥石流,将迂缓凝滞钝重,以情节以文字传达给读者。① 这阴郁沉重像是特地用来反衬"十七年"乡村文学的明亮轻松的调子似的。禁忌的松动不只留出了观察与思考的余地,也稍许解放了作者们的调色板。这里的阴郁已难以用了写光明还是写黑暗的简单尺度衡量。"色调"中有中国作家深刻化了的历史感,他们对于历史文化的沉重性的体验,较之新文学史上的"揭露"之作,其阴郁之来已有不同。

同中见异的还有见诸文字的情感态度。激情化,在新文学的所谓"主流文学"中是常见的。极端的例子,是群众斗争的场面。《水》(丁玲)、《一千八百担》(吴组缃)、《蛇太爷的失败》(张天翼)等作,篇末的爆炸性(以及不少作品通篇的火爆),灵感似得自同期的话剧(尤其活报剧型的话剧)。无论写乡村革命化还是写破产中的乡村,都便于情感的投入。形诸上述场面,更被认为是有效(即足以煽情)的情感形式。近十几年的

---

① 也应当说,在张炜这一代作者那里,沉重感并未全然掩没了对生命、对历史的乐观信念。如张炜,虽写了"冻土沟"、"老柳树"一类死亡意象,却不吝作品结尾处的"亮色",人物也终经遍布死亡阴影的苦难历程而得到超度。史铁生作品也有苦难、死亡阴影与走出深渊——至少避免归结于无望。小说家们对"结尾"的处置从来都是耐人寻味的。

乡村文学,其优秀之作只不过更将激情内在化了——如汪曾祺的有些静穆悠远的作品的确少见。《古船》(张炜)、《天狗》(贾平凹)等篇,甚至有一种宣泄痛苦的冲动。

痛苦往往在觉醒过程中深切化,压抑通常是因了"解放"的许诺才骤然变得不可承受的。即使如《小鲍庄》式的疏淡、《爸爸爸》式的诡谲隐晦,也掩蔽着文化批判的激情。因激情化而有事件的极端性,如《古船》(张炜)、《灵旗》(乔良)所写,如《五个女子和一根绳子》(叶蔚林)、《芙蓉镇》(古华),如"桑树坪系列"(朱晓平);因激情化而有情节的戏剧性,如《眼石》(李锐),如《雪夜》(赵本夫),如《远村》(郑义)、《天狗》(贾平凹),更不必说莫言笔下的强人家族,与刘恒那些凶险的洪水峪故事——汪曾祺似的平淡倒像是刻意为之。无论现实感觉由麻痹中苏醒,还是文字感觉由惯例中苏醒,都会有一时的极度兴奋,激情之来是顺理成章的。于宣泄痛苦的冲动之外,还有释放情欲的冲动,疏导流泻个人情思的冲动,等等。冲动也导致着美感失衡。作者们不讳言其"投入"、"参与",以至"感同身受",如莫言,如张炜。张炜关于自己如何投入的描写,令人想起巴金曾有过的自白。以这种心态写作从来难以"旨远"。

上述激情化与同一时期另一部分作者(如王安忆、

阿城)表现出的情感节制,同属对一个长时期中浮夸的"激情"的逆反。只是在较为开放的环境中,如张承志那种更为个人化的激情发抒才有可能受到鼓励,而痛苦的宣泄也少了一点风险性质。对于已发展得如此成熟的乡村文学,仅仅标准式样的取消,就不只解放了情感及其表达,而且有更广泛的解放意义。比如因不追求旧有标准的"逼肖"而扩大了创作的自由度。其时作者不唯在情感发抒时较为松弛,更力求写出由"我"出发的乡村感知,为此不避一向被贬抑的"神秘性",乡村幻觉,竟使这一片被过度耕耘的土地长出了奇卉,景象之奇诡,非前辈作者所能想见。

新文学作家与当代作家间的传承关系,在乡村小说这一隅,或许更看得清楚。正如当代京味小说的成就多少因了老舍的范本,当代晋、陕、湖南作家的写乡土,也凭藉了前辈作家(如赵树理、柳青、王汶石等,沈从文、周立波等)已有的成就。赵树理、柳青,创作时期跨越1949年。新时期晋、陕地区乡村小说之所以特具魅力,应赖有1940年代直到"十七年"前辈作家的艰苦经营。尤其那显而易见的语言优势。这一点在近十几年出现的年轻作者如郑义、史铁生、朱晓平等那里也令人羡慕。将其作品与湖南、山东、江浙的同代作家的作品相比,方可见出那贫瘠地方文学土壤的异样肥腴。这种语言优势,只有京味小说可与比拟。"大西北风情"在某种意义上是文学艺术创造的结果。文学艺术不只成功地创造了这"风情"的美感形态,而且创造了陶醉于这风情的观众与读者。十几年间新潮迭起风气屡变,晋、陕作者似不为所动,其作却仍能以坚实厚重动人,亦因于上述文学传统与依旧"普遍"的审美期待。

易于看出的,还有文体方面的传承。比如上文提到的那一种近于散文的小说。乡村固然尽有"故事",乡村文学却无妨单以情趣胜,散漫的描叙一向被以为天然地宜于"乡村"。这"宜于"自然依据了大量成功的事实。新文学史上,鲁迅之外,郁达夫、沈从文、废名、萧红、芦焚(师陀)、孙犁等一批作者,都是长于写散文式的乡村小说的。因而汪曾祺、林斤澜、阿城、王安忆、铁凝、何立伟类似体式的作品被读书界接纳是顺理成章的事。文体也有自己的命运。当散文创作不太景气时,一时最好的"散文"或许就在小说里;人们也在当它"小说"读时,领略了它的散文之美。这种借地繁衍,亦是文体生命之顽强的证明吧。说到底,文体界限毕竟是由人划定的,我们的小说散文之间从来不曾有过绝对的分界。散文因其文体历史,一向更有严格的审美要求。以散文笔墨写小说,亦有助于美感的节制。由此,更在新文学的基础上发展了以淡雅纯净(以至轻松)的笔致写残酷的一格,如叶蔚林的《五个女子和一根绳子》,如赵本夫的《雪夜》。文体与"内容"的有意不谐,助成了特殊的审美效果。

你于这里看出了"传统"的功用。乡村文学创作中"传统"是限制,又是凭藉。写乡村小说,易于因袭,也易于维持水准。乡村文学可凭藉的,远不止于文学传统与范本,还有乡村世界固有的历史纵深,相对稳定的文化结构。这里还未说到民间形式,神话、民歌、说唱艺术,等等。当代城市小说有时更像出自"自由创造",有可能出奇制胜,却也可能不伦不类、粗劣不堪。较为"无序"的城市容忍"胡涂乱抹";却正因无序,更苛求作者的艺术功力。但也不必否认,文化的陌生化从来就造成着新的审美经验。城市对于艺术家感觉方式的改造,早在1930年代就进行着。城市艺术天地诚然是遍布陷阱的,乡村文学却因缺乏类似的风险不免鼓励了平庸。对于个体作者,先在的经验、意识,以至审美范式等等,在乡村文学这一领域显得如此强大,难以为个人化的以及性别的经验留出空隙。写乡村的艺术在长时期里更是练到了这样纯熟,几成一种创作中的集体无意识。呈现于作品世界的,常常是稳定却已凝定了的美感,难以如"现代城市"呈现于文字时的泼辣清新、生机淋漓。

乡村文学作者正是当力图翻新出奇之时,体验到了传统的沉重性。他们急于重新解读"乡村"、"农民"这种古老文本,急于表达自己的文化诠释,却不意发现了既有意符、象喻,原有命题与解答方式的顽强介入。当你试着独自面向广大的乡村社会时,蛰伏在你本人那里的"历史"、"文化"首先被唤醒了。似乎整个乡村历史与历代人们关于乡村的沉思,都意欲借你的笔说话。受制于传统、模式的不自由,即使不是写乡村者特有的经验,也是他们体会尤深的经验。但我写本文决非为了嗟叹一番"宿命"。我更感兴趣于对宿命的反抗,更感兴趣于作者们在不囿于传统、积习的奋力挣扎中,涂染出的那一片斑斓色彩。这是古老星球上"人"的痕迹。即使一小片颜色,也足为人的意志与愿望作一证明。

色彩斑驳

代代相继的文学创造俨然是一场语言捆缚中的持续挣扎,只不过有人挣扎得笨拙,有人挣扎得轻灵,有的因挣扎而弄到面目狰狞形容丑陋,有的则虽挣扎而仍不失姿态的优雅,如是而已。

力图张扬主体意识的小说家,首先在这里发现了他们无以逾越的文化限定:"一个作家的'语言风格',它总是被某些来自传统——也就是来自社会——的言语模式所充满。"[①]这或许可以作为"主体"处境的绝好

---

① 〔法〕罗兰·巴特:《符号学美学》,辽宁人民出版社中译本,1987年9月第1版。

象征。文学也以此证明了其对于人的生存情境的体验的深刻性。

捆缚中的挣扎,是文学创作者演出的最壮观的一幕。正是各个人的挣扎使文学文本色彩斑驳。我们曾过分地估价了日常语言活动中的创造。较之文学,日常语言毕竟是偏于惰性、较为因袭的。在正常的历史年代,由活人的唇舌间汲取灵感的文学,应当更有语言发现、创造的愿望与活力。这几十年间,上面所说的"挣扎",仍以近十几年为剧烈。"挣扎",又是以脱出新文学史上(直至"十七年")形成的范式为目标的。

范式在最称活跃的语言活动中也易于形成——证之五四文学革命以来的文学史,谁曰不然!1930年代流行译文体,乡村小说结构与叙事大都取法域外。这在当时,不失为雅化、文人化,与旧小说、与市民通俗文学在文体上划清了界限;却又因囿于相近体式,难以将作者们更鲜明地区分开来。"大众化"运动的意识形态背景且不论,其于文学语言,应是救病之举。但口语、方言,也可能是另一种通用语——倘若未经"个人化"的制作程序的话。对"知识分子趣味"的深闭固拒,也制约了语言创造。虽然1940年代因特殊条件文体试验又一度活跃,但创作界更可称述的是写知识分子的作品,写乡村以文字新异惊人的,究竟不多。"十七年"接续根据地、解放区文学传统,大众化、方言运用,成绩都有可观,较之二三十年代,乡村文学的泥土味的确浓重到了不可比拟。其间知识分子"结合"、贴近、融入的艰辛努力,仅由文字亦可以感知。但"泥土味"究竟只是一"味";写乡村必泥土味,谁说不也属成见、偏见!近十几年新锐作者求取多味,不避(或更有意追求)"个人话语",亦是文学史上常见的逆反。当然,文体创造还有别的推动力。意义的更新从来是与表意方式的更新互为条件的。尽管文体努力并不就能消除了语言困境,倒多半是将这困境强调了,但如文学史上屡见不鲜的,在活跃的文体创造中,表达与限制(不胜负载,无以表达,难能呈现)间的紧张,使创作思维活跃,构成着作品的内在张力。

下面是我读部分乡村小说时"文字印象"的琐碎记录。《地之子》其他处已较多地谈到的,不再重复或言之从简。使人忘其为"文字"者,或者更是好文字。但文学研究者毕竟是专业化的读者,理应另有阅读兴趣,这也是不待说明的。

刘恒的《狗日的粮食》、《伏羲伏羲》等作,精彩处在写食与性,写乡民粗陋的生存,写得拙重、大气,比之知青作者,似笔锋坚硬,态度亦更沉着,于浑朴厚重处,发散着旷野气味。但那是极雕琢而后的浑朴,极人工的厚重。有泥土色并非就是泥土,也不见得比之书生味的更"本色"。《伏羲伏羲》一作,更仿佛有一种阴鸷之气,一股沉沉的力,含着威压。写得有力处,不像是因了情感灌注,倒像是因了冷然。"冷然"中有关于"命运"的隐晦暗示。直接见诸文字运用、氛围营造的"命运",让你想到了"历史",同时瞥见了君临人物世界之上的作者。1920年代末茅盾写《蚀·追求》,让他的人物一个接一个地大触霉头,俨然在劫难逃,何尝不是滥用了造物主(作者)的权力!当然,刘恒在提供人物逻辑时,更审慎,更耐心。他所写的那些关于仇杀,关于爱(性?)与死的故事,对逻辑的坚硬度本来也是特别挑剔的。

拙重,并不就有了纯正的方言趣味。河北作者,由新文学史上的孙犁,到当代的刘绍棠、铁凝等,除京畿之地的作者笔下那道染了乡气的"京味"(如刘绍棠作品),其用乡语方言并不能如陕北味的易感。刘恒作品,更有与上述作者迥不相侔的方言趣味。可见方言趣味决非现成地存储在自然形态的方言中,那是由作者的运用中生成的。方言在刘恒,是助成"我化"的一种语言材料,更具体地说,助成了他的表达的"简"与"拙"中的那"拙"。刘恒不铺张,不虚张声势,不好挥霍地重叠形容。他的文字给人的力感,也因了内敛。那犹如"命运"似的阴沉、阴鸷,含而不露的威猛,也从这节制、内敛中来。

我曾谈到了刘恒作品与时尚间的呼应。但有些过分明显的呼应,倒可以不必当真的。比如《伏羲伏羲》

一作篇末及附录关于男根的神话。即使作者果真态度郑重,你也仍可当它是有意的误导(情欲辩护、生命礼赞也属流行主题),因为你由作品中读出的,是充满罪感的偷情故事。这故事中的人物虽然也如"红高粱家族"似的几无左邻右舍,小说中处处可见的关于"乱伦"、关于名分的暗示,仍提醒着传统的乡村环境。这里刘恒的力量或许在于,他写处于如此具体的社会情境中的情欲时,使人感知了被称为"命运"的神秘意志,而别的作者为达类似境界,或许是以牺牲了"生活"的具体性为代价的。刘恒此作中,生命与情欲挣扎得愈有力、顽强,愈见得渺小——而且男人与女人同其渺小,同样孤弱无助。小说关于男女媾合的描写,非但不予人以悲壮感,毋宁说示人以猥琐。使这故事中本应是"古典"的情境见出异常的,正是这令人战栗惊怖的猥琐。有关描写令人想到鲁迅关于"沉滞猥劣和腐烂的运命"(《"民族主义文学"的任务和运命》),关于"叫起灵魂来目睹他自己的腐烂的尸骸"(《娜拉走后怎样》)那样的话。由古典情境所避写、有所不写之处,写生活本来的粗陋,决不像是意欲张扬"人的自信",而是示人以深重的生存痛苦。这样的"写什么"与"怎样写",更是20世纪的文学现象,甚至与前代中国作者(路翎多少是例外)的趣味也难以并论。

不像莫言的醉心于形态,刘恒更有对心理的兴趣。

《伏羲伏羲》较之王安忆《岗上的世纪》中偷情者的故事，也更富于心理含量。"传统乡村"与"现实秩序"，均在这心理内容的备极曲折中。就《伏羲伏羲》而言，故事的残酷亦系于其心理内容。这罕有的残酷强化了作品的"力"的印象，只是这"力"未必直接呈现于"人物"，它更像是在描写间聚集起来的，因而你的所感大半应属"文字印象"。

除《力气》等作，刘恒似无意神化、英雄化他的男主人公们。他们通常比之同作中的女性有更沉重的生活负荷、更深重的罪孽感，更脆弱、神经质、焦躁不宁。他们即使复仇也显得像是出自懦弱、褊狭、"小不忍"，而非基于男性智慧的深谋远虑。他们因而是十足世俗的农民。唯其是这样的农民，其行为愈像是操纵于冥冥之中的命运之手。经由这种复仇故事，刘恒写文化崩解、破碎中的乡村，写这一过程中禁制（经由传统、历史、规范、前代人生）与欲望间的强度冲撞。刘作的阴郁性，部分地应由这景象来解释。

刘恒那过用了锻炼的文字不会适用于一切情境，写另一些故事他也会显得平庸，如《种牛》、《狼窝》。《四条汉子》亦不见佳，谐谑不免过火——中国作家中至今仍缺少"幽默"这一种禀赋。但调式的变换能教作者成功地藏匿自己，使你无法自信地断言何者为"本色"。话语—叙事，你还是当它"花招"看更适当，不必一门心思地搜索作者本人。

当代写乡村的作者通常划出一块地面在自己名下,郑重其事地命名,之后又反复提示,务使你的眼光一触到那名色,就同时嗅出了那片土地的特有气味。刘恒将他的那一块命名为"洪水峪"(有时也作"桑峪")。"洪水峪"暂时还不及"高密东北乡"来得响亮,但或者也会有故事打那里源源地流出来。

写乡村,莫言的一副笔墨最远于规范——但也并非一开笔就如此。"奇气"也是渐次生成的,因而才不至于奇得莫名所以,不知何来。"奇"在最初只是局部的,征兆性的,如《民间音乐》的写小瞎子的耳轮。他的感觉或许从来都不只是片断的,只不过须待相宜的语言形式,才足以渲染得奇气满纸。感觉能力与文字能力不能不互为条件:凭藉了语言去感觉,因感觉而导致语言材料的陌生组织——终于弄不清楚孰因孰果。

他或许确如李陀所说,到写《民间音乐》时,被什么灵感突然击中,蛰伏着的感觉整个儿激活,属于他的"高密东北乡"顿然由意识与感觉深处苏醒过来。他在找到了感觉找到了用以传达的语言方式的刹那也找到了他的乡土,让这乡土带着感觉记忆的全部鲜味、辛辣味浮出于文字。一旦感觉与表达相契,那支笔就触处生新,使得陈熟的事物亦如被闪电照亮般地神异起来。

《民间音乐》之后,《三匹马》也写得很有劲道,那一片泼辣劲健的方言口语令人乐于预言一位乡土文学作者的面世。正是写这并不陌生的事件时莫言使人感到了陌生。他的兴趣所注既不像是传统主题的"农民与马",也不像是英雄主义的拦惊马救儿童,却像是只为传达人对马对其间事故的那点奇异感觉。对陈熟的意义网络的放弃,使小说于常规演进中突现奇幻、飘忽。你由寻常的开头读到了收束,已觉迷离惝恍。

真正的奇作是《透明的红萝卜》,这也是我迄今读到的最好的莫言作品。似乎是,写作此篇时,不但旧有的感觉记忆一并苏醒,而且所有感官都生动地开张着,以至全作充满了灵性。"河滩上影影绰绰,如有小兽在追逐,尖细的趾爪踩在细沙上,声音细微如同毳毛纤毫毕现……"由一切"物"上读出"人世的冷暖"——作者本人亦如他的黑孩,有此奇妙的心灵能力。那通常是儿童(以及其他特富灵性的小动物)的禀赋,极难保有且极易失去。"红高粱"虽令人目眩五色,笔墨仍可摹得,不那么嚣张的"红萝卜",才更如出自鬼斧神工。

我在其他处已引莫言所说"我用低调观察着人生,心弦纤细如丝,明察秋毫,并自然地颤栗"(《白狗秋千架》)。这里"低调"似指一种受动状态,如旧说的芦苇,为风声所激而自然鸣响。这种状态出自异禀。因为我们的生活中"预设"、"前定"太多,以至人们已不复能"自然地颤栗"——"知识者"这类特殊的理性动物尤其不能。与莫言同代的作者大多耽于体悟,嗜好沉思,难能"低调"且"自然地颤栗"。"低调"也应指避免意义的预定。如莫言那样,有时像是只为写出一种感觉记忆者,也实属少见。

莫言的文字,常使人想到"兴会淋漓"这成语。遍看当代作品,能使人想到"淋漓"二字者的确不多。较为常见的,是省略浓缩。汪曾祺的小品,令后进作者倾倒备至。阿城、李锐、何立伟的文字,无不是精炼过的。文坛还流行过笔记小说,流行过文言趣味的文调。文字上的放纵、挥霍,一向较之简省更有风险性质,这可以汉代的大赋与魏晋后的格律诗为例。然而在谨严、节制的风气中,莫言的汪洋恣肆越发令人神旺,作者也多少如江洋大盗处羸弱的文人以及谨愿的农夫间顾盼自得,尽管那文字愈到后来愈不免于泥沙俱下,"淋漓"而泛滥,使人想到了节制终究必要。① 《球状闪电》等

---

① "汪洋恣肆"通常被作为较自由舒张的心灵状态的文字显现,五四新文学以来一向稀见。"东北作家群"的萧军、端木蕻良略有此种气魄,却又缺乏必要的畅达,倒是令人觉出了欲张扬反致艰涩的窘困。三四十年代曾有一批作者极力扰动("扰动"是路翎的说法),不只为传达社会、政治信息,追求陌生美感、意象,也因渴望解脱,渴望心灵自由。较之前辈作者,莫言的"扰动"显然较少痛苦,较能痛快淋漓,宣泄渠道更通畅,驱遣文字时也较为得心应手。

作已露出下述端倪:有意触犯禁忌而超出了必要,使人察觉到了"淋漓"背后长期的禁制造成的心理固置。暴露欲是对压抑的报复,"淋漓"则是报复而尚未逾矩时的状态。

莫言并没有缘他丛生的感觉而入于魔幻。剥脱那些如菌如苔如毛羽的"感觉",你发现了他所写"事件"的极现实的性质。《天堂蒜苔之歌》卷首有如下所谓"名人语录"①:"小说家总是想逃离政治,小说却自己逼近了政治。小说家总是关心'人的命运',却忘了关心自己的命运。这就是他们的悲剧所在。"《透明的红萝卜》、《枯河》、《老枪》等作写对儿童的施虐(他在多篇作品中写这类事件),写乡村基层干部的横作威福,有切肤之痛。莫言、张炜这些曾生长在乡村的作者,较之知青作者,对于乡村政治的体验更有尖锐性,写这种"现实"常常极痛切之至。这种切身的痛感,使他们即使写得飘忽时也不会迷失在天际云端,那地面于他们,是太熟悉太血肉相连了。

《红高粱家族》字行间更有恣意挥洒的沉酣,但过分的放纵使人感到,那也是失却了某种精微感觉后的蓄意弥补。这里因随心所欲而致的芜杂,不是如前此

---

① 使用显然的伪"语录"或出处可疑的"语录",也是不止一位作者的花招,或意在戏弄某种文本的庄严性。

作品的缘意象丛生,而是由于词语的挥霍,不免于"沉酣"处约略现出了窘迫。他在抓住了缤纷之极的色彩的瞬间,失去了某些更微妙的感觉;他在平原上恣意游荡却难以再次找回那一片感觉与意象的繁茂丛林。即使"红高粱"这意象比之"红萝卜"也更现成,意蕴更浅露似的。莫言长于色彩象喻。《红高粱》中的红与黑像是由《透明的红萝卜》中衍流过来,只是也嫌意境太分明,而少了后者那种迷濛与空灵。但《红高粱》仍不失为色彩的奇观。以大胆的设色对传统意境的破坏,使此作较之《透明的红萝卜》,更像一次有声有色的反叛。这也是极挥霍且不合常规的色彩运用,务求鲜亮抢眼,以至有俗艳的农民趣味。较之《透明的红萝卜》中那些过于微妙的感觉,这里的场面、色彩,更通俗也更响亮,自然也更张扬招摇。

你在莫言这里也看到了语言束缚中的挣扎抗拒。而杂用旧小说笔法(写女人处甚至有狭邪趣味),有可能意在以俗雅并作文野杂陈脱出纯文学的纯知识分子品味,在"杂陈""并作"中为文字灌注生气。"纯"有时也意味着孱弱。用杂,亦见勇气与气魄,虽然用之不当,太易于败坏阅读口味。较之话语的挥霍,语言材料的杂用更是艺术冒险,尤其面对趣味保守、感觉复又纤敏的读书界。

莫言式的语言奢侈与作品对于奢华场面的醉心,

似乎掩蔽着某种农民愿望。绿林响马式的大碗吃酒肉、论秤分金银、杀仇人、睡女人、横行无忌天高地阔任逍遥，是农民所能想象的自由境界。《红高粱家族》一再写戏剧性的大场面，对各章的中心事件都极尽形容。第四章《高粱殡》写奶奶的"大殡"更事铺张。循规蹈矩备受抑制的农民，偏偏钟爱极态，神往于极度的红火热闹，有如此缤纷华丽的梦，暗中渴盼着豪纵的生命挥霍。因之我要说《红高粱》较之《透明的红萝卜》，更有有意的农民趣味。《透明的红萝卜》多少可见时尚"走深沉"的影响，《红高粱》则有脱出羁束后的不顾一切的任性狂放。于焉得之，于焉失之，对于作者而言，两作的意义又是难以轻论的。

应当承认，在《红高粱》中，作者运用他的感觉优势时更自觉：小说写"父亲"有"一种类似嗅觉的先验力量"，有"一种类似视觉的感觉"，有"超敏的类视觉感觉"，这可以读作作者的自道。他所凭藉的，正是这种"类似……的力量"、"类似……的感觉"，这种"超敏的……"，这是作者赖以"自由"的优异才禀。同作中还说到高密东北乡人"心灵深处某种昏睡着的神秘感情"，说"我每次回到故乡，都能从故乡人古老的醉眼里，受到这种神秘力量的启示"，显系出自20世纪理论思想的启示。但太自觉即难如自然流出。人类总要为其每一种获取支付代价，亦是无可奈何的事。

此作的"跋"是一篇关于文体的小议论,说是"文章之道并无至理,穷途变化,存乎一心。南拳北脚,各有招数,各打各的就是了";"对待长篇小说应像对待某种狗一样,宁被它咬死,不被它吓死",可以看作有关这部可疑的"长篇"的自辩。此后如《天堂蒜薹之歌》等作,应是更合规格的长篇,却已少了那奇气。人们长久地记得的,仍然会是这俨如大拼盘的《红高粱家族》,无论认为它怎样地不尽如人意。

张炜的早期作品无耀眼的才华,却清新不俗。《芦青河告诉我》一集中的精致之作让人想到了孙犁的小说,而且也如孙犁的《荷花淀》诸作那样像是浸染了水气。

中国作家长于写小女儿的娇憨之态。蒲松龄、曹雪芹不论,新文学作者中,沈从文最是好手。近十几年的小说家里,是应当提到张炜的。他的《声音》、《看野枣》、《山楂林》等作无不清新可喜;虽然那一时期的张炜作品显然可见流行的意念,但仍无妨其可喜。我还注意到,写小女儿写到天真流溢的,多半是阅世已久涉世已深的中年(且男性)作家,因"久于"且"深于"人事,更能于柳暗花明之处,惊喜于全无沾染的纯美之姿。《声音》之属出自年轻(亦男性)作者手笔,或许使你略感讶异。倘若你试着倒过去,由张炜较后的作品看起,会发现那清新也由沉重中来,是托起在沉重之上的。你似乎懂得了一点作者。"纯情少女"这女性角色不只寄寓着男性期待(以及男性偏见),也往往涵有(不限于男性的)更普遍的文化理想,对于清明澈彻纯朴的人生之境的向往。这类文字如童谣:即使世界早已混浊不堪,童谣式的天真美丽依然动人。再苍老的心灵,也会保存有"好的故事",何况如此年轻易感如张炜者。以这份洁癖阅历人间世,那沉痛与愤激才毫无矫作,出自同一纯正(有时也过分严正)的道德感情。

当别人写政治苦难、写改革"问题"的时候,张炜自顾自地写这类童年故事、乡村童话,写得忘情、投入,之后又出人意表地推出场面庞大气势盛壮而沉重不堪颇用"思索"的《古船》。你不知道他还会由他的袋子里拎出些什么,因为这位作者像是不大左顾右盼,一心一意地潜在自己的世界里,尽管也隐约有与同代人的呼应。他有他自己的梦魇,一再地被魇住难以挣开:"出身"这一宿命下的乡村人生,老人权威,为邪恶者所把持的乡村政权下的乡村人生。[①] 这确实是一些极沉重的经

[①] 家族政治,一个时期的乡村文学因种种原因未便深涉。如《古船》、《浮躁》这样的作品,借家族——政治关系的网络编织故事,以政治上的邪正较量为情节走向,充满了政治预言、历史暗示,只能写出在新时期。

验。于是,你由《古船》读出了一派沉郁凝重。但这沉重又仍然是以初作中的文化感情、以他那些"好的故事"为底色的,否则你就难以解释"秋天"两篇(《秋天的愤怒》、《秋天的思索》)与《古船》中近乎自虐的激情。

即使站在他那些神态严肃的同代人中间,张炜也仍然显得有些钝重迂执似的。我在上文中提到了张炜自述写作状态令人想到巴金的自白,[①]这里应当说,相似的激情状态或也出自气质的某种相近。只有那种关于"纯美"的顽强信念,才会使得憎爱有异乎寻常的炽烈,以至让对于善的痛惜与对于恶的愤怒如火般灼伤了自己。这种激情使两位异代作者陶醉于苦难,写苦难时因过分投入而将自己弄到痛苦不堪,令人疑心这写作比之人物所历是更沉重的苦役。在《古船》里张炜常常提到"罪",这在中国是因语义过分严重一向被慎用的字眼。罪感与(以苦难)补赎,是铸造隋抱朴的要件。读"秋天"两篇与《古船》,你偶尔会想到,作者是因他本人宣泄痛苦的需要才让他的人物世界遍布死亡阴影,如此渲染人物那种绝望反抗的惨烈激情的。

那一代作者其作品日趋沉重沉痛的,非止张炜一人。这些小说家(以及与其同代的"第五代导演")普遍

[①] 参看张炜《秋天的愤怒·后记》,人民文学出版社1986年版。

地缺乏幽默才禀,其作品随处给人以重压感、创痛感,及有时显得过于沉重的忧患意识。读其作品教人想到"自虐"的,也不仅只张炜之作。郑义的《远村》、《老井》,史铁生写残疾者的小说,张承志的《大坂》、《GRAFHTI——胡涂乱抹》与《金牧场》,都会令人作如是想。但其中张炜仍然显得突出。"秋天"两作写主人公与敌手的对峙、较量以至皮肉撕裂的肉搏,有异于常人的耐心。他所钟爱的人物无不伤痕累累,被逼处险境,身历着并且细细地品尝着苦难。这极清醒的受虐,也如上述罪感,有一种陌生的性质,令人想到基督教的原罪,基督与使徒为众生的受难。张炜的乡村小说如他所希望的那样质朴,但这或许只能使之更远于乡民。下文还要说到,那质朴是张炜自己的品性。他那些质朴的作品是十足知识分子趣味的。那些受难的男主人公的哲人气味(以及作品钝重的哲思调子),也与上述罪感、殉道感一样陌生——尤其对于乡民社会。你只能说,张炜在其写乡村的作品里,将他的个人气质、个人好尚充分地对象化了。这里有一点很耐人寻味,张炜、莫言这样曾长期生长于乡村的作者,反倒漠视"逼真"这一惯常尺度,至少并不比一度插队的知青作者更少运用主体的"自由意志"。但你仍然看到了感到了长期生活的深刻痕迹,比如上文谈到莫言时说过的,对于乡村政治现实的体验。这极"现实"的经验在不刻意"写实"的作品中,有时倒是更凸显了。

无论张炜,还是莫言、乔良,似乎都不再自居为"复写者",而努力充当"历史"的对话者。"我"在莫言的《红高粱家族》中负担了奇特的任务:述说"我"不能亲见亲历者一如亲历亲见,坦然作现场性述说,"历历如在眼前"。这是自信能与他们特选的前代自由对话(而且共一时空)的一代人。张炜在《古船》中亦借他的人物(隋家子弟)与历史与前人对话。只有真切地体验着蓄之于自身的历史生命,意识到自己作为历史的创造物从而有宿命感的人,才能于对话中那样地激情与执拗,坚持要越过既经流行的历史文本直接面对"事实",执意逼问出被"历史"掩藏了的历史来。他们既然追求非亲见亲历的历史生活的肌肤感,就不能不承受犹如身历的历史痛苦。至少在张炜,上文所说其作的沉重,也缘于此。

张炜的文字有几分拙,这也不如说是作者个人"本色"的显现,并非"仿农民"的、刻意"泥土味"的拙。张炜曾反复地很珍重地提到"质朴",这质朴在他,几乎是一种信念。或者可以说,他的文字,即是对这"质朴"的摹仿。但"质朴"决非无色,它也是一种色。张炜常写拙于言辞的乡下人,乐于对这一种"拙"持欣赏态度。但一味的拙,即成单调。何况冗长的内心独白、长篇演说,有时除了拙并无其他。拙在这种时候,倒像是为了掩饰思理的迟滞与单调。张炜也如他的人物,真切地感受着承受着历史与现实的重量,他们自己却并非哲人。

脱出清浅的"初期"之后,他像是越来越醉心于男性的严峻,但对故乡对童年往事对苦难记忆的过于缠绵且絮叨,又有某种女性气味,文字的拙中亦含有妩媚。这倾慕着"严峻"的作者,自己的心性怕是太温厚了。这不止见于他那些写芦青河、海滩、树林、小儿女的作品,也见于他那些写老人的作品。[①] 以如此温柔的笔触写老人与儿童的,同代作者中也极难见到。你由那些沉重之作察知作者的男性理想、为他所激赏的男性意志,同时由他的清浅之作(不限于"初期")感知他对人世的温情,他的交流渴望,他对被忽略遗忘的人事一角的体贴与抚慰。张炜不大会失去他的那份质朴——你想到这儿会觉得放心。世事不妨无穷变幻,人还是有一点不易改变的东西,才更有根基。

刘绍棠、古华的文字最有乡俗气息。知青之作少

---

① 张炜写过作为乡村历史的凝结物以至象征物的老人,到后来,在短篇里,他一再写孤独的老人,写老人与儿童的交流,写这种人事里的天趣。他关注着老人与世界的交往方式,衰老中的生命与世界的联系,老人渐就枯萎的生命的坚韧,如《一潭清水》、《烟斗》等作。

有这两位笔下那种泼辣鲜亮的乡村文化色彩,那种乡民式的谐趣,态度大多偏于矜持,有准知识分子的严肃劲儿(李杭育多少是一例外,但他的幽默不具"俗文化"品性)。这两位又都长于讲故事,讲得热闹、铺张处有民间"说话"艺术的风味,文字富韵律感,上口可诵。"村"、"俗"(这里的"俗"是近于"村"的那种"俗")、"野",一向为雅文学所避忌。我也不认为以农民趣味写农民方为乡村小说之正宗,只是觉得不妨有此一味,且有时确能于那村、俗处,嗅到既生且辣的山野气味。

古华熟于湘中农村,熟于乡民口语,写得熟,方言运用亦熟,笔下常有民间艺术般朴拙的美感,却也如民间艺术的一览无余。因了上述的"熟",写起来气势很盛,无论精粗文野,不择地而出,挟泥沙俱下,自然就少了一点蕴藉。读古华读刘绍棠,你都能读出娱乐情态,你难以想象写这等作品在作者会是苦事(知青之作有时正令人作如是想)。像是凭藉了自然之势(情节运动)信笔写下去,那笔墨兴奋得有几分醉意似的。写到一气灌注略无窒碍处,难免少了余味余韵。这里的得失是不消说得的。湘省有楚文化遗留,又远于京城,性文化粗放。古华写情欲,较刘绍棠多一些"猥亵趣味"。刘绍棠的大运河属京畿之地,刘虽也好写风月,笔下就谨慎得多。这里也应有南北风气的差异。刘绍棠的小说做得太熟,结构熟、意境熟、意象熟——后两种熟也缘文字熟。五四新文学作者如郁达夫常用古诗文意象，但多属化用，且情景融汇，出之以畅达的白话。刘绍棠用类似的意境意象却将其俗化了。孙犁的行文避熟避巧（亦避仿古式的意境陈腐），写出的境界澄明清新，有古典文学修养的底子却几不见迹，文字极浅易极白，却有十足知识分子的雅趣。刘绍棠不属这一路，却以其气味的村、俗，写出了孙犁之作所无的明快劲爽。如其写瓜园：他的香瓜匀溜个儿，滴溜儿圆，白的玉白，黄的金黄，摘下来带两片绿叶，更显得好看。从河边挑来两筲水，蹲在绿柳浓荫下，香瓜浸入水筲里，一个时辰捞上来，撕一片苇劈儿，轻轻划上一道，瓜分两半，甜脆爽口，蜜汁原汤，喝下去沁人心脾。……（《瓜棚柳巷》）

刘绍棠的形容大多类此。这里不消说还有方言的爽利脆生。"明快"的是文字，亦是"生活"。刘绍棠笔下大运河边人有情有义，堂堂正正，活得敞亮痛快，有燕赵慷慨悲歌的遗风。刘绍棠的形容好用野语村言，这村野之语经他运用时，却透着熟。他行文时用排偶、俗谚，更使文字熟。他缺少那种以熟为生、以熟为新（陌生化？）的禀赋。读他的作品，也常觉一味畅达，而不耐咀嚼，文字于读者唇齿间滑过时几无余味。文字是要有一点生味，才更经咀嚼的。但刘绍棠文字的熟，或正合了乡民口味。刘绍棠也如古华，不追求"创意"，更无哲学野心,在崇尚深沉的文坛风气中,倒是另有一种别致。他们的终归团圆式的故事,像是由五四新文学叙事原则的后退。但还是不用"进"、"退"来描述为好。文学运行并不总在直线上。刘绍棠没有提供足以称道的"意义"、结构创造,却提供了美感。北方乡村风物的开阔明朗,由刘作中最易感知。即使少一点蕴藉,也有其补偿。

贾平凹的才能或许更是散文的,写"商州三录",笔致简劲曲折,炼字炼句,有古散文神韵。其中如《桃冲》(《商州初录》)一类篇什,令人想到沈从文写沅辰水民的佳作。贾平凹籍属陕西商洛,其文字意境却较之同代的"湘军"中不少作者更近沈从文,或也可以作为文学创作中代际承传的一段佳话。以散文笔法写小说,如《天狗》、《火纸》等,自然有造境的精巧别致,笔墨温润而境界幽深。

贾平凹说商州在陕西境内但不属陕北陕南,也不属关中,因而他写商州风情,自不必走陕地前辈作家的路子,倒是方便了依着才情的创造。"三录"写在"文化热"中,"初录"、"再录"的有些篇什,写得从容悠然,略有闲适趣味,其中的小品玲珑剔透,颇堪把玩。但太用力,太精工制作,也会少了浑融。属于那一代作者,贾平凹难以将对于乡土的夸炫态度坚持到底,"三录"愈写愈深入"世道人心"。贾平凹沉痛于山水风物间人的冥顽愚陋、短识浅见,作品的"沉重化"亦势所必至。

这一代作者中,土生土长者,如贾平凹,如莫言,如赵本夫,似乎比知青作者更是讲故事的好手,这份才能或也多少得自农民文化的浸染。贾平凹行文好用文言句型、成语,叙事却有古典白话小说式的紧凑流畅,一气灌注,也如民间说话或古典白话小说似的长于蓄势,如瓶泻水。沈从文自说其艺术感觉得之于水,你也确于那文字间感到了如水般的润泽。贾平凹得之于水的,应更在造势。他总能使其笔下的故事跌宕曲折,又饶有笔情墨趣。

贾平凹是极其注重意境的营造的,这却又系于古典文学中更细腻的文人传统。即使"事件"中有残酷丑陋,出诸他的布置,也仍不乏诗境诗趣。既有馀裕(经验的及文字运用中的),笔下就有了雍容的气象,不像有些同代作者似的时时透着局促;熟于风习民情,叙说自然饶有情趣,无需刻意去点染。他的商州诸作中,《天狗》确属佳构,较之郑义的《远村》更有笔法的谨严与节制含蓄。作品修短合度,剪裁极其工致,只是所写人情风习过于温厚,像是将这故事的残酷意味遮蔽了,与其另一些作品(如《金矿》、《古堡》等)中的情境调子适成对比。日见强烈的农民的政治义愤,也会使贾平凹难以顾到情致。对乡村基层政权的腐败、乡民承受的政治压抑的描绘,到《浮躁》更大幅度地拓展,那条州河岂止"浮躁",更有凶险。

你又于这里看出了土生土长或久居乡村的作者,与一度插队的知青作者间的差异。以贾平凹的关心情致、笔墨趣味,以莫言的感觉纤敏特异、挥洒自如,以张炜的耽嗜纯美之境、淳厚人情,足可用来凌空虚构,写得空灵飘逸一派洒脱的,却不能不在如经济改革、乡村政治这类极"现实"的题目上倾注心血。① 你可以为此而遗憾,却不妨认为这里有作者对其经历、其生存体验的一份忠实。倒是知青作者,似乎更关心文化、历史哲学一类较为"虚"、较形上的方面——这也与其在乡间所处位置、实际生存状态有关。即使凭工分吃饭,也曾一颗汗珠摔八瓣地土里刨食,这些外来者也仍然与生长于斯者不同。

因不归属(至少没有根深蒂固的归属感)、非隶属,自有一份超然。知青作者写农民时的幽默态度,也多少倚赖了局外身份。"清平湾"的写破老汉,"桑树坪"

---

① 张炜的有关作品写到了农民在政治权力、权利上的匮乏,写到乡村政治人物阴柔残忍的政治人格。"整个村庄仿佛就是一个巨大的轮子,他认为它需要旋转一下了,就伸出手指轻轻一拨。"(《秋天的愤怒》)有关作品渲染了压抑与反抗间生死攸关的紧张性。

的写李金斗,"葛川江系列"的写渔佬儿,鉴赏农民渔夫的天真神情,如较多世故的文明人看童年人类,是有暗中的文化、智力优越感的。农民式的天真纯朴从来为知识者所欣赏,因而笔底的亲切并不即是文化态度上的平等。倒是来自乡村的作者,他们对于乡村文化、乡民历史的夸炫,他们对于乡村落后面的批判,他们的政治愤慨,更有对乡村间事的郑重,态度上更"平等"。朱晓平写李金斗的幽默趣味,多少可以作如此观。此李金斗,虽曾逼死彩芳,致残小麦客,使外来户家破人亡,却天良未泯,有他的可悯甚至可爱处,令人无妨对之持幽默态度——你会想到,如若由张炜、莫言写来,态度会峻厉得多。朱晓平的宽容中有局外者的理性趣味,与俯怜众生的优越感。[①]"俯怜"者自然不在其中,不在某种如"命运"般严峻的"关系"中。朱晓平赖有这"不在其中",写活了他的人物。李金斗确系朱晓平所写最生动饱满的桑树坪人物——肯定了这一点,你却不必要求张炜、莫言、贾平凹等也如朱晓平似的有出之以"人性"考虑的体谅。你不如承认前者的严于憎爱,

---

① 《桑塬》一作中说:"可对桑树坪人,我没有一个恨的。都是好人,都是可怜人。"《桑树坪记事》写到李金斗,用了辩解的口吻,说:"因为他是农民,是大块地大块地耕种收获,却要一粒粮食一粒粮食算计着过日子的农民。"

是可以由其经历由其经验充分解释的。

知青下乡之初所感受的冲击,主要来自乡村的物资匮乏与乡民的蒙昧,其次才是乡村的古旧(历史感)。土生土长者却有可能因久于其间而对"生活质量"习以为常(至少不再如外来者的惊愕莫名),却因后来的知识与教养而对乡民的政治命运、对具体的迫害行为有切肤之痛。知青作者日后的追求文化概括(当然是艺术方式的概括),多少是由他们的经验内容"前定"了的;莫言、贾平凹的作品的某种政治化,亦有其必然性。

至于虚实处理上的不同,亦与同代作者互异的经验背景有关。贾平凹、莫言作品的或神秘或空灵处,竟也因作者的久于乡村。作为农民之子久于乡村,才会有莫言那种对乡民"心灵深处某种昏睡着的神秘感情"(《红高粱家族》)的知觉与兴趣。因而常常是,极贴近极"现实"的感受(如政治感受)与迷离惝恍的神秘体验容纳在同一作品中。知青作者则对其经验持更理性的分析态度,作品的内容由这一方面看,又像是更"实",意境亦罕有混茫——这里也只涉"差别",非关优劣。

属于同代人的上述作者,都能以纯朴的态度对待自己的经验。那种"纯朴"使他们各自避过了一些模式、框架的羁束。外来者对乡村社会中习以为常素被忽略的日常过程的文化意味的发现,是真正的文化发现,决不因作者系"外来"未"扎根"而稍减其价值;土生土长者虽然因"寻常"、"惯见"的消磨对日常情景少了敏感,但对更深潜隐秘混茫弥漫的文化境界的探入,却更有赖异禀。

这一代作者大多能写一手漂亮的创作谈(或创作论),足以证明其理论素养与创作中的自觉意识。李锐关于《厚土》的"自语"即是。其中有些见解异于时论,令人读之不禁一惊。比如他说:"我们再不应把'国民性''劣根性'或任何一种文化形态的描述当做立意、主旨或是目的,而应当把它们变成素材,把它们变成血液里的有机部分,去追求一种更高的文学体现。在这个体现中,不应以任何文化模式的描述的完成当做目的。"他自己的《厚土》当可看作"有机化"的一种尝试。那只是"厚土",或者可以再标出"吕梁山"这一地名,却不是缩微形式的"乡村中国"或"中国乡村"。但也不妨承认,"文化"是那一代作者借以摆脱习惯眼界的最方便的借口,而整合文化模型,较之前此流行的文明愚昧的二项对立,确也是进境——写"文化"更有可能入深,境界亦更旷远。由韩少功、李杭育极尽形容的楚文化、吴越文化,贾平凹的自是一世界的商州,到赵本夫标举的黄河故道文化,以至陕甘作者得天独厚据为生命之泉的黄土地文化:其时作者的兴趣的确不止于民俗风情的展示,而更在艺术地把握"文化模式"。其间的得失,是可以继续讨论的。只是文化决定论与"反文化决定论"均属理论命题,它们似乎都不宜于作为作品的主要支点。仅由作品,确也看不出李锐与同代作者作品间的显然区分。写乡民的具体生态,与追求文化概括,其实是同为其时作者所注重的。

李锐的"厚土"一组,是精悍的短篇。新时期之初,中篇一度行时。彼时作者们或复出,或归队,都有倾诉不尽的积郁。初试的新手能写短,却难得"精悍",以至短篇的艺术要求也渐就模糊。到"厚土"问世前后,作者们已重新试着在短篇的狭窄空间里折腾。汪曾祺、何立伟、李庆西的小品式、笔记体小说,走的是较现成的路子——其实几乎没有哪条路是绝不"现成"的。李锐写"厚土"诸作,取径与上面几位不同,却更合于19世纪以来短篇的结构要求。我们的新文学史上,找得出一批合于短篇规范的作品。"厚土"系列中《眼石》一作,尤有精悍之气,其剪裁令人想到电影的镜头运动与组接。这一组作品,所选都应属刻凿短篇的最佳用材,材料用得充分,几无一点浪费,意味全出,又不着一句俚语。写这种作品,是对力量的训练。作品的力量感当然也来自浓缩(主要指"单位面积"的意义含量)以及叙事间的顿挫。那种横云断月式的组织,与朱晓平小说的首尾俱全,各有结构渊源。只是前一种结构方式运用起来更有难度,重复运用也更易于造成阅读疲劳,尤其在仍然习于脉络分明且贯通的中国读者。

同写晋地乡村,郑义写太行,李锐写吕梁,都由那山读出了"历史"的悲怆意味。对吕梁山苍老面容的慨叹,是迂回地响在李锐的"厚土"系列中的。"苍老"是不止一位知青作者由记忆中提取的最深刻的乡村印象,这印象的提取又赖有"知青后"据以省思的理论氛围。不同于郑义,李锐更将对那山的深情与慨叹压进谨严的框架中,以收敛积攒力量,在顿挫有力的句型中有节制地释放,以此强调了操纵者的意志,而不像郑义那样,写乡民写到似忘情无我,作品亦无郑作那样浓厚的方言趣味。

无论取径有怎样的不同,其时的年轻作者,阿城、何立伟、李锐等所共有的锤炼文字的热情,无疑提高着小说(尤其短篇)的审美品位。李锐《月上东山》等作的文字还是平滑流畅的,未有日后《眼石》似的嶙峋峻峭,令人想见作者用于文字提炼的艰苦劳动。读书界赞赏艺术创造中的严肃,却仍期待作品的格局时有新变。汪曾祺评曹乃谦的小说《到黑夜我想你没办法》,说"小说的形式已经不是一般意义上的朴素,一般意义上的单纯,简直就是简单。像北方过年夜会上卖的泥人一样的简单。形式不成比例,着色不均匀,但在似乎草草率率画出的眉眼间自有一种天真的意趣……我想这不是作者有意追求一种稚拙的美,他只是照生活那样写生活。作品的形式就是生活的形式。天生浑成,并非'返朴'"。① 关于曹作,汪曾祺以为"天生浑成"处,我看出的却是技巧化、人工化。汪曾祺的下述劝诫我以为不止对曹乃谦有益:"曹乃谦说他还有很多这样的题材,他准备写两年。我觉得照这样,最多写两年。一个人不能老是照一种模式写。曹乃谦已经意识到自己的写法,别人又指出了一些,他是很可能重复一种写法的。写两年吧,以后得换换别样的题材,别样的写法。"

上面说读郑义的作品觉其"忘情无我",其实也因阅读习惯。阅读在适应了某种格局之后,会不再意识到作者、拟作者的存在。当此之时,以变体为适时的提醒,使叙事脱出走得太熟的路径,是必要的,但这无妨于作者用他以为最适宜的方式叙述。我相信,即使文坛风气再经几度变换,如郑义《远村》、《老井》那样的作品仍足以动人。普通读者也仍会心甘情愿地被诱于作者的叙事花招,乐于读到忘身所在。郑义曾自惭其"愈写愈实,愈写愈笨"。写《老井》,意欲将"现实、历史与一系列神话、传说,结构成千年村史",使这村史成其为"中国农村史之缩影","具总体上的浓郁象征意味",却

---

① 汪曾祺:《〈到黑夜我想你没办法〉读后》,《北京文学》1988 年第 6 期。

"又写结实了",乏"灵秀之气","大体上仍是一面'镜子'"。① 其实现在回头看,写"结实"谈何容易!

知青作者的乡村小说中,知青观点最隐蔽、乡土味最浓重者,或应首推郑义的两作。朱晓平善于讲乡村故事,有意示人以讲述者的知青身份,且一再用第一人称叙事,视角明确无疑。郑义以第三人称叙事隐蔽了知青身份,却并不规避情感的注入。《远村》、《老井》两作中,不但小狐子、牧羊狗有情,狼亦有情,那山野草坡更非无情物——写来自是满篇皆情。写乡村人物,郑义写得很体贴。这态度为某些同代作者所不取,更不论有先锋色彩的年轻者。但这份体贴的确成就了郑义作品的魅力。作者的体贴,与所写乡间男女的万种柔情,融成一片缠绵与凄恻,"风格"似更与陕西作者相近。

"相近"的是所写土地极贫瘠而男女偏饶风情,是由贫瘠而饶风情以及作者的情感态度中酿出的深长忧郁。这忧郁是写吕梁山的李锐笔下所无的。相近的还有民歌陶醉,及那些民歌的凄婉节调。这使人想到陕北风情、大西北风情的成因。这里应当有一些可用"规律"名之的东西,如物质匮乏与情感补偿,如山民由孤

---

① 郑义:《太行牧歌》,收入《老井》,中原农民出版社1995年版。

绝处境造成的情感方式与习癖。至于文字间相近的方言趣味,我下文还要谈到。

郑万隆的"异乡异闻录"中,力作当推《老棒子酒馆》。这《老棒子酒馆》与李锐的《眼石》,都像是攒足了劲儿的一跃。因气势充沛,所写无不妥帖,舒卷自如,亦所谓"气盛言宜"。这些或许不只赖有写作前的酝酿,也赖有写作当时的状态;而写作状态太偶然,太难以"作成"。《老棒子酒馆》的好处,还在不刻意追求寓言品性。郑万隆对寓言性的一度醉心,亦来自一时风气。其时作者们大约将意义发现认作了小说家的要务、作品的存亡所系,不惜力竭于此,挣扎得窘相毕露。郑万隆的寓言是更像寓言的,也就更能显现普遍困境:既难以使寓意出人意表,又乏营造情境氛围的足够笔力。你不难察知作者的野心,同时不能不惋惜其力有未逮,从而想到"倘若作者向自己提出更有可能承担的任务……"

《陶罐》是寓言诸作中较为浑成的,寓意却毋宁说"古老"。但真的写到了得意处,郑万隆的形容会如刀斩斧凿,呼呼生风。令人想到这种文字驱遣中的快感,或许比之玄妙的思理更值得追求。寓意的平凡由富于光彩的文字得了有效的弥补。读阿城作品,读"异乡异闻",读李锐"厚土"系列,都令人猜想,发现了文字(话语—叙事)创造着故事、"意义",一定是一种激动人心的经历。那是一种比之一般所谓"写作"更近于"原创"的经验。至少在写作者的感觉中,像是由自己孕育成功了一个世界。就文字运用而言,一般说来,写浓比写淡易,写浓便于藏拙。刻意形容,笔墨浓重,是年轻作者的常态。浓而有力,可由训练而致;淡而有味,却既是功夫又是禀赋。郑万隆那一代作者中,能写出汪曾祺那种"淡"来的,还未见有,阿城不过"似淡"而已。浓淡自然也系于年龄,现在弄笔的年轻人,或终会由绚烂归于平淡——无须乎巴巴地去追求的。批评界通常不止容忍而且赞许文字"锻炼"这一种"人工",而对情节、结构上的太"做"(太人工)持挑剔态度;大约认为前一种"人工"是艰苦的艺术劳动,后一种"人工"则多半因取巧或平庸。

史铁生本人写知青的作品,也浑成,不宜于句摘。史铁生有那一代作者中少见的细密地状写情境的能力——无论在"知青小说"中,还是在写残疾人的作品里。写后一类故事,他极擅传达那种含有些微暖意的凄清。因这"些微暖意",虽时有死亡阴影,也仍是人间,只不过多半是人间黄昏或清夜而已。他不玩"形上",不刻意求深,而以朴素真切地写伤残者的琐碎经验动人。他的话语风格,是宜于娓娓叙说的。不以曲折跌宕取胜,平易疏淡自然与机趣,使这叙说别有一种魅力。在插队的故事里,史铁生更以"娓娓"而谐趣,异于同代人的叙说。他也有那一代作者中少见的幽默禀赋——那并不是乡民的幽默,而是看乡民者的幽默。如史铁生所写那纯朴得近于童稚的陕北农民,似乎正合于用史铁生的态度去看。这幽默也如悲悯,并不"平等",都出自知识者的情感态度,有知识者对于自己角色的忠实。

以这一种态度回忆与述说,作品自然饶有情趣。在我看来史铁生的笔致天然地宜于"回忆"。《插队的故事》一作中有不少"记趣"的笔墨,在知青文学中,在知青作者的乡村小说中,均属少见。富于情趣,本应是乡村文学的通性,知青作者的乡村小说却往往缺少这一种品性。

中国古代的田园诗,其佳作不追求理趣而饶有情趣——出诸士大夫的世俗感情,对人间味、生活味的耽嗜与细腻的品味。文学中,"情趣"是由"馀裕"中来的,不只是生存的馀裕,还有心灵生活的馀裕。五四新文学史上,如鲁迅的《社戏》、沈从文的《阿黑小史》之属,即富于情趣。当代作者中,汪曾祺作品的佳处常在于此,比之他的老师沈从文,有时笔致更悠然。这种心态、文字境界,自然不是"为人生"或"为"别的什么那些个严肃的大题目所能范围(却也决非如某种理解那样是与此相反对的)。总的看来,新文学因"使命"与经验的沉重性而少馀裕,近十几年出诸年轻作者之手的乡村小说,则因意义耽嗜亦少了馀裕(都常常使人觉得饱和以至满溢)。生活并不总是为意义所充满,人的心灵生活、内心需求更是多方面的。

对日常生活的审美态度更赖有上文所说的"馀裕"。如上文所说,史铁生的回忆略有闲话当年的心态,将无关大旨的细事写得可喜可爱。比较之下,王安忆只是淡、平易,文字与史铁生之作殊不相类,譬如不属富于"情趣"的一类。淡,未必就轻松,王安忆的作品通常是质密的。她的初期创作中令人感动的单纯,已有人谈过了。那单纯自然与心境、与文字的"淡"均有关。有人以为如《小鲍庄》中乡村人生的单纯,亦出自知青(即局外者)趣味,与生长于乡村者的乡村感知不同,这也可信。情况有可能是,作者以其单纯将"世界"单纯化甚至也朴质化了。此外,还应系于观念背景。在肯定平凡人生世俗生活这一点上,王安忆笔下的乡民与城市居民的人生越来越无绝然的分割。"淡然"似乎也缘普通人人生无以承受语义过分严重的"价值论"似的。关于王安忆,《地之子》一书已多处写及,不便重复。陈村《走通大渡河·后记》中说:"白天在一天天变长,梦的时间自然少了,这五、六年,似乎在向清醒走去。我怀疑,觉得这对艺术不一定是好事。"我猜想会有不少作者因这"向清醒走去"而懊恼,但王安忆却处之冷静泰然。她的创作像是随时序(年龄)流转,不在意既成形象与别人由此寄予的期待。由少女式的清纯甜净,到入世渐深后富于智慧的庄重、安详——顺乎自然,这份从容就值得羡慕。生命不断地流走与补充,如河道然。或许有人希望出现在《雨,沙沙沙》等作中的,是永远的王安忆,我却嫌她将初期的语调保留太多,叙事语调太过于单调,有时琐细近于絮叨,久读即易生倦。她说"不要语言的风格化"、"不要独特性",[①]确系悟道之言。但她本人实在也难免为"风格"所囿,只不过因有见于此,极力将"风格"淡化罢了。弄文字者,有逃不脱的命运。王安忆试图仗着那些个"不要"逃脱,却注定了不可能全然如愿。

倘若为这一代作者由幼稚到成熟的惊人一跃取证,可读铁凝的作品。由《夜路》一集到《哦,香雪》、《村路带我回家》,到《麦秸垛》、《棉花垛》、《玫瑰门》,是一个虽连续却充满了激动人心的顿挫的过程。关于《村路带我回家》,《地之子》一书已多处谈到,那不消说是知青文学中的佳作。《麦秸垛》却不大易于纳入通常有关"知青文学"的界定。小说写知青也写乡民,其间有分际亦有融合。作品中知青与乡民的人生都如每天的日子般舒缓平淡,只是乡民的日子平淡得坦然,似无思

---

① 王安忆:《写作小说的理想》,《读书》杂志1991年第3期。

无虑,知青的日子于平淡中不免有小小骚动而已。叙述中亦不像史铁生《插队的故事》那样作判然区分,其间乡民与知青的话语界限略见朦胧模糊。这里应有下乡几年后的知青生活状态。小说的难以纳入界定,或也因其是更成熟的知青小说。当然作品并未于浑融之境中消融了"意义"。铁凝对意义的关切决不下于同代作者,只不过力避刻露罢了。《麦秸垛》的结穴令人想到王安忆的《大刘庄》。《大刘庄》中的乡民说:"天下姓刘的都是大刘庄的叉上分出去的。"知青也说:"我们的祖宗是一个。……大凡姓刘的,说不定都是大刘庄的哩。"《麦秸垛》写回城后的杨青觉得"世界是太小了,小得令人生畏。世上的人原本都出自乡村,有人死守着,有人挪动了,太阳却是一个"。城乡的人生在一种经验一种感觉中连成了一片。这或许是唯知青作者中的女性作者才有的一份细致的体验。王安忆在《大刘庄》里反复地用了城—乡这一对概念,铁凝索性将这对照也模糊化,只说其知青人物自觉"不过是从一个麦秸垛挪到另一个麦秸垛",那麦秸垛、大芝娘随处都在,大芝娘甚至就活在她自己身上。这不消说也是意念,但表达的确更含蓄,意境确也较《哦,香雪》、《村路带我回家》等作更深远了。

铁凝似少一些同代人的浮躁,神情沉着而自信,由节制含蓄中渐渐施放着她的力量。铁凝与王安忆都长于写日常之境,述事写情,委曲尽致且从容舒展,而又各有一份蕴藉。其入世之深,其驾驭文字的腕力,描写中日见增强的力度,都令人相信她们较之自己的男性伙伴,有更开阔的发展余地、不可预测的创作前景。

(摘自《地之子》,北京十月文艺出版社1993年版,收入本书略有删节)

第四辑　用文字抚摸这城

也如上一辑写的是读乡村者（"知青作者"），这里所写，是读北京者，即京味小说作者。

京味小说诸家中，自以老舍最称大家；我自己的读"京味"，也以读老舍较为深入。收在这一辑中的，却更是其他数家，则因了本书的体例。说"京味小说作者"，着眼的只是该作家有"京味"的作品。即如汪曾祺的小说，自以《大淖记事》、《受戒》诸作更为人所知；而邓友梅也有《在悬崖上》之类曾一度被关注的作品。

我与当代作家交往有限。这一辑所写作者中，打过一点交道的，只有汪曾祺。一回是为别人的书约写序言，另一回则是为我主编的《沈从文名作欣赏》约写稿子。既到了他府上，也就将出版未久的《城与人》带了去，是有一点惴惴的，因那本书写汪曾祺的文字间，有委婉的批评。后来听一位与他交往较多的朋友转述他关于我的说法，也就知道了他并不介意。

此辑诸篇，摘自《北京：城与人》。除关于几位京味作者的小论，还录入了《旗人现象》一节，因写到了老舍，同时可为关于邓友梅、韩少华的两节做注脚。《写人的艺术》也补充了一点关于老舍小说艺术的分析。所写本应当是"塑造形象"的技术,谈论的却更是写作者的态度。较之"技术",我确也更关心"态度",以为"态度"最关性情。《北京:城与人》出版后,有人说论述旗人过于严厉。其实那不过是流行观点;对那些人物,私心是喜爱的,这爱意不难读出。老舍写旗人本严厉,严厉中寓了更深的爱意,甚至可说一往情深。

你会发现,写这一组作家论,笔调与上一辑迥异。我往往会受"研究对象"的诱导,文字也"不由自主"似地向对象靠近。也因此有没有适当的"对象",至关重要。这也是"研究"受制于"对象"的例子。

将分析当代京味小说诸家的片段由上下文中拆出,原书中涉及承启的文字不得不略作改易,以便独立成章。其他则一仍其旧,保存原貌。

邓友梅

由汪曾祺所谈邓友梅,①你得知《那五》、《烟壶》的写成非一日之功。即使如此,那口属于他自己的百宝箱仍要到得机会熟透了才能开启。

我发现不止一位"文革"前即已开笔写作的中年作

---

① 关于邓友梅,汪曾祺说过:"友梅有个特点,喜欢听人谈掌故,聊闲篇。三十多年前,我认识友梅时,他是从部队上下来的革命干部、党员,年纪轻轻的,可是却和一些八旗子弟、没落王孙厮混在一起。当时是有人颇不以为然的。然而友梅我行我素。……也正因为这样,许多老北京才乐于把他所知的掌故轶闻、人情风俗毫无保留地说给他听。他把听来的材料和童年印象相印证,再加之以灵活的想象,于是八十多年前的旧北京就在他心里活了起来。"(《漫评〈烟壶〉》,载《文艺报》1984年第4期)

家,到新时期才以其风格而引人注目。这里所依赖的,自然有新时期普遍的"文学的自觉"。我尤其注意到笔调。只消把某几位作者的近作与早期作品并读,你就会发现最突出的风格标记正在笔调。摆脱共用语言、脱出无个性无调性无风格可言的语言形式的过程,又是创作全面风格化的过程。寻找属于自己的笔调,牵连到一系列的文学选择:对象领域的,结构样式的,叙事形态的,等等,更不必说笔调中包含的审美态度以至人生态度。

我没有条件描述发生在邓友梅那里的"寻找"过程。他自己的话或许可以作为线索:"……我打过一个比喻:刘绍棠是运河滩拉犁种地的马,王蒙是天山戈壁日行千里的马,我是马戏团里的马,我的活动场地不过五米,既不能跑快也不能负重。我得想法在这五平方米的帐篷里,跑出花样来,比如拿大顶,镫里藏身……你得先想想自己的短处,然后想辙儿,想主意:我是不是也有行的地方?我比刘绍棠大几岁,解放时我十八岁,他才十二岁,我对解放前的北京城比他熟悉些;王蒙知识比我丰富,才智过人,可是他在北京的知识区长大,不熟悉三教九流汇集的天桥,他没见过的我见过,我拿这个跟他比。你写清华园我写天桥。只有这样才能为读者提供多种多样的审美对象,在各个生活角落,发现美的因素。""每个作家好比一块地,他那块是沙土地,种甜瓜最好;我这块地本来就是盐碱地,只长杏不长瓜,我卖杏要跟人比甜,就卖不出去。他喊他的瓜甜,我叫我的杏酸,反倒自成一家,有存在的价值。"①说得实在。并不自居为天才,而以终于能经营自家那块地上的出产自乐。你比较一下林斤澜的"矮凳桥系列"和前些年的《竹》,邓友梅的《那五》与《在悬崖上》、《追赶队伍的女兵们》,就会理解选择——尤其笔调的选择——对于作家的意义。在邓友梅,这实在是重大的选择,几乎是"成败在此一举"。正因这番选择,使积久的能量得以释放,未被实现的价值终于实现。选择风格在这里即选择优势。邓友梅并不专写京味小说。但他那自信——"我的作品不会和任何人撞车"——却只有依据了《那五》之属才不为夸张。

他明白自己的短处,自知,知止,于是就有了节制。写京味小说,邓友梅选材较严。他很清楚题材对于他的意义。他不追求"重大主题"(或许也因并无那种思想冲动?)。他称自己所写是"民俗小说"。② 我们自然

---

① 邓友梅:《略谈小说的功能与创新——在小说创作讲习班的讲课(摘要)》,《北京文学》1983年第9期。

② 邓友梅在《烟壶·后记》(上海文艺出版社,1985)中说:"《烟壶》、《"四海居"轶话》、《索七的后人》三篇,是《那五》之后我一口气写的三篇所谓'京味小说',是我表现北京市民生活系列小说的组成部分。"又说这些是"民俗小说"。

也可以挑剔他的写人物不能入里；但在他自己，这么写或许正所以"藏拙"。善能藏拙从来是一种聪明。

节制自然更在文字。邓友梅有极好的艺术感觉、语言感觉，写来不温不火；即使并不怎么样的作品（如《"四海居"轶话》、《索七的后人》），笔下也透着干净清爽。他不是北京的土著。以外来人而不卖弄方言知识、不饶舌（"贫"），更得赖有自我控制。因材料充裕，细节饱满，也因相应的文字能力，自可举重若轻，游刃有余，而不必玩花活。节制中也就有稳健、自信。

前面已经说了，某些有关北京的知识掌故，是邓友梅的独家收藏，铺排起这类知识自能如数家珍。虽不必像张辛欣讲邮票、邮政邮务、集邮那样汪洋恣肆，也有他自个儿的那种雍容的气派。知识积累是要工夫的———一味凭灵感、才气的年轻人未必肯下的工夫。因而那份从容、雍容得来也不易，并不全在气质。

我有时不禁会想，倘若没有上述机缘，汪曾祺的、林斤澜的、邓友梅的语言才能岂非要永远埋没了？这自然是人类史上极寻常的"浪费"，在承担者个人却总是沉重的吧。看邓友梅的小说，我是首先由他的文字能力认识他的小说才能的。我在其他场合已经说过，他的作品情节结构稍嫌旧式，人物（除那五外）刻绘也入之不深，但有那一手漂亮的文字，有因笔调而见出一派生动的情节细节，就是对于缺憾的有力补偿。也许出于偏嗜,我太看重语言这一种能力了。对于文学,尤其对于京味小说这种极其依赖语言魅力的文学,语言即便不是一切,也是作品的生命所系,焉能不让人看重!

邓友梅也并不就缺乏写人的能力,只是如何写人,要由那题旨而定。在《烟壶》里主人公有时不过一种"由头"、线索,为的是把那关于鼻烟壶的、德外鬼市的,以至烧瓷工艺的知识给串起来。那五不是(至少不只是)"由头"、"线索"。"那五性格"本身即一种文化。《那五》中也有"教训"。但人物既有其自身生命,就不再等同于"教训"。因了这些,这小说的文化趣味就非止于知识趣味、风俗趣味,那"文化"也更内在些。邓友梅作品往往题旨显豁。有了人物,就不再以显豁为病。

说人物只说那五,对于邓友梅未见得公正。他长于写文物行中人,甘子千、金竹轩一流,有文化气味,又非学士文人,介乎俗雅之间,正与他的小说同"调"。①其他人物,用笔不多的,往往活现纸上,如《那五》中的云奶奶,《烟壶》中的九爷。别小看了那几笔,那几笔没有相当的功夫是写不出来的。这一点又让人想到老舍。《四世同堂》中老舍反复勾描的钱诗人,反叫人觉着别扭,着墨不多的金三爷,偏能浑身是戏,处处生动。

艺术完整性即使在大家也不易得。对于证明一位作者的艺术功力,往往只消看上几笔。邓友梅作品中足以为证的又何止几笔!在一位不自居为"大家"的作者,这难道不是足令其快意的?

---

① 邓友梅长于写旧北京文物行中人。文物行本是文化城中的风雅生意,生意中即有文化。邓由他选取的人物、角隅写北京,即自然具有老旧古雅的文化气息。人物介于"大市民"与底层人物之间,既识文墨,不乏风雅,出入的又是制作、买卖文玩的所在,影响到邓作的风格,即多了一种内里的书卷气。因文物行中的诸多内情,也增强了作品的掌故、知识性。邓的京味诸作略具系列性质,人物互见,又令人看到北京这一角的文化变迁。

刘心武

似乎是,到写《钟鼓楼》和《五一九长镜头》、《公共汽车咏叹调》,刘心武才把"京味"认真作为一项追求。他的《如意》、《立体交叉桥》写北京人口语虽也有生动处,却只能算是"写北京"的小说。《钟鼓楼》也非纯粹的京味小说,那里用了至少两副以上的笔墨。这却没什么可挑剔的,或许正是求仁得仁。

倘若硬要以刘心武与邓友梅论高下,限于"京味"的论旨就显着不公平。写京味小说在邓友梅更本色应工,那刘心武的所长可能并不在这上头。以京味小说的标准衡量,邓友梅的强项也许恰是刘心武的弱项,我指的是语言。刘心武笔下的北京方言,令人疑心是拿着小本子打胡同里抄了来的。他的以及陈建功写得较早的几篇(如《辘轳把胡同9号》),你都能觉出来作者努着劲儿在求"京味"。正是这"努劲"让人不大舒服。老舍所说白话的"原味儿",必不能只由摹仿中获得。说得"像"还只是初步,或许竟是不大关紧要的一步。最糟的是公文式的、新闻记事式的刻板用语、套话的混入(除非作为人物语言或在"讽刺模仿"那种场合),因其足以使创作与阅读脱出审美状态,或割裂审美过程的连续性。在这一点上,"京味"是一种格外娇弱、有极敏感的排异性的风格。我并不以为《钟鼓楼》兼用北京方言口语与书面语本身即是弊病,这或许正反映了当代北京人的语言现实,以至包含在语言现实中的"北京生活"的合成状态,北京文化在事实上的混杂、非同一性。因而大可破除北京老辈人对"字儿话"的成见:"字儿话"非即等于书面语,它们可能正是一部分北京人(如刘心武通常采用的知识分子叙事人)说的话,他们的口头语言。但如"他亲切而自然地同服务员搭话"这样的叙述语言毕竟又太熟滥,你不能想象老舍会使用这种无调性的句式。

前面已经说过,刘心武并无意于追求纯粹京味,他的兴趣不大在形式、风格方面。由《班主任》到《立体交叉桥》、《钟鼓楼》、《公共汽车咏叹调》,他始终思索着重大的,至少是尖锐的社会问题。他的作品中一再出现的知识分子叙事人,即使不便称作思想者,也是思索者。考虑到作者的主观条件,这叙事者及其分析、考察态度,谁又能说不也为了藏拙?在作者,或许正是一种意识到自身局限的聪明选择。出于其文学观念,刘心武不苟同于时下作为风尚的"淡化"、距离论,宁冒被讥为"陈旧"的风险,有意作近距离观照,强调问题,强调极切近的现实性。他以其社会改造的热情拥抱世界,即使那嫌恶、那讥诮中也满是热情。在这一点上,他的气质略近于某些新文学作者:使命感,社会责任感,现实感,以文学"为人生"到为社会改革、社会革命的目的感;少有超然物外的静穆悠远,少从容裕如好整以暇的风致,少玄远深奥的哲思,等等,等等。不只是为适应自己的才智而选择对象,也是为取得最适宜的角度对社会发言。①《立体交叉桥》中的剧作家在体验到现实的强大力量后,叹息着自己的剧本、名气、灵感"真是一钱不值":"我发觉我对实实在在的生活本身,还是那么无知,那么无力,那么无能……"这渴欲直接作用于生活的,谁说不也多少是刘心武本人的文学功能观!

与此相关,他不追求对于生活的模糊表现。他需

---

① 在《如意》(北京出版社1982年版)的《后记》中,刘心武说:"我尊崇现实主义。现实主义的文学有巨大的认识作用和改造社会的功能。在现实主义的诸多功能之中,我对心灵建设这一条特别倾心。……"

要清晰度,包括较为清晰明确的因果说明。于是"问题"在他那里,开启了人性探索的思路,同时也使探索简化、浅化:简单径直的因果归结阻塞了通往人性深处的道路。现实关切使他的作品充满激情,求解与归结因果,又使其情感终难构造出更阔大的境界。

普通胡同里的北京,仍然是较为匮乏令人不能不克制其欲求的北京。普通市民的北京之外,还有过晚清满汉贵族的北京,民初阔人政客的北京,至今仍有着大学城、知识分子聚居的北京。京味小说作者所取,往往介在雅俗之间:胡同里未必有学识却未必没有教养的市民。刘心武偏不避粗俗,把他的笔探向真正的底层,那些最不起眼的人物,那些因物质匮乏生存也相应渺小、常常被文学忽略的人们及其缺乏色彩的生活。他不避粗俗,寻找无色彩中的色彩,描写中却又不像张辛欣那样"透底",不留余地,不屑于节制基于文化优越感的嘲讽意识。刘心武当这种时候,更有意与对象摆平。这让人隐约想到19世纪欧洲文学中的"小人物主题",及其人文主义思想特征。同样相似的是,极力去体贴、理解"小人物"们的,仍然是精神优越且自觉优越的知识分子:甚至不能如老舍的一切像是出诸天然。刘心武进入凡庸人生时,令人觉察到不无艰苦的努力,以知识者而亲近琐细生活卑琐人物时的努力,一种要求付出点代价的努力。也许正因意识到这一点,他才那样热中于议论以至"呼吁"的吧。因而在老舍只消去感觉的地方,在刘心武才真正是一种"发现",作为局外人才会有的发现。他的思想焦点的选择和议论方式,所传达的也正是局外人的关切和焦虑。

不以"纯粹京味"为目标,和对于底层世界的注视,使他保持了对北京文化变动的敏感。"立体交叉桥"无论对于作者的社会生活认识还是作品中的生活世界都是象征。他企图以这意象,喻示"生活本身的复杂性和多样性",这生活的"立体推进、交义互感"。他的创作中越来越自觉地贯穿着的上述追求,难免要以损失优雅情调、纯净美感为代价,因为它要求作者直面生活的粗粝以至原始状态。刘心武的现实感、变革要求使他较之其他京味小说作者,更少对于古旧情调的迷恋,也就更有可能注意到那些于老式市民社会"异己"的东西,无论其何等粗鄙。然而即使这也不能使他的作品与青年作家的作品混同。他的久经训练的理性总会在临界状态自行干预、调节,将嘲讽化解,显现为宽容。刘心武也陶醉于对人性弱点、人类缺陷的宽容,虽然有时正是上述人道主义热情浅化了他作品的意义世界。

当他直接以作品进行北京市民生态研究时,个案分析通常为了说明"类"。他使用单数想说明的或许是复数"他们",比如"二壮这种青年"。因而他时常由"这个人"说开去,说到"北京的千百条古老的胡同","许许多多"如此这般的人物。他力图作为对象的,是普遍意义的"北京胡同世界",并将这意图诉诸表达方式。类型研究、全景观照的热情,流贯了刘心武的近期小说创作,与其他京味小说作者关心对象、场景的限定,有意紧缩范围,也大异其趣。

我是在对刘心武由非京味到准京味的风格试验的观察中,谈论如《立体交叉桥》这样的作品的。我不想夸张京味这种风格之于刘心武的意义,认定追求京味即追求艺术上的进境。我只想说,对于这位作者,上述试验的意义除在丰富艺术个性外,更在语言训练——由过分规范的语言形式中脱将出来,凭借胡同里蕴藏的语言智慧,给文字注入点灵气。如果撇开横向比较,即以他个人的创作进程看,《钟鼓楼》的文学语言确实算得上一个标高,得之不易的标高。我以为在刘心武,即使仅仅为了取得这标高,这番努力也是值得的。

韩少华

当代京味小说的引人注目,是在 1982、1983 年间,当《那五》、《烟壶》、《红点颏儿》(韩少华)等一批作品推出的时候。"风格现象"的形成从来是以佳作范本的出现为标志的。佳作的意义,又在其所划出的轨迹,对后来者文学选择的导向作用,尽管这在作家本人,"非所计也"。比如你所发觉的当代京味小说作者较之老舍更关心美感的纯净,因而在场景、人物的选择上更严(自然也更狭更窄),就与新时期较早发表的京味小说不无干系。因而许多并不成文的限制,倒也未必是由老舍那里,更可能是由当代范例中引出的。

较之老舍小说,如《红点颏儿》、《烟壶》,更出自为传达纯正京味的精心选择与设计。这"坛墙根儿"(《红点颏儿》所写地坛"墙根儿")老人们的会鸟处,是最见北京风味、最见老北京人生活情趣的所在。养鸟儿、会鸟儿本即风雅,与"会"的自不是粗俗之辈,谈吐不至夹带市井间尚未加工过的俚语粗话。这儿选择场合,即选择人物,也即选择全篇的格调。"坛墙根儿"这种清幽去处,老人,会鸟儿,即已够作足"京味"的了;而以老人们的清谈为结构线索,展示老北京人的方言文化,"说"的艺术,则是加倍的京味——却也会因此太过精致,味儿也略显着浓酽。这也不止《红点颏儿》一篇为然。当代京味小说对于说明"京味"这种风格,比之老舍的作品往往更典范,更适于充当风格学的实物标本。

《红点颏儿》不只结构、文字讲究,立意亦高。写养鸟儿、会鸟儿,令人不觉其卖弄有关知识,而全力以赴地写养鸟者的风骨节操。借这北京最闲逸的场所反倒写出了一派严肃。小说写养鸟者的天真赤诚,以鸟会友的仗义。在主人公五哥,友情比家传宝物贵重,人品比鸟贵重。老北京人有注重道德修养的传统,下棋论棋品,唱戏讲戏德,养鸟亦然。这人格尊严与鸟儿价值的轻重衡量中,见出了老北京人的恬淡风神。养鸟不过一种人生乐趣,既非收藏家的奇货堪居,更不为在鸟市上获利。因而五哥可为节操掷爱鸟,可为朋友卖鸟笼,可将鸟儿奉赠陌生侨胞。写到这儿,也算写到了极境,反而像了市井神话,有关品德操守的训喻性寓言。

人物则飘然出尘。于是这坛墙根儿小世界,更像城中之城,现代城市中的一方净土。

当代京味小说较之老舍作品,更求助于情节性、戏剧性。这也不独《红点颏儿》为然。韩少华的此作,所写无不是京味,却又没有京味小说通常的平易亲切,写市井中人,笔墨间偏又少了市井气味。因而在京味诸作中可备一格,却也难以衍生。韩少华本人对京味小说续有所作,也不成"系列"。以京味小说的发展论,《红点颏儿》一类作品的精致,在当代京味小说问世之际,是有十足魅力的,尤其文字魅力。却也以其精致,无意间限制了此后有关创作的选择。

与《红点颏儿》同年(1983)发表的《少管家前传》亦属力作,置阵布势到文字运用都极讲究;起承转合之际,则有有意的旧小说笔法。旧文学中的俗套滥调,到了此时也成异味别趣,反被用以求"雅",又是文学史上照例可见的喜剧性循环。韩少华的京味小说显然写得并不轻松。《红点颏儿》与《少管家前传》更像是一种风格试验,精工细作,处处用力。用力有妨于情态的悠然。这种风格给人的最佳印象或应如白云出岫,呈现出的创作状态在有心与无心、有意与无意之间。但并无功力支撑的"随意"又会使任何一种风格因熟、滑而流于浅俗。艺术集成功于杰出作家的才华喷涌,更依赖大批作者的苦心经营。没有一批人为了艺术的牺性,没有他们在形式各环节上的精心锻造,即不会有"集大成者"出世。

据说清代北京东西两城是八旗贵族达官显宦的居住之地,旗人文化、宫廷文化对于造成北京的文化面貌为力甚巨,京味小说却少有写大宅门儿的作品,即有,如《正红旗下》、《烟壶》的有关部分,也不免喜剧化、漫画化。《少管家前传》于是难得。这篇小说取材远,固易于保留纯粹京味;写大宅门生活,也利于风格的优雅——韩少华可谓善用所长。更别致的或许是,取材于清末民初历史,又影影绰绰让人看到大事件,却并不专在"事件"与历史上找戏、找意义,而把笔力注在看似无关宏旨的主人公的仪容行止上,大约也可以算作一种当代趣味,与追求意义、思想的老舍那一代人异趣。

如同其他当代京味小说作者,韩少华注重生活情趣的传达。有意思的是,较之韩作,却又是追求"意义"的老舍作品更饶情趣,亦所谓"无心插柳柳成荫"。情趣最终系于人生体验,体验得亲切深切,所写即无不有情趣。刻意追求,反倒会显着"隔"。

主人公的形象极其光润,行为举止,中规中矩,直是那时代的美的型范。这种理想化的描绘中,含有对于人的赞美、欣赏。当代京味小说作者的这种情感态度是与老舍一致的。因时间距离与经验限制,金玉字面不免多用了一点,对小细节小道具描写的工细,隐隐看得出《红楼梦》笔法的影响。京味小说的生机也系在小说艺术的进一步追求,风格的彼此立异上。我总觉得韩少华的写京味小说不像是偶一为之,而《红点颏儿》《少管家前传》不妨看作营造大建筑的准备,语言以及知识的准备。这极郑重的努力,也使人敢于指望大作品的推出。在这种追求中,已有的长处与短处,都会成为极好的滋养。

汪曾祺

汪曾祺的京味小说不多,也并非篇篇精彩,因而迄今未以"京味"引起普遍注意。人们更感兴味的,是他写高邮家乡风物的《大淖记事》、《受戒》、《故里三陈》、《皮凤三楦房子》之属,却不曾想到,汪曾祺以写故里的同一支笔写北京,本是顺理成章的。

汪曾祺的京味数篇中,我最喜爱的是《安乐居》,因其由内容到形式处处的散淡闲逸,最得老北京人的精神。在汪曾祺,这也是极本色的文字。

此作所写人物生活,琐细平淡之至。这种题材设若由年轻作家如上海的陈村写来,也许是作《一天》那类小说的材料。汪曾祺却由这淡极了的淡中唖摸出淡的味,令人由字行间触到一个极富情趣的心灵。也如写家乡,绝对不寓什么教训,因而清澈澄明而乏大气魄,若是在十几年前,会被视为小摆设而备受冷落的吧。即使真的文玩清供,时下人们也确实有了把玩的需求与心境。倒不是因了生活更闲逸,而是因文化心态更宽缓舒展。在现代社会,固然有人忙迫地生活,卷在时代大潮里,也有人更有馀裕细细地悠然地品味生活,咂出从未被咂出过的那层味儿。在汪曾祺本人,决非为了消闲和供人消闲。一篇《云致秋行状》,于平淡幽默中,寓着怎样的沉痛,和不露锋芒的人生批评!《安乐居》提示一种易被忽略的生活形态及其美感,也同样出于严肃的立意。那种世相,在悄然的流逝中,或许非赖有汪曾祺的笔,才能被摄取和存留其原味儿的吧。

较之比他年轻的作者,汪曾祺无论材料的运用、文字的调动,都更有节制。他也将有关北京人的生活知识随处点染,如《晚饭后的故事》写及缝穷、炒疙瘩,却又像不经意。妙即在这不经意间。情感的节制也出自天然。即使所写为性之所近,也仍保持着一点局外态度,静观默察,在其中又在其外。妙也在这出入之间。无论写故里人物还是写北京人,他都不作体贴状,那份神情的恬淡安闲却最与人物近——"体贴"又自在其中。有时局外人比个中人更明白,所见更深。汪曾祺爱写小人物,艺人,工匠,其他手艺人,或手艺也没有的底层人,他本人却是知识分子。对那生活的鉴赏态度即划出了人我的界限。身在其中的只在生活,从旁欣赏的不免凭借了学养。在当代中国文坛,汪曾祺无疑比之热衷于说道谈玄的青年作者,对老庄禅宗更有会心的。因这会心才不需特别说出,只让作品浅浅地弥散着一层哲学气氛。这又是其知识者的徽记,他并无意于抹掉的。

青年作者更不易摹得的,是汪作的文字美感。当然也无须摹仿,因为那决不是惟一的美。节制也在方言的运用。你会说那是因为汪曾祺不是北京人,但他写故里也有同样的节制(创作中不乏因"外乡人"而加倍炫耀方言知识的例子)。他追求的是方言的白话之美。若说因了他是外乡人,那他也就得益于这外乡人。把方言当佐料、调味品,味太浓反而会夺了所写生活的味。以外乡人慎取慎用,不卖弄,专心致志于生活情调、人生趣味的捕捉,省俭的运用倒是更能入味。你又因此想到,以文字传达那种文化固然非凭借北京方言,把握其精神则更应有对于中国哲学文化传统的领悟。

北京文化在这一方面可以视为一种象征。[①] 节制方言,其效用也在于化淡。汪曾祺笔致的萧疏淡远,在当代作家中独标一格。淡得有味。淡而有情趣,即不致寡淡、枯瘦。情趣是滋润文字的一股细水。当然,汪作也非篇篇清醇,各篇间文字的味也有厚薄。淡近于枯的情形是有的,在他的集子里。

人所公认的,汪曾祺的作品有古典笔记小说韵味,却又决非因了文字的苟简。他用的是最平易畅达的白话而神情近之。他长于写人,不是工笔人物,而是写意,疏疏淡淡地点染。他自己也说过那不是"典型人物"。不同于传统笔记小说的,是汪曾祺并不搜奇志异,所写常是几无"特征"的人物的几无色彩的人生,或也以此扩大了小说形式的包容?云致秋(《云致秋行状》)是有特征的,有特征的庸常人。作者也仍然由其庸常处着笔,所写仍琐屑,用笔仍清淡,却使人想到平凡人物也可能提供有价值的人生思考。汪曾祺说过自己写人物常常"逸笔草草,不求形似"。《云致秋行状》像是例外,并不"草草"。其实,当代京味小说写人物多

[①] 汪曾祺以高邮人、林斤澜以温州人、邓友梅以山东人对北京人人生形态、生活情趣的理解,亦说明北京人生活中的中国哲学文化含蕴。他们是以其知识者的修养、哲学意识、人生体验而领略北京人生活情趣的。对于呈现中国文化,北京不过提供了最合于理想的形态而已。

类"行状"——琐闻轶事,仿佛得之于街谈巷议,而不大追求笔致细密,过程连续,以及"典型形象"。那五典型,写法也仍类"行状"。《云致秋行状》对人物有含蓄的批评,在汪曾祺近于破戒。但极含蓄,点到即止,又是春秋笔法。这篇小说是有主题的——一个普通人在历史大戏台上的尴尬地位渺小处境。这层意思只在淡淡的笔触间,由你自己体味。

这些,都足以使汪曾祺即令有关作品不多但仍在京味诸家中占有一个无人可以替代的位置。

陈建功

陈建功似乎是由北京外围写起,逐渐深入到了城区的胡同。胡同世界对于他未必比之京西矿区陌生。但并非生活其间的那方天地都是便于小说化的,何况京味小说有其传统、有其形式要求呢。因而写《辘轳把胡同9号》时,如我在前面刚刚说到的,那种"努劲"令看的人都有点吃力。追求表达上的京味,过分用力适足以失却那味。在写得圆熟的京味小说,语言使用中的冗馀处反使人更能味得其味,因而由风格要求看并不"冗馀"。过于用力的京味小说偏会有冗馀——足以破坏语言美感的冗馀成分。

此时的陈建功或许还在摹仿口吻阶段,摹仿即难得从容。要到脱出对语言的原始形态的摹仿(求似),

才能弃其粗得其精粹,达到运用与创造中的自由。由《辘轳把胡同9号》到《找乐》,你分明感觉到了作者语言努力的成效;却在读了他的《鬈毛》之后你才会发觉,《找乐》中那个老人世界并非他最为熟悉的世界。他毕竟不同于邓友梅或韩少华。在写那老人世界时,他的文字仍显得火爆。他是以青年而努力接近这世界的。《找乐》全篇用北京方言且一"说"到底,却并不令人感到其中有中年作家那种与对象世界的认同。《辘》与《找乐》,是费了经营的,你看得出那精心布置的痕迹,裸露在笔触间的"目的性"。较之汪曾祺、邓友梅,他更注重意义。写北京人的找乐,别人只写那点情趣的,他却更要评说那情趣中的意味。凡此,都是努力,不但努力于语言把握,而且努力于理解、解释。努力于理解,又因不能认同。别小看了这一点差别。这么一点洇开去,就洇出了作品不同的调子。

1985年推出的《鬈毛》,令人不觉一惊。对于这作品,读书界决不像对《寻访"画儿韩"》、《红点颏儿》接受得那样轻松。较之迄今所有的京味小说,它或许是最难以下咽的。写到这里,我为难了:这《鬈毛》可否算作京味小说呢?

接受的困难首先来自粗鄙,作品语言的粗鄙。老舍小说写过种种粗鄙的人物,从市井无赖到无耻的小职员,但那风格尤其语言风格决不同其粗鄙。你禁不住想,《鬈毛》的作者许是在跟传统京味较劲儿?

甚至粗鄙也是时尚,比如涉笔性器官时的粗鄙。塞林格的《麦田里的守望者》以小主人公自述的粗鲁直率引人注目。《鬈毛》式的第一人称自述或许当面对礼义之邦普遍的审美趣味时,更有一种挑战意味?倘若京味只适用于老人世界,只能由陶然亭、圆明园、国子监柏树林子、街道文化站等等保障艺术纯洁性,实在也过于脆弱。宜于调制可口饭菜的,不免会把自己存在的理由限定在这上头。"京味"毕竟不是佐料,只为把现实烹制得鲜美可口。然而《鬈毛》一类作品似未加工的赤裸裸的粗野的真实,仍然使得京味小说的传统风格显着娇弱,像一件太易破损的瓷器。《鬈毛》或许是一种"反京味小说"——偏要敲碎了试试!主人公也并非京味小说里有过的胡同串子,或小痞子,而是个尚在寻找自己在生活中的位置和自身存在价值的青年,有他对于人生的认真,和不乏严肃的思考。对于如鬈毛这样的人物,似乎还没有人这样地理解过。顺便说一句,陈建功是始终注重写性格的。我敢说,鬈毛是个尚未经人写过的性格。理解就是理解,没有另外掺什么甜腻腻的调料。这又是青年作家本色。

苏叔阳、李龙云作为京味文学作者,是值得以相当篇幅评说的。但他们的成就更在剧作方面。苏叔阳的京味小说亦有特色,虽并不一定是他个人的力作。

此外,我们没有理由冷落那些像是偶一为之的京味小说创作,和创作个性尚在形成中的作者的作品。我已就我力所能及,对有关作品在其他场合涉及了。因闻见所限,遗漏是难免的。所幸这是个正待开掘的课题,有关风格也在不断地丰富之中,阙漏粗疏及立论不当之处,自会得到补充与校正。

除上述作家作品外,不应放过的,还有那些虽未必可称"京味小说"却以使用了北京方言而有相近的语言趣味的作品。以外乡人久居北京的,很难禁得住试用方言写北京的诱惑。林斤澜的《火葬场的哥儿们》《满城飞花》都令人感到这一点。有趣的是北京方言趣味甚至蔓延到他写故乡的篇什里,那份爽脆,那种节奏韵律。在我看来,林斤澜的笔致是非南非北,不能以南宗北派论的。或者也多少因了这个,写南写北都独出一格。

张辛欣搜集和运用现时北京人口头语言、北京新方言的能力更称惊人,却没有人把她的《封片连》划归京味小说。这作品却让你看到了从所未见其有如此驳杂、纷乱、动荡不定的北京生活。我这里只是在将其与京味小说比较的意义上,谈作者面对复杂的生活、人性现象时的强悍气魄的。我感到她几乎是直接用了那泼辣恣肆的个性力量去消化材料,以气势粘连情节。长篇的议论、说明,过火的形容,一旦组织进作品,就与整体取得了和谐。这里自有她的整合方式。就这样"消化"了的,还有不同文体、不同语言形式,以及严肃与通俗文学的不同趣味。我以为,正是那种不择地而出的充沛才情,饱满健旺挟泥沙俱下的迫人气势,对语言材料不择精粗而又以其个性力量消化融会的能力,便于她去占有一个开阔的世界。那种文字像是把迸溅着的生活之流直接引入到作品中来了。你由此认识着一般京味小说无意于开掘的北京新方言的功能。这与那种以情态的暇豫从容、语言的纯净漂亮为特征的京味小说,是何其不同的世界!你再次想到,对传统京味的破坏的确来自生活本身。

旗人现象

不说"旗人文化"而说"旗人现象",是怕过于僭妄。我的使用"北京文化"已是在夸张的意义上,教我不忍再动用类似名目。"旗人文化",老实说,还未曾真正进入研究视野呢。我所能做的,也只是"浅尝"而已。令人惊异的倒是对如此有价值的课题的长时期冷落。在这一方面,负有文化阐释任务的研究界,远没有创作界来得敏锐。

清末笔记野史记有旗人辛亥前后的潦倒困顿,贵胄王孙竟至于有以纸蔽体者,状极凄惨。如此命运虽经清末相当一段时间的情势积累,对于优游终日的膏粱子弟,仍像是一朝夕间的事,正所谓晴天霹雳。这一页历史早已翻过,过分纤细的"公正论"不免书生气。

历史祭坛上总要供奉牺牲的。有罪的与无辜的牺牲在为神享用时,想必味道没有什么两样。上述人的命运的戏剧性,本应是随手可以拣来的现成题材,新文学史上利用这"现成"的却并不多见。倒是张恨水的《夜深沉》,写了贵族后裔的沦落,平民化。

我尚无力全面考察晚清到民国的市民通俗小说。就新文学看,对于这题材即使不是第一个进入,进得最为深入的也必是老舍。《四世同堂》里有关小文夫妇的篇幅并不算多的描写,是一种思考的极深沉有力的开端。在此之前,他将对于旗人的文化探索包藏在北京文化追究中。我以为那深藏着的,或许有最初也最基本的冲动,但明确标出仍然是意向积攒的结果;在老舍个人,更有其沉重的意义。小文不是旗人,"但是,因为爵位的关系,他差不多自然而然地便承袭了旗人的那一部文化"。由小文夫妇,他第一次写到旗人境遇的特异性:"在满清的末几十年,旗人的生活好像除了吃汉人所供给的米,与花汉人供献的银子而外,整天整年的都消磨在生活艺术中。上自王侯,下至旗兵,他们都会唱二黄,单弦,大鼓,与时调。他们会养鱼,养鸟,养狗,种花,和斗蟋蟀。他们之中,甚至也有的写一笔顶好的字,或画点山水,或作些诗词——至不济还会诌几套相当幽默的悦耳的鼓儿词。""他们为什么生在那用金子堆起来的家庭,是个谜;他们为什么忽然变成连一块瓦都没有了的人,是个梦。"老舍由小文夫妇而寻绎旗人的文化性格与历史命运,较多地写到了诗意方面。那原不是一个适用轻嘲微讽的年头。以遥望故园的沉痛写粗暴蹂躏下这花一般娇弱的文化,他渲染出的是一片凄凉的美感。

我注意到老舍在动用这蓄之已久的题材时的游移。写旗人迟至1940年代才正式着笔,并非偶然。《老张的哲学》中的洋车夫赵四,据小说提供的描写,应是破落旗人,作者却像是有意绕开了这一层;即使写小文,也特地说明是受旗人文化影响的汉人。至于《正红旗下》创作的中辍,及其描写中有时略嫌过火的夸张态度,都有极曲折的心理内容。这位入世甚深的作者,很明白有关的历史及民族问题的微妙。但他终于还是写了。或许那一片废墟和瓦砾间珠宝的零落反光在记忆里闪灼得太久,是它们自个儿跳溅到作者的笔下纸上的? 由《四世同堂》的有关描写敷演开去,《正红旗下》是一次集中而深入的旗人文化省察,且企图极大:由几代旗人形象完整地概括旗人的历史命运,写出一种文化的没落和一个民族复兴的希望。他写旗人的耽于佚乐,又写他们的教养与禀赋;写他们的苟安,也写他们"使鸡鸟鱼虫都与文化发生了最密切的关系";写那些剽悍猎手的后代的怯懦无能,却又说"他们的生活艺术是值得写出多少部有价值与趣味的书来的"。也如写

《四世同堂》,这儿常用复数(一般的旗人),从具体人物身上引开去,进行文化总结与概括。"二百多年积下的历史尘垢,使一般的旗人既忘了自谴,也忘了自励。我们创造了一种独具风格的生活方式:有钱的真讲究,没钱的穷讲究。生命就这么沉浮在有讲究的一汪死水里。"历史已年深月久,时世又不同于1940年代,即宜用调侃——是调侃而不是热讽冷嘲,其中就含有温情、爱,从而弥补了理性判断的单向与径直。但多用议论且同义反复,也不免絮烦。这又是老舍文字的常见一病。

《正红旗下》写于1961至1962年。二十年后邓友梅《那五》诸篇推出,曾叫那些对新文学不甚了然的读者眼睛一亮,似乎这才发现了旗人世界。邓友梅在其北京民俗系列小说中写旗人形象系列(那五、乌世保、金竹轩、索七的后人等),自然是经了深思熟虑的。这些旗人不是稀有人种,而是道地北京人。写旗人正为了写北京。① 那五"是八旗子弟中最不长进的那一类

---

① 应当说,曹禺剧作《北京人》,写北京人的文化性格,较不少京味小说为深刻;由北京人上溯北京猿人反思中国文化演进历程的立意也使境界深邃。剧作没有关于所写旧世家是否旗籍的说明,由作品提供的情景细节看,人物至少是接受了旗人文化、价值观念的。剧作对其间教训意义的深沉思索,可补一些京味小说之不足。

人"(《寻访"画儿韩"》),穷极无聊的一类。其时骄时谄,时倨时恭,随机变化,主子的灵魂中总有个奴才的灵魂,是活脱脱的一个破落户飘零子弟,由寄生生活造就的文化性格。这一品类的旗人,却是老舍未曾写过的。老舍笔下的旗人总比那五尊严,即使落魄潦倒。这就又见出了作者间经验与情感态度的差别。

《正红旗下》写旗人文化很满,大可补有关民俗学材料之不足。在老舍本人,这作品较之前此诸作也更有明确的"展示文化"的意向和为此所需的从容心境。甚至不妨认为这小说的主人公即"风习"。小说对旗人的家庭组织、家庭关系,以至某些风俗细节(如旗俗重小姑),都有极精确的表现,诉诸认知,可与有关的史料相发明的。即使未能终篇,也仍然是迄今记述清末北京旗人家庭文化的最具民俗学价值的小说。

前面说到写旗人是为了写北京。几百年的文化弥漫与融会,到清末,旗人文化已难以由北京文化中剥出,旗人则在许多方面正是"北京人"的标本,略嫌夸张却因而更其生动的标本。你并非总能弄得清楚满汉之间发生的实际的文化对流的。[1] 旗俗多礼,与汉文化

---

[1] 清人福格《听雨丛谈》记八旗礼俗,每与汉族经典印证,虽不免附会,亦可见出民族间固有的文化联系,满族文化中汉民族文化、价值体系的渗透。

传统合致;旗人礼仪繁缛处则近于极端化、漫画化,俨若北京文化、中国传统文化的浓缩。这种浓化、极端化又使其不至全部消融在北京文化中,仍有其自己的形态。

我在其他场合写到了旗人在北京人"礼仪文明"中的醒目姿态,如福海、大姐一流文化烂熟的旗人对于礼仪行为的艺术化,旗人比之普通北京居民分外讲究的"气派与排场",由旗人强化、精致化了的北京人的"生活的艺术",以及旗人的随遇而安的人生态度。经了旗人形象呈现出的,是优雅与讽刺性同在的略见夸张变形的北京,与作者在别一场合所写那个更诗意的北京互为补充。

老舍与当代京味小说作者,都倾倒于旗人中漂亮人物的优异禀赋。老舍写小文仿佛与生俱来的那份才情:"他极聪明,除了因与书籍不十分接近而识字不多外,对什么游戏玩耍他都一看就成了专家。"写福海:"论学习,他文武双全;论文化,他是'满汉全席'。他会骑马射箭,会唱几段(只是几段)单弦牌子曲,会唱几句(只是几句)汪派的《文昭关》,会看点风水,会批八字儿。他知道怎么养鸽子,养鸟,养骡子与金鱼。"《烟壶》中的乌世保也如小文、福海,"天生异禀","天资聪明"而又"中正平和"。

怀着爱意写旗人命运,必不至于仅仅抽绎出浅近易晓的教训,①因承受那一份命运的,有如是之姿态优雅禀赋优异的人物。文化演变中文化的贬值,价值调整中价值的失落,是人类史上有普遍意义的文化主题。上述旗人现象本可以作为创作史诗性悲剧的材料。可惜的是,即使《正红旗下》也不具备史诗品性。上述文化主题被老舍直觉到了,内外条件却共同阻止其在更深的层面上展开。

贵族式优雅的造成赖有财富与时间(时间,即"有闲",在这里也是一种"财富")。② 财富的高度集中造

---

① 然而"特权对于人的腐蚀",确又是有关作品明白可见的"主题"。这主题本也现成。古人有"不以良田遗子孙"的说法,实在是由看多了宗法制下的悲剧而悟出的道理。旗人则重复着历史舞台上长演不衰的征服者被征服的故事:凭借武力的征服之后是文化上的被征服,最后则被自身的腐败所征服。

② 贵族式的优雅往往也由于天真。天真是贵族的财富,贵族的天真又是用财富滋养成的。使旗人贵族及其子弟得以避开市井文化中的鄙俗而保有天真的,往往是其全不知理财。欣赏这一种天真的,又是十足中国式的书生趣味。旗人的魅力在其禀赋与性情。比之富贵豪华,这才真正是其得自生活的厚赐。但无论性情还是禀赋,都不全由草原游猎中带来,而是在其"人主"中以经济文化地位造成的;其中有无数小民的供奉。"乌世保本是个有慧根的人"。无衣食之忧,亦由一个方面解释着其"慧根"之所从来。这是一份代价昂贵的"优美"。

成的智力集中、文化集中,曾使人类得以拥有其最辉煌宏伟的创造物——无论欧洲文明的希腊、罗马时期还是中世纪,也无论中国的先秦以至于汉、唐。那些创造物或以巨大(规模、体量)、丰厚(文化含量、智慧含量),或以精致、优雅令人惊奇。这是在物质普遍匮乏条件下,以文化的不合理分配为前提造出的文化奇观。社会财富的集中,智力、艺术创造力的集中,是人类前近代精英文化产生的条件。那些最有才华的旗人(包括《红楼梦》的作者),即属于有清一代诸种"集中"造就的文化精英。供奉艺术殿堂的,则是普遍的蒙昧。18世纪以来的民主化进程使文化分配由上述失衡走向平衡之后,人类又发现了这进程引出的消极后果。激进思想者憎恨平庸,憎恨带有伪善色彩的"平民化"。周作人也在写了《平民文学》后写《贵族的与平民的》,[①]意在校正五四思想的偏颇。由实际历史铸成的世界,不可能仅仅以观念旋转。中世纪的贵族,即如托尔斯泰伯爵一流人物,再也不会被重复制作出来。反平庸的本意自然也非返回中世纪。

造成优雅,造出文化精英的同样一些条件,又造成着人的部分功能退化,以至人性的荏弱。

[①] 收入《自己的园地》,1923年9月由北京晨报社初版印行。

中国人并未像俄国人或法国人的赶尽杀绝,即使对于皇帝,也只是客客气气地请出宫去。因而除蒙受劫夺之苦外,许多旗人的潦倒是因全无谋生本领。那精致的文化把他们造成了某种情境中的废物。优异禀赋本是要在正常秩序下得有相当条件才能发挥的,到了须凭一双手挣自家的"嚼谷"时,即变得全无用处。那五说:"我不过是沾祖上一点光,自己可是不成材的,……""溥仪的本家"金竹轩,"肩不能担,手不能提,虽说能写笔毛笔字,画两笔工笔花鸟,要指望拿这换饭吃可远远不够"。他自己说:"我还有什么特长?就会吃喝玩乐,可又吃喝玩乐不起!"八旗子弟出身的大松心,"祖上有俩臭钱,我呢?打小就懒惯了,馋惯了。干事儿,不能累着,还得吃好的"(《没有风浪的护城河》)。被封建社会制度化了的"荫庇",只能造出吃祖产的废物。来自旷野的民族所发生的这种变化,包含有多么怵目惊心的文化内容!由骑射的文明到走票唱曲的文明,在这个民族,不能不是人性的萎弱。旗人贵族在其娱乐中尚挽住了一点"旷野"气息。他们中有的人不屑于玩蝈蝈逗蛐蛐,而是豪迈地"熬鹰"放鹰。但"英雄气概地玩鹞子和胡伯喇,威风凛凛地去捕几只麻雀"的大姐夫,却是个"不会骑马的骁骑校"——仍然是人性的萎弱。他们倒是以自己民族性格的演化为汉民族文化的魅力提供了新证。这里发生着的,又是历史上常演不衰的成熟的农业文明对于旷野文化的无声的征服。一批寄生者,是没有资格领导民族的。背负了悲剧性的历史命运的人,自身又是历史悲剧的原因。

旗人现象因其切近也因其戏剧性,获取了某种寓言品格,思维定势却限制了进一步阐释的可能性。这里的"主题"是现成的,如"特权对于人的腐蚀",如"人的再造"。由老舍到邓友梅,呈现于作品的意义归结,都未越出上述范围。但你又岂能一下子说清楚近代以来历史对于旗人的强制性改造在人性、文化意义上的得失!

"意义"的某种混沌有时偏是产生大作品的条件。《那五》、《烟壶》以至老舍的《正红旗下》都太求明晰,为此牺牲了更深刻的直觉(尤其在老舍),而将图景单纯化了。

发生在生活中的事实是,近现代史的特殊条件——清末世家子弟的飘零、平民化,以自娱性的艺术、技艺为谋生手段;民国以来愈益发达的民主思想与文化的平民化——使旗人文化走出皇宫王府大宅门儿,终于成为北京市井文化中不可剥落抽取的构成部分。

"旗人现象"也不尽是一些严肃的教训和沉重的悲剧,事实上,它更经常地引发喜剧感,是历史生活提供的一份特殊的幽默。旗人贵族带有天真意味的豪奢,至今仍被用作喜剧素材。"幽默"在于"豪奢"得天真。《四世同堂》中的小文到了靠变卖东西换米面的时候依然天真。《那五》中的福大爷钱花得豪迈,却决不类于上海滩上的暴发户,看起来不像自己在挥霍,而像被奸刁之人骗了去似的,倒叫旁人看得心惊,为他们捏着一把汗。定大爷(《正红旗下》)、福大爷们的豪兴在衰世不啻作孽,那一派天真却又缓和了人们的批判情绪。时间距离愈远,这类人性表现愈具有喜剧性。因而上文说旗人现象是创作史诗性悲剧的材料恐又不确,至少以"古典悲剧"的尺度量来。这段历史,无论其内容本身包含的荒唐怪诞,还是其赖以演出的大舞台、大环境,都削弱着它的悲剧品性,加添着其原有的喜剧以至某种闹剧意味。

旗人现象的幽默,还来自这些承受历史潮水冲击的人们现实感的严重缺乏,面对那些剧烈地旋转了他们整个生活的大事件,他们脸上的那副令人不忍苛责的懵懂神情。在京味小说里,他们往往沉醉于所曾扮演的社会角色,自我意识与现实脱榫,心理时间与历史时间错位。然而有时却又正是对时世、世事的浑然不知,使他们显得单纯可喜。小文夫妇,"他们经历了历史的极大变动,而像婴儿那么无知无识的活着,他们的天真给他们带来最大的幸福"。即使那五的混世而为世所混,不也见出秉性的天真善良?与时代脱节,对生存现实麻木,又非旗人独有。这也是老派北京人的文化共性吧。只不过"麻木"与"浑然不知",境界仍有差别。前者出于驯化,后者才更由性情。在人对其命运全然无能为力的时候,或者如老舍所说,"无知无识"者是有福的?

这里呈现着传统"乐感文化"的漫画形态。即使衣服经常出入当铺,即使无以打发债主子,大姐公公也总是"快活"的。作者写到这里,笔下半是悲悯半是爱怜。他不能认同人物的人生态度,又不能认真地愤慨,一本正经地否定。他的直觉不顾理性的警戒,把捉住了现象本身的喜剧与悲剧、幽默与沉痛缠夹纠结的复杂意味。

至于这一幕的结局,远不像可能有的那么严酷。这结局也是悲喜交加,严肃中又寓有轻松的。20世纪的人们究竟比中世纪明达,而"民国"之后更甚的混乱也给旗人修改形象留下了足够的间隙。梦醒后落回现实,方知人生第一义是生存,生存须自个儿卖力气,凭本事挣嚼谷。这也是小民的真理,剥落浮华后最朴素的生存之道。旗人文化得自"有闲",由以之消闲到用以谋生,其间有极曲折的辛酸路。走票唱曲是"耗财买脸",下海从艺则是操贱业、失身份(用时下方言,叫"跌份儿")。扭转价值体系从来比行为强制更难以忍受。乌世保由干"玩玩闹闹的事、任性所为的事",到干"正儿八经的事",制作内画,烧瓷,充当技艺传人,其间的历史跨度、人生跨度,非亲历者不能想象其巨大。神色自然态度从容地完成这一跨越的人,精神上拯救一个民族而不自觉其所事为伟业的人,又是该当赞美的。①

老舍以久贮心底的激情赞美福海,赞美常四爷(《茶馆》),赞美那些具体推进历史转折、使艰难历程轻松化、将人生无痕地汇入时代的一代旗人。也许再不会有谁比之老舍,更能感受到此中的庄严性的了。他谨慎地避过了历史评价,而放任情感在对几个人物的刻绘里,并希望你由他的故作轻松的笔调中读出点儿"崇高"。福海在这种意向下即成为老舍笔底最合于理想的旗人形象:其由天赋聪明对时代趋向的判断("多看出一两步棋"),以先于历史突变的自主选择,潇洒漂亮地走出了旗人贵族的人生轨道。福海是旗人里头的

---

① "人的再造"在1940年代,被作为重要的文学主题。但无论那时还是此后,旗人的再造都另有一些意味。不同于西欧当今仍保留有爵位的"劳动贵族",旗人是身份地位一并失去。1940年代新文学中"人的再造",指人在民族解放战争中的精神更新,民族性格改造;而旗人的学习谋生,自己"找饭辙",则是其再造的初步,新生的必由之阶。失去了"福荫","铁杆儿庄稼"倒了,或也是旗人的生机。不治生业固然使旗人萎缩了生存能力,近于天赋的艺术修养又使其得在没落中以智慧贡献于文化:被视为无用或仅以之自娱的,在另一条件下,恰是"新生"、"再造"之资。

"新人","一个顺治与康熙所想象不到的旗人"。不只是历史在强制性地重塑,旗人中得风气之先者也自觉再造。作者力图给你看到当历史的轮子迎头驶来时,那些大踏步地迎向新生活去的旗人——他对于民族的深藏着的骄傲。① 这种境界亦与1960年代初的时代氛围和谐。那是个鼓励昂扬奋发、高亢激越的时代。

你不满足于老舍的意义归结,更不能满足于当代小说愈见浅露的意义归结。但你既然从作品中读出了上述那些更丰富的东西,你就不必遗憾。使这一现象在文学中脱出固定浅近的寓言性而获取其本应获取的史诗面貌,还须耐心地等待。

---

① 具有讽刺意味的是,当着先得风气的人物从心理到行为方式作了适应社会生活民主化的调整,中国社会却走向了另一种专制。《茶馆》即写了对历史生活的苦涩回味,让你看到福海式的人物在"民国"的命运。

写人的艺术

在这个小题目下,我不打算谈技术上的问题。这一方面已经谈得足够多了。我关心的仍然是创作心态、文化感情,及其与小说艺术的关系。

《北京:城与人》说到"非激情状态",此后不得不一再补正。因为任何概括对于如文学创作这样活跃的心灵状态,都会显得不那么合度。阅读中我发现,使老舍"情不自禁"的,多半是在他写到自己心爱人物的当儿。他曾克制不住地大声赞美人。非激情状态一旦冲破,失却了均衡,散文也就转换成了诗。他长于写人,却只有在这种情况下,较之技巧,所凭借的更像是诗情,凭借自己对于人的赞美与陶醉——也仍然是既陶醉于"人",又陶醉于对于"人"的赞美,陶醉于自己那些俨若得之神助的文句。当此之时,那些如自然流泻的文句,使你感到作者的微醺。这通常也是他最温润最富于光泽的文字。人们有时却忽略了这些,而被一些平庸之笔的炫目的反光给吸引住了。

他赞美人的体魄。"看着那高等的车夫,他计划着怎样杀进他的腰去,好更显出他的铁扇面似的胸,与直硬的背;扭头看看自己的肩,多么宽,多么威严!杀好了腰,再穿上肥腿的白裤,裤脚用鸡肠子带儿系住,露出那对'出号'的大脚!""他觉得,他就很象一棵树,上下没有一个地方不挺脱的"(《骆驼祥子》)。作者几乎是溺爱着他的人物!

他赞美人的仪容姿态,无论其是雅人、俗人,以至粗人。回民金四,"他又多么体面,多么干净,多么利落!"(《正红旗下》)不像是在描写,倒像是在享受,对于人世间才有的这种美的享受。

他赞美人的体能,赞美惟人才能有的娴熟技能。"那辆车也真是可爱,拉过了半年来的,仿佛处处都有了知觉与感情,祥子的一扭腰,一蹲腿,或一直脊背,它都就马上应合着,给祥子以最顺心的帮助,他与它之间没有一点隔膜别扭的地方。赶到遇上地平人少的地方,祥子可以用一只手拢着把,微微轻响的皮轮象阵利飕的小风似的催着他跑,飞快而平稳。……"他在人物肢体的运作中找出了音乐,每一个字都下得妥帖自然。

写人对于车的感觉,人与车的"交流",笔触细致而美。几乎不能设想,还能把拉车这活计写得更美的了。有这种赞美与陶醉,对人间对生活的那一份爱又该多么实在多么厚实!

他自然也赞美人的风度气质,蓄之于内而形之于外、规定着人的格调的东西。他这么写落魄中的小文:"无论他是打扮着,还是随便的穿着旧衣裳,他的风度是一致的:他没有骄气,也不自卑,而老是那么从容不迫的,自自然然的,眼睛平视,走着他的不紧不慢的步子。对任何人,他都很客气;同时,他可是决不轻于去巴结人。在街坊四邻遇到困难,而求他帮忙的时候,他决不摇头,而是手底下有什么便拿出什么来。"他也这么写知识分子祁瑞宣,写瑞宣"不知从何处学来的,或者学也不见就学得到,老是那么温雅自然"。说小文、瑞宣性情的"温雅自然",俨然如说北京。他赞美这最与古城合致的性情之美。"在他心境不好的时候,他象一片春阴,教谁也能放心不会有什么狂风暴雨。在他快活的时候,他也只有微笑,好像是笑他自己为什么要快活的样子。"雍容,"自然,大雅",温煦,宽和,沉静。是人的性情,也是城的性情。对于人的陶醉在其最完满时,就这么与对古城风雅的陶醉汇在了一处。当这种时候,让人辨不清作者是因城而爱人,还是因人而爱城。人的美从而也就与一种文化价值联系在一起。

过分心爱使他忍不住评说,倒不是不自信其描写的力量,而是克制不住赞美的冲动。因而被他过于喜爱的人物反会有那么点儿抽象,美的形态中呈露出美的概念。形象固然烂熟于心,概念也是因时时翻检而早经烂熟只待一朝说出的。

小文、瑞宣的美因其合于这城的礼仪规范;高度契合使教养成为了本能,"温雅自然"如与生俱来。没有一丝一毫的紊乱、失调,如一曲古典音乐般的,无处不和谐,无处不熨帖。老舍所最陶醉的,是这种由内在境界到外在形态的通体的和谐。和谐的不是一肢一节,而是整个人生境界。

即使人的外在形象,令他陶醉的也是整饬的美。"他的脑门以上总是青青的,象年画上胖娃娃的青头皮那么清鲜,后面梳着不松不紧的大辫子,既稳重又飘洒。"(《正红旗下》)"我的辫子又黑又长,脑门剃得锃光青亮,穿上带灰鼠领子的缎子坎肩,我的确象个'人儿'!"(《我这一辈子》)绝对没有什么怪异、出常,只是把通用的规范发挥到尽善尽美无可挑剔。这种美不会造成视觉兴奋——眼睛为之一亮,它只让你看得舒服。"舒服"也是一种快感。

老舍批评着北京人,同时传达着北京人由其礼仪文明中形成的审美标准,北京人对于人之为美的那一种理解。

沈从文对他的虎雏(《虎雏》)、夭夭(《长河》)、翠翠(《边城》)们,也有一种近于父性的溺爱。他欣赏的是人物无知无识顺适自然的黄麂似的生动跳脱处,写来则如沅水辰水般流动,山间草木般鲜活。如果说沈从文所尊奉的神是"自然",未为任何城市文明、人为设计污染过的自然,老舍无论宣告与否,他所倾倒的,都是娴熟到令人不觉其为人工的人工,由成熟的文化造就的人的成熟的魅力。我们又在这里遇到了城与人,作者与城的精神联系。

作为训练有素的小说家,成熟的北京人,老舍的文化—审美价值系统无所不在。他的文字也像他所欣赏的人物形貌那样整饬,难有蒙茸的美感;对所写人物的由衷喜爱则作为补救进入语言,使寻常描写泛出极清新的味儿。你最觉真切处,其实是夸张变形的。情感激活了感觉,使作者也使你发生了为审美所必要的错觉,以为所写比之真实更真实。《四世同堂》里既有江湖气又有市井气的金三爷接济落难的女儿、亲家,"他须把钱花在亮飕的地方","他的钱象舞台上的名角似的,非敲敲锣鼓是不会出来的"。"约摸着她手中没了钱,他才把两三块钱放在亲家的床上,高声的仿佛对全世界广播似的告诉姑娘:'钱放在床上啦!'"写人的精确生动与文字的洗练省俭,也许无过于此了。因了那爱,把人物的精明、虚荣写得有多么天真!

在创作中，全然不动声色是一种艺术，爱也是一种艺术。你可以条分缕析地展列京味小说作者的技巧，却怎能说得清楚他们在多大程度上以其对所写人物的爱，使笔下世界脱出了鄙俗，在维持美感的同时维护了一种文化感情，以美感节制化俗为雅，减却了市井形象中的市井气的呢！在这种意义上，对于对象的赞美与陶醉也自有风格意义，是京味小说成其为京味，从而区分于其他"市井小说"的条件。

（摘自《北京：城与人》，上海人民出版社1991年版）

第五辑　读人于故纸间

由中国现当代文学抽身，到涉足"明清之际"之间，曾以一段时间集中阅读《四书集注》及诸子中的若干"子"；进入"明清之际"后，某些方向上的思考得以延续。写于1990年代中期的《读人》一组，即以上述方面的读书笔记为底稿。这组文字后来收入了我的第一本散文集《独语》。那套书未重印，坊间已难以找到。

回头来看这组文字，多少记起了写作当时的情境。那段时间的我，初涉新的学术领域，在兴奋的状态中；又因涉足未深，少有负担，往往议论纵横。且因离开中国现代文学未远，笔下仍时时溢出"五四新文化"的特有气息。后来想，倘过了那段时间，就不大会做这种题目，以为近于僭、妄的吧。对"明清之际"愈深入，也愈自觉于规范的制约，不敢再"横斜逸出"。却也因此，读当年幼稚的文字，倒是感到了几分欣喜。有关古人的见识固不免于浅陋，毕竟借此说了一点自己的阅世所得，未必没有别的意义。收入本书第一辑中的《有美一人》，写在《读人》一组之后，故曰"续记"。此后也仍然有可"续"的材料，只是限于精力，未及整理罢了。

重读时发觉,这组随笔并不好读,像一杯过分浓酽的茶,或许会让人喝出了苦味。小品写得潇洒,应当有另一副笔墨,当然更要有另一种心境与性情。重读中更发现,其中的一些认知,竟长时间地纠缠着我;有几个题目后来曾尝试着扩展,也有了相当的积累,却绕来绕去没有绕出十几年前既经形成的思路。这多少令我意外。由此更确认了自己的限度;却又想到,写作这组文字的当时,思维有何等的活跃!

1990年代进入"明清之际",仍然以各家的文集为入手处。所写人物论中,关于傅山的一篇较有分量,或可与所选诸当代作家论相映照。也因此尽管是"论文",也仍然选入了(考虑到与其他篇体例的一致,删去了引文的页码)。关于"明清之际"的人物,用力较多的,另有一本小书,《易堂寻踪》,写其时江右的一组人物。只是该书叙述较连贯,不便将其中的片段拆卸而出。

读人(一——十一)

一

古代中国有关物质自然界的智慧受到抑制,却像是片面地发展了有关人事的智慧。我在下文中将说到,那份"通""透"的关于人事的智慧,往往被用于避害全身了。魏晋时人似乎不尽如是。其时士人对于人的兴趣,近于纯粹的诗情。其目标甚至不在人性发现,而是对人生之为"意境"的赏鉴。那一种对当世人物的品题赏鉴,以至鉴赏中的陶醉神情,已难得见之于忙碌且粗心的现代人了。你可以说,那种鉴赏赖于有闲,却也不妨承认某些能力的衰蜕或丧失。那也应是正在"流失"中的"文化"的一部分。

"林宗曰:'叔度汪汪如万顷之陂,澄之不清,扰之不浊,其器深广,难测量也。'"(《世说新语·德行》)是一个男人对另一个男人的魅力的赞美;甚至不止于审美陶醉,而是面对一片人间胜景时的倾倒。"桓大司马病,谢公往省病,从东门入。桓公遥望叹曰:'吾门中久不见如此人!'"(同书《赏誉》)桓、谢均之为一时大人物,竟能有如此的心醉神迷。惟此也才足以成其"大"的吧。

于今看来,古代士夫对于人的向慕与陶醉,也像是一种能力——当然,与"大众文化时代"的追星,非在同一境界。《颜氏家训·慕贤》曰:"吾生于乱世,长于戎马,流离播越,闻见已多。所值名贤,未尝不神醉魂迷,向慕之也。"此种向慕,也应是士人文化信念的极具体的依据的。

《世说》对于人的鉴赏,其对象多系男性。不止《世说》,甚至你由正史中,也能随时发现士(男性)之于同类的鉴赏;那眼光的细腻,以至陶醉神情,你只能在当代施之于女性的描写中读到。你对此当然可以有一大篇解释,由男性中心,性别壁垒,直到古中国颇不缺乏的同性恋现象(我由《世说》中确也读出过狎昵意味),以及士大夫的自恋。但这类解释毕竟过于现成。你不妨承认,非基于"可欲"的对同性的鉴赏,是更近于"纯粹的"审美。非因"可欲"的审美,甚至可由当时"名士"

对异性的态度中见到,如阮籍的哭兵家女——哭其才色的消殒。[①] 士人在上述审美中,表达了对于人,对于人间世的一份挚爱之情。

正是在面对其同类(即他"士")时,士发展了极精致细腻的审美能力,对人的鉴赏力。这也应属士文化中最为精致的那一部分。无疑,上述鉴赏活动,有助于士的自我认知,甚至有助于张大士的文化力量。这里还没有说到那一时代士在上述活动中,怎样多方面地发展与丰富了人的自我感知、体验的能力以及"方式"。这难道不应归入那一时代士人的整体贡献的?

最堪称"奇行"的,是山涛妻的"夜穿墉以视"其夫之友(同书《贤媛》)。却也是同一特殊事例,标出了"通脱"的限度。即使"鉴赏"也受制约于其时业已形成的伦理规范——尤其女性对于男性的鉴赏。发乎情,止乎礼义,窥看而不存狎玩之心、淫邪之念。但其时"通脱"的男女,在临界状态毕竟有上述优美的表演。

极境总是无可状写形容。同书另有一则记时人说黄宪(叔度),只说时月不见其人,"则鄙吝之心已复生矣"(《德行》),倒令人对此公更其神往。

真盼着有生之年能目睹这样的一片风景!

[①] 《晋书》卷四十九阮籍传:"兵家女有才色,未嫁而死。籍不识其父兄,径往哭之,尽哀而还。"

二

魏晋士人对于同类的鉴赏,言语,是极其重要的对象。前于此,就有了关于"言"与"用"的儒家与法家的价值尺度。《韩非子》批评当时"言谈之士"所说之无用,比之为"以棘刺之端为母猴"(《外储说左上》)。但仅由此书的批评性描述,也可想见当时极其活跃的社会语言行为,以至于对当道的吸引。这里正有先秦时期士生动的文化创造。不同于先秦游士的政治性言谈,魏晋清谈更是其时贵族的文化行为,是他们对智力愉悦的追求。千载之下吸引了你注意的或许就是,那清谈或曰玄论,将"言语"作为了目的本身,使其如同器物,可以示人,可与人共享,可望凭借智力而占有。上述对于言语之为"用"的发现,难道不是有趣味的?

魏晋士人甚至不止关心所说及说的方式,且关心及于说者的神情意态:于此也表现出对于人的生存状态的多方面的关注。"林公辩答清析,辞气俱爽"(《世说·文学》)。要这样,才可称意境完整。正是这一种共同的欣赏趣味构成的语言氛围,才足令听者陶醉"嗟咏"于言者之美,竟至"不辩其理之所在"(同上)。

当然,你也会认为,如该书《捷悟》篇诸条,多属现代人也不乏的"小聪明",较之先秦诸子的论辩,即"轻"、"小"到不可比拟。直到现在,中国人所乐于欣赏的,也仍然是这类小聪明。目下京城的"侃爷"们,玩的不就是类似的把戏? 只不过比之魏晋士人,玩得熟滑也玩得粗鄙罢了。

你还会看到,魏晋人士即使在清谈中,也不像一味洒脱。那些为"说"而不惜拼却性命的,①将"说"当作了何等重大的寄托! 这固然因了时尚,时尚却也由时势所助成——"说"在乱世,或竟也是士人唯一可致力的事业。

但无论如何还得承认,语言能力的衰蜕,语言的纯粹工具化,是"知识人"自我丧失过程的一部分。你看不出有什么能阻止这衰蜕,你只能徒叹奈何而已。

三

对同类的品藻月旦,是士夫所热中的智力活动。《抱朴子·正郭》不满于有关郭泰(林宗)的虚誉,谓其人"非真隐也",却也称许他的"鉴识朗彻"。在魏晋时,这已足够其人享盛名的了。品藻赖有直觉判断力,且强调预见(包括对其人的安危祸福),因此决不同于寻

---

① 《文学》:"卫玠始渡江,见王大将军,因夜坐,大将军命谢幼舆。玠见谢,甚说之,都不复顾王,遂达旦微言,王永夕不得豫。玠体素羸,恒为母所禁,尔夕忽极,于此病笃,遂不起。"

常德行鉴定。裴楷目夏侯玄"如入宗庙,琅琅但见礼乐器";见锺会,则"如观武库,但睹矛戟"(《世说·赏誉》)。上述以性情、人格为可视的直觉判断力,在现代人这里也已稀有。鲁迅的陈(独秀)胡(适)比较,约略近之——我疑心那灵感正得自《世说》。①

你于是又发现,经验与语言的积累,在在剥夺着感觉的"直接性",剥夺着如魏晋人那样形成生动的内视像的能力。

裴楷对夏侯玄、锺会的比较与鲁迅的陈、胡比较,均含有优劣评估。魏晋时人的人伦识鉴更值得注意的,是因人设置标准,各求其"胜"。尽管韩非曾有过"诛"不可"臣"之士的主张(参看《韩非子·外储说右上》),中国古代思想(尤其儒家),于士人的"进退出处",仍许诺了较大的自由。苏轼所谓的"不必仕,不必

---

① 鲁迅《忆刘半农君》:"假如将韬略比作一间仓库罢,独秀先生的是外面竖一面大旗,大书道:'内皆武器,来者小心!'但那门却开着的,里面有几枝枪,几把刀,一目了然,用不着提防。适之先生的是紧紧的关着门,门上粘一条小纸条道:'内无武器,请勿疑虑。'这自然可以是真的,但有些人——至少是我这样的人——有时总不免要侧着头想一想。……"

不仕"(《灵壁张氏园亭记》),①即赖此选择余地。由上述背景助成的评价的双重乃至多重标准,作用于士人,即表现为某种包容性。为士人所看重的既是所谓的"内在超越",倘能"心存事外",即"与时俛仰",似也无损其人;阮籍一类名士,也赖有上述见识而造成。审美心理的宽裕,从来要有相应的观念背景的。

也是《抱朴子》同篇,不满于其时人伦识鉴避重就轻的非政治性,说"虽颇甄无名之士于草莱,指未剖之璞于丘园,然未能进忠烈于朝廷,立御侮于疆场","徒能知人,不肯荐举"。这里或有与名士不同的对"品鉴"的功能理解。正是非功利(尤其非政治功利)性,使品鉴成其为诗式行为。但葛氏之论确也透露了那种贵族式的优雅空灵,即在魏晋之时也难以维持的消息。

魏晋名士之所赏誉,大多无关乎世俗所以为的"用"。政治人物的荐举,要的应是别一副眼光的吧。既然国家命运系于人主、大臣等数人,政治人物的品鉴,就与天下、国之兴亡以至你本人的安危攸关,一向有更严重的意味。晋人由谢安在风浪中的气定神闲,

---

① 苏氏在此,说的是"古之君子",且说因而"士罕能蹈其义、赴其节"。其实除了如明初那种以"寰中士夫不为君用"为触犯刑律(参看《明史》卷九十刑法志)的少数时期,士人于"仕"否,都有一定程度的选择自由。

认定其人"足以镇安朝野"(《世说·雅量》),是较之寻常士人品题远为复杂严重的判断。解缙于永乐朝奉命品评朝中人物亦属此类。[①] 古中国的士人何尝不热中于评论政治人物!他们读得最为烂熟的,往往就是那"主上"。研究所得,有时就直接写在了章奏里——尤其如明代这种被认为"士习甚嚣"的时代。而从政的士人为此送了命的,也不在少数。倘若你肯搜罗了明人的"崇祯论"或"张居正论",会发现那品评决不肤浅。尽管发达的"君臣论",终未能提供稍具"科学性"的"政治学"的基础。

四

"竹林七贤"中,表演得最有深度的,我以为当推阮籍其人。

其"率意独驾,不由径路,车迹所穷,辄恸哭而反"(《晋书》阮籍传),是魏晋间人所创造的最为惊心动魄的行为符号。在我看来,那也属见诸文献的最可称意义饱满的行为符号,与其《咏怀》,应同归入阮籍的个人贡献的。一方面是极端的表演性,一方面是极度的任

[①] 《明史》卷一百四十七解缙传:"帝尝书廷臣名,命缙各疏其短长。……后仁宗即位,出缙所疏示杨士奇曰:'人言缙狂,观所论列,皆有定见,不狂也。'"

率,到得"极"处,二者已浑不可分。其时名士中,刘伶的举动或更足惊世骇俗,但可惊骇者未必就深刻。上文已提到"临界状态"。七贤中常在临界状态跳舞而能不践危境,即有"无检"之讥仍不失美感,既充分地表演了其时的名士风范,又现身说法地提示了"自由"的限度、"礼法"严峻的现实,以其行为有力地诠释了那个时代的,岂非阮籍其人?

"是时竹林诸贤之风虽高,而礼教尚峻。"(《世说·任诞》刘注引《竹林七贤论》)阮籍式的精神深度,或也由此"尚峻"造成。一放而不可收的元康士风,正由反面作了证明。更严峻的,还应当是其时盛行的杀戮的吧。供诸多名士表演其"审美的人生态度的",是一方蔑视生命的舞台。那种雍容优雅之至的行为言语,要置诸这舞台上,才更见出奇特与瑰丽。我猜想或正因了杀戮,而有表演者的急不可待,如恐不及,令人于千载之下,听得死神前一派生命的喧嚷。于是你又由那优雅从容处,读出了隐蔽着的紧张。在上述观察中,"压迫"确有可能是深化人生、人性的条件。但没有人会因而巴望作阮籍式的穷途之哭。

写到这里,出自虚荣心,我忍不住要说一句,阮籍是敝同乡(其实我对此并无把握,因未研究过魏晋时的陈留尉氏与今天的河南省尉氏县是否重合),姑称之为"乡先贤"。我有时会疑惑地想,我家乡,那个沙土地上像是只产花生红枣的地方,何以会生长出这等人物?而诸阮用了我家乡拙重的方言炫耀其机智——只要想象一下也会觉得滑稽——时又是什么样子?那么,魏晋时的陈留尉氏该是何种光景呢?

五

在"非功利"的一点上,可与魏晋名士的人物品鉴比拟的,是对"技艺"之为行为的鉴赏。开其端的,就有《庄子》之说庖丁以至"运斤成风"的匠石,"承蜩"的痀偻丈人。庖丁解牛,"手之所触,肩之所倚,足之所履,膝之所踦,砉然嚮然奏刀騞然,莫不中音。合于桑林之舞,乃中经首之会"(《养生主》)。

你在《庄子》之后的大文人那里,几乎都可见到此类文字。杜甫的《观公孙大娘弟子舞剑器行》,柳宗元的《梓人传》、《种树郭橐驼传》,张岱的《柳敬亭说书》,只是一些较为人知的例子。文人不但承袭了《庄子》式的审美陶醉,也承袭了《庄子》式的意义结构:"臣之所好者道也,进乎技矣。"(《养生主》)士夫即在审美陶醉中,也忍不住标出了自己:他的所好不如说更在所谓体悟,他好的更是他由对象中提取的思想,他陶醉于他本人的思维运作;最后,他所持久关注的,不能不是他自己。

标准的儒者,是严格的秩序、等级论者。对技艺者的赏鉴,即使着眼在"行为",也难免于"流品"之淆——活在现代的年轻人,已不能想见此"淆"曾有过何等严重的意味。因而到后来,上述鉴赏即渐成文人专利。文人不止以此证明自己的鉴赏力,显示自己于雅俗之际见识的通脱,且将上述鉴赏作为自我表达的一种形式。文人有理由在如下方面认同技艺中人:创造力,行为方式,对于独立性(即不依附于权力者)的向往。在"命运"这一种语义上,又略可比之于文人对名媛、艺妓的认同,尤其当乱世。"同是天涯沦落人,相逢何必曾相识。"

到明清之际,如吴伟业所袭用的《庄子》式的"道—艺"理路,竟也使粹儒难以下咽。黄宗羲即指摘吴氏的张南垣(按张南垣即张涟,其时著名的园林艺术家)、柳敬亭二传,为"倒却文章架子"(《柳敬亭传》,《黄宗羲全集》)。尽管黄宗羲作为一时大儒,并不腐,也不陋。

至于近世,此种趣味即于文人中也渐稀有。文人也与整个社会一起浮躁,难得保有为技艺欣赏所需的审美心境;而"传统技艺"则在工业化大生产中迅速消失,或被抽离了其原有的文化环境:即由这一角看,"文人文化"质地之变,也是不可避免的。就我所见及的,沈从文及其高足汪曾祺仍风味古老。但汪曾祺那些写技艺者的文字已近乎绝唱。这种文化流失无人凭吊。它流失得无声无息。

六

已说到了魏晋名士的人伦识鉴,但"知人"却非名士的专利,儒者何尝不知人!"儒"非即"迂",更未必"陋"。你看其老祖宗孔子,读人读得何等透彻!"君子易事而难说也","小人难事而易说也"(《论语·子路》):这眼力,即非寻常所能有!《日知录》卷十三"宋世风俗"条引了孔子"易事难说"一句,接下来引《大戴礼》:"有人焉,容色辞气,其入人甚愉;进退周旋,其与人甚巧;其就人甚速,其叛人甚易。"此等文字,真该编入《政客必读》的。

其实不如说,正是那老祖宗,启发了对于人的探究兴趣。樊迟问知,子曰:"知人。"(《论语·颜渊》)在我看来,孔子关于人,最深刻的,是对"乡原"这一人格的发现以及命名。① 我不知道西哲发现类似人格是在什么时候。我以为发现"乡原"的意义,决不较之发现火药为小。还有被其后士人屡用于人性辨析的那个重要概念"似",孔子所说"恶似而非者"的那个"似",孟子所

---

① 《论语·阳货》:"子曰:'乡原,德之贼也。'"《孟子·尽心》释"乡原",说其"阉然媚于世","非之无举也,刺之无刺也,同乎流俗,合乎污世,居之似忠信,行之似廉洁,众皆悦之,自以为是,而不可与入尧舜之道"。

谓"居之似忠信,行之似廉洁"的那个"似"(《孟子·尽心》)。当然圣人也不总高明。即如"刚、毅、木、讷,近仁"(《论语·子路》),几千年来,已成顽固的偏见——当然,这不便仅由圣人,也应由乡土社会负责的。而孟夫子所谓"胸中正,则眸子瞭焉;胸中不正,则眸子眊焉",今天用起来,倒很可能方便了骗子行骗的吧。

阻断了通往人性深处的道路的,在我看来,也是后来发展起来的儒学。先秦那场关于"性善""性恶"的辩论,本应是其时以"人"、"人性"为论题的意义重大的讨论。却正是那结果(在后世的当道与儒者那里结的果),使得关于人性的稍具深度的洞察成为不可能。你只要略翻一下宋明儒那里堆积的心性陈言,就知道"人"被作成了何等肤浅因袭的"学问"。朱子说过:"人之情伪,固有不得不察,然此意偏胜,便觉自家心术,亦染得不好了也。"①儒者心理的脆弱一至于此!于是那"情伪"只好留给小说家去"察"。而有关小说家"心术"的猜测,未必不与上述思路有关。我就听到过关于某

---

① 转引自《明儒学案》卷五十九钱一本《龟记》。顾炎武也说过"臧否人物之论,甚足以招尤而损德"(《亭林文集》卷之三《与戴枫仲书》)。同书卷之四《与人书十四》曰:"是则圣门之所孳孳以求者,不徒在于知人也。《论语》二十篇,惟《公冶长》一篇多论古今人物,……是则论人物者,所以为内自讼之地;……"

小说家描写"刻薄"因而其人必不"忠厚"的私下评论，也早知道"鲁迅心理阴暗"一类说法。这民族本世纪在文学上终不能有大作为，是否多少也因了缺乏那一种锋锐而苛刻的人性洞察力？

等级制下极其发达的"分"、"度"概念，划定了有关的思考的疆界。"自反"、"自讼"的纯粹道德性质，使以自身为对象的人性审视也难以真正进行。那些抉发隐秘洞烛幽微的精辟之见，不能不是片段的，零碎的，无从拼装成任何稍具"体系"规模的东西。

但毕竟有《庄子》关于人生而不自由的发现，与《韩非子》有关人所处政治关系的描述，以及对伦理（尤其政治伦理）黑暗的揭示，这也是那一时代见诸文献的最深刻的人性发现与人的存在描述。鲁迅决非白白地中了庄、韩的毒的。[①] 可惜——非常可惜，那些极其宝贵的思想在先秦之后，终于未得更有力的阐发。

七

在我看来，《庄子》对人的"不自由"的发现及其所谓"自由"，都具有十足的贵族性质，属于那一时代最称精致的文化哲学。

[①] 鲁迅《写在〈坟〉后面》："……就是思想上，也何尝不中些庄周韩非的毒，时而很随便，时而很峻急。"

充满在《庄子》中的令你惊讶的,是古代人类的空间感,他们对"人"所处位置、"人"的限度的思考。《庄子》中人的"自由"之为问题,是在如许巨大时空中发生的。孔孟思考人伦纲维中的人,《庄子》则试图探究处天地、万物(《秋水》:"号物之数谓之万,人处一焉。")间的人,因了上述"巨大",其所占据空间,所据有的时间长度(生命史),其知解范围及可能性都被极大地限制了的人。基于"大小之辨"的极限论,提供了人事评价的特殊角度。《庄子》概括那种放弃自由、自甘刑戮的人格,用的正是"天之戮民"、"天刑之"这样的说法。①"曰:何谓天?何为人?北海若曰:牛马四足,是谓天。落马首,穿牛鼻,是谓人。"(《秋水》)《庄子》并没有界定其所谓"自得其得""自适其适"的"自",其言论也不曾引发一场有关"自然"与常规(应即包括了《庄子》所指为"桎梏"的种种)的大辩论,如雅典人于公元前五世纪进行过的那样。后世的士人尤其文人未加论证地接受了《庄子》式的"自然人性",说"性灵",说"任率",以至

---

① 天戮、天刑则被描述为"役人之役,适人之适,而不自适其适"(《大宗师》),"得人之得,而不自得其得"(《骈拇》),其例证则包括了后来成了"圣人"的孔子,及被儒家作为典范的伯夷、叔齐、箕子等。

说"吾丧我",①只是小心翼翼地避开了《庄子》的时代无需避忌的"仁义"一类神圣概念——"吾未知圣知之不为桁杨椄槢也,仁义之不为桎梏凿枘也。"(《在宥》)而《庄子》中尤为警策的,即应有上述那种对学术文化的讽刺性处境的揭示的吧。只是你会依了《庄子》式的逻辑,想,既然儒墨"离跂攘臂乎桎梏之间",那么非儒墨攘仁义者,又缘何证明自己不在"桎梏之间"?但你仍会承认,《庄子》不但发现了人的存在的种种悲剧性,也发现了其种种讽刺性,即使由字面上看,它像是不包含自身反省。

你自不会将《庄子》中的"至人"、"真人"混同于任何一种道德人格,它只是一种生存境界,是人基于对诸种"桎梏"的知觉而企慕的生存境界。依着《庄子》的逻辑,人所能指望的,仅止于凭借智力对"自由"的有限占有;或曰,他的"自由"只能是一种须经复杂的思维运作才能达到的心灵状态。这种"自由"也因而注定了是少数(极少数)才智之士的专利,提供它本不为了共享。

但其后被简化而成士人常谈的"物役""物累"(在士夫,尤其"名"之为累)云云,仍然深刻化了士人的生存体验,启示了中国古代士夫一种基本的人生态度。

---

① 《徐无鬼》:"嗟乎!我悲人之自丧者,吾又悲夫悲人者,吾又悲夫悲人之悲者,……"

只不过后世士夫对《庄子》，有时也如对禅宗，着迷的只是其话语形式；将其如禅宗机锋似的用作才智的夸炫。没有"智慧"，仅馀了"聪明"，轻而且薄。你不必向这里寻找"贵族精神"，这儿有的是伪"贵族"。更为常见的，则如民间的佞佛，只将其作为了厌倦时的遁辞或落魄中的解嘲。或许也正是在"物役""物累"等等成为"常谈"之后，那个《庄子》的"庄子"，终于消失了。

八

一部《韩非子》，向你提示的，是"现实关系"之为人的命运。

《韩非子》是在一种正在确定中的秩序、关系中体验与描述士的命运的，这就是那些从政之士的命运。韩非有关政治关系中人的处境与命运的描述，不止在当时，而且对于其后都有惊人的准确性。虽然由于他本人的自我定位，使他的描述不可能包含对士自身政治理念的反省。

我猜想，庄周、韩非中的韩非，其对于鲁迅的吸引力，应在那种坦然说"利害"而不假借大义的直率的吧。韩非说："臣主之利，与相异者也。"（《孤愤》）他说君臣"计"合——而非如儒家所谓的"义"合（《饰邪》）。专制赖有"君臣"这一权力枢纽实现，韩非则如恶枭，不厌其烦地强调着君臣关系的天然对抗性。自处于人主与权臣之间,这只不祥的鸟反复鸣叫的,是"人主之患",是诸种"亡征",是臣对君的"劫""弑",是针对人主的无穷阴谋,是围绕人主的敌意与杀机,表达刻露,不留余地。足以令人主发指的,更有那手段的残忍性。"李兑之用赵也,饿主父百日而死。卓齿之用齐也,擢湣王之筋,悬之庙梁,宿昔而死。"(《奸劫弑臣》)五伦中最为重要的一伦"君臣",在韩非笔下,是如此一幅恐怖而血腥的图画。

对"利"的直言不讳,固然赖有那个血气健旺的时代,也赖有士的非绝对归属、依附。尽管韩非鄙"游宦之民"(《和氏》),但士之"游"确系先秦"百家争鸣"的必要前提。尤其由后世看去,你不难认为,正是某种游离提供了思想的馀裕。因而如韩非式的似无所避忌的坦白,凭借了当时士的理论立场,因非全然纳入君臣关系才可能据有的立场。①

你于此读出了韩非的"峻急"。其实韩非式的"峻

---

① 在"人主—法术之士—大臣"的关系结构中,有韩非的自我定位。然而也正是《韩非子》中的《孤愤》等篇使你看到,士作为政治、权力结构中半游离因子,只能经由某种同化、纳入,关系的明确化,身份的再次确认——纳入"君臣"关系格局,在君("公")、权臣("私")间择定位置,才能发挥其政治作用。士于此经历着其历史性转折;韩非所诉说的,就包括了转折中的痛苦。

急",与庄周式的"随便",正构成士互补的两面。他们往往即在自身调和了庄、韩——因而入世,因而愤世,因而嘲世,因而似飘然而出世。当然,鲁迅"中"庄、韩的"毒",有更个人的依据。

《韩非子》不便比拟于古希腊的政治学著作,那更是一部有关"政术"的书。儒家说道德(包括政治道德),说原则化的"为政",韩非却说为了"说之成"、"致其功"的一整套揣摩功夫(察颜色、辨情势、窥时机等等),说为使主上听其言的诸种狡计。也正是这类被高士与世俗一致指为卑污的狡计,将士关于自身政治处境的严峻性的意识,将韩非一类从政之士的身世命运之感,表达得淋漓尽致。古代中国有极其发达的"术",由"政术"到一般的"应世术",可当得"策略大国"。正是那"术",戳破了"道"赖以"神圣"的政治神秘主义。"察见渊鱼者不祥",韩非岂但不聪明而已。

尽管《世说》中作为纯粹审美对象的"人"令人着迷,人们所熟悉的,仍然更是现实关系(包括政治关系与伦理关系)中的人,更世俗的人。你难道不认为,我们至今仍缺乏足够的力量,洞察政治关系、政治情境中的人性?仅由这一点看,我们像是白白地经历了"文革"!

九

在"王朝政治"这一范围内,《韩非子》也将伦理严酷——主要体现于最高权力者及其家族——归因于利害关系。《庄子》以近人近事为寓言,《韩非子》则将大量的"史实"及传说(无论远近)直接作为佐其论证的"事实"。这"事实"中即包括了后世所谓政治黑幕、宫闱秘闻以至秽史——当然韩非是在极其严肃的意义上运用的。此人非但没有通俗文化气味,甚至不像是有任何幽默感。他所用"事实"中,就有春申君因妾言弃妻杀子的故事(《奸劫弑臣》),有楚王子围以其冠缨绞杀其父而自立的故事(同上);他说"轻其适正,庶子称衡;太子未定,而主即世者,可亡"(《亡征》);说"太子已置,而娶于强敌,以为后妻,则太子危"(同上);说"出君在外,而国更置;质太子未反,而君易子",可亡(同上);说"太子尊显,徒属众强,多大国之交,而威势蚤具者,可亡"(同上)——"利"异的岂止君臣!上述每一则,均可用当时后世巨量的"事实"作注。在《备内》一篇,他径说"匠人成棺","情非憎人也,利在人之死";后妃夫人太子"情非憎君也,利在君之死"。① 你像是看到了那人主在这枭鸣中的战栗。当然也应当说,《韩非子》在这里也同样由于自我定位(自居于"主道"的维护者),而限制了上述文字的批判力量。

《韩非子》使你看到,"君臣""父子",集中了传统社会最酷烈的伦理矛盾;父子、妻妾、嫡庶间,以权力争夺为主题,成为其后长演不衰的活剧。唐太宗、明成祖的骨肉相残,其血腥决不在韩非的那些"事实"之下。"第一家族"以下的家族,演出着类似故事,只不过情节有轻重而已。尤其以"继嗣"(即"继承权")为主题的戏剧。"第一家族"的确提供了上述斗争的经典样式。

在伦理关系中读人,在宗法家族制这种最世俗人间的关系中读人,你才能读懂中国人。现代中国不过刚刚许诺了关于人的更多样的诠释。那街上行走着的少男少女,或许已走出了上述历史阴影——老实说,我对于是否如此并不确知。

到本世纪,"家族"成了文学的一大主题。但那些皇皇巨著的力度,未必及得一篇不长的《金锁记》(张爱玲)。当代中国人注视"家族""伦理"的眼光,仍不能免

---

① 韩非在此对"后妃夫人"所以"冀其君之蚤死"的分析,尤可见出其人对世态人情的洞悉。这也是其"利"说(而非如儒者似的人性善恶说)的经验根据。

于畏怯,闪烁不定。但也应当说,"家族"本是一种太复杂的经验。五四式的"似决绝",是以问题的简化为代价的。

十

上文已提到了古代中国人在关于人的认识上的"包容性"。既然认知的前提之一,即"知人之难",① 基于此种认识,古代中国人发展了有关"情伪"的极犀利的洞察力。更难能的是,洞见情伪之馀,仍保存了相当的弹性(灵活与宽容)。冯友兰以"天地境界"为最高境界。古代中国人有对"大"(天地、沧海等)的崇拜。《庄子》反复于大小之辨,虽以相对言大小,② 但《逍遥游》等篇令你印象深刻的,首先不就是面对"大"的惊叹?这"大"也包括了大人格:"夫至人者,相与交食乎地,而交乐乎天"(《庚桑楚》);"圣人并包天地,泽及天下,而不知其谁氏,……此之谓大人"(《徐无鬼》)。《韩非子》也说"所谓大丈夫者,谓其智之大也"。有容乃大,更属

---

① 《庄子·列御寇》:"孔子曰:'凡人心险于山川,难于知天。天犹有春秋冬夏旦暮之期,人者厚貌深情……'"
② 《庄子·秋水》:"由此观之,又何以知毫末之足以定至细之倪?又何以知天地之足以穷至大之域?""以差观之,因其所大而大之,则万物莫不大。因其所小而小之,则万物莫不小。"

道德境界。惟其"大",才能涵容。所谓"大醇小疵"、大体小节一类辨识,即常用之于对人才的辩护。

上文也说到了参与构成"包容性"的观念背景的儒家有关"出处"的思想。有关思想的确为士人提供了较大的生存余地。① 但也因有此"弹性","包容性","余地",士林俗间均不乏应世(用了鲁迅的说法,有时即"苟活")的聪明,如周作人所指出过的,舆情不鼓励日本人似的"情死"。甚至伟大如屈原,扬雄竟也不以为然于他的"湛身"。②

非但"不必仕,不必不仕",且不妨一死生、齐寿夭,以至"混一荣辱",因而不难于"曳尾涂中",活得虽不容易却仍轻巧,所乏者,即那一种"重"之感。这种轻巧所赖,就有下面将要说到的"世故"。

十一

古代中国有关人的智慧,大量地,即积存于所谓的"世故"。一名之为"世故",就似乎只有负面意义——何尝不是偏见!子所曰"不在其位,不谋其政",就是一

---

① 子曰:"直哉史鱼! 邦有道,如矢;邦无道,如矢。君子哉蘧伯玉! 邦有道,则仕;邦无道,则可卷而怀之。"(《论语·卫灵公》)孟子曰:"伯夷,圣之清者也。伊尹,圣之任者也。柳下惠,圣之和者也。孔子,圣之时者也。"(《孟子·万章》)

② 参看《汉书》卷八十七扬雄传。

种极有用的世故。孔子之徒曾子的"思不出其位",即将此世故运用到了化境(以上见《论语·宪问》)。至于为孔子所称道的宁武子的"邦无道则愚"(《论语·公冶长》),则更其难能,确属"不可及"。不信,你"愚"一下试试!

比之"如愚"更高明的,还是《庄子》说的"彼且为婴儿,亦与之为婴儿"(《人间世》),"一以己为马,一以己为牛"(《应帝王》),及以"无所可用"为"大用"(同上),"处乎材与不材之间"(《山木》)、"物物而不物于物"(同上)。不过我想上述种种实行起来,绝对要比不通世故更难。世故达于极致,也会变了味道,比如成为纯粹思辨,不再具有"实践意义"。其实《庄子》中的世故,本来不过是社会批评的一种较精致的形式而已。正是由《庄子》的世故谈中,你读出了你所熟悉的愤世疾邪的神情。嬉皮笑脸的愤世,往往更是真的愤世。《天下》篇说庄周"以天下为沉浊,不可与庄语"。你倒是想想,以天下为不值得庄语,其人该有何等深刻的绝望,与对斯世的轻蔑!

"世故"确是一份沉重的遗产,其中有的是用了无量的生命与血换取的经验。这一点尤见之于政治场合。《韩非子·说林上》中正有适例:"隰斯弥见田成子,田成子与登台四望。三面皆敞,南望,隰子家之树蔽之。田成子亦不言。隰子归使人伐之,斧离数创,隰子止之。其相室曰：'何变之数也？'隰子曰：'古者有谚曰：知渊中之鱼者不祥。夫田子将有大事，而我示之知微，我必危矣。不伐树，未有罪也。知人之所不言，其罪大矣。乃不伐也。'"这里是佯作不知（不示人以知）。另有佯狂、佯醉（后者《韩非子》同篇即有其例），几乎成了士人的惯技。你回头读阮籍的"酣饮为常"及大醉六十日（《晋书》阮籍传），自会更有一种苦涩之感的吧。

《韩非子》的惊人之处，在于将有关"阴谋"的谈论公开化了：那"疑诏诡使"、"挟知而问"、"倒言反事"（参看《内储说上七术》）等等，都有十足的阴谋性质。俗世与高士一致由《韩非子》中嗅出了阴谋气味。但他们忌讳的常常并非"阴谋"而只是那"气味"。至于韩非《说难》诸篇，将主上的心思揣摩得何等透彻！拥有这份智慧者，却终未能免于杀身之祸——士大夫常常是能说不能行的，他们尤其不能"不示人以知"。士夫的聪明误，往往就在这种时候。至于龚自珍的"避席畏闻文字狱，著书都为稻粱谋"（《咏史》），更是十足的牢骚，倒像是为了招祸似的。依了鲁迅的思路，韩非决非老于世故，老聃也说不上深于谋略，否则就不会有那篇半是牢骚的《说难》和《老子》五千言了。同理，庄周倘能处"材与不材之间"，也绝不会有《庄子》。"'世故'深到不自觉其'深于世故'，这才真是'深于世故'的了。这是中国处世法的精义中的精义。"（鲁迅：《世故三昧》）《庄子》说"黜聪明"(《大宗师》),令后人陶醉的,正有其上述聪明:这是不是有点"讽刺"? 于今看来,古代中国极其发达的"政治艺术"、应世技术中,有怎样令人痛心的才智的浪费!

我在这里还未及谈论搜集在《增广贤文》等世俗读本以及"庭训"、"家规"中的处世箴言,与不断被"民间"所生产的同类谣谚。上述世故,无不可读作人的处境与存在体验表述,尤其那些与"保全"、"避祸全生"有关的世故。那是老人的智慧。你从中读出了一个"初期早熟"的民族衰老而疲惫的心灵。

我忽而想到了"文革"中所揭发的我的老师王瑶先生的"问题言论",其中就有"苟全性命于治世,不求闻达于诸侯"。当时身负"批判"使命的我们,是决不肯弄懂这话的。当然,后来懂了。

读人（十二——二十一）

十二

人类似将永远有对"光明俊伟"——用了过时的说法，亦一种崇高美——之为境界的向慕，对超拔之境的向慕。即如鲁迅所说的狮虎鹰隼，"它们在天空，岩角，大漠，丛莽里是伟美的壮观，捕来放在动物园里，打死制成标本，也令人看了神旺，消去鄙吝之心"（《半夏小集》）。

人群中能有狮虎鹰隼如陈蕃（仲举）、李膺（元礼）一流人物固可羡慕，也要其时有能鉴赏那"伟美的壮观"的人性力量。陈蕃、李膺式的伟岸高峻，正赖时人的识力与趣味而造成。"庾子嵩目和峤：'森森如千丈松,……'"(《世说·赏誉》)"王公目太尉:'岩岩清峙,壁立千仞。'"(同上)拥有上述人伦识鉴、倾倒于"非常之器"的,自不会是一个平庸卑琐的时代。

当然也须说明,魏晋人物所欣赏的光明俊伟,属于一种贵族气象,以其时发达的贵族文化为依据。那意境在日见平民化、"平均化"之后,因注定了不可复现而成永恒。那种彻底淘洗了"庸常性"的纯净,不能不远于普通人(包括现代人)的经验。

至于被魏晋人作为人格意境的"光明",与今人所用"光明",语义似有参差。那光明并不耀目。古代士夫更乐于陶醉其中的,是平远高旷清澄疏朗之境。

状写这光明的,通常是"清"、"朗"一类字眼。卫伯玉以乐广为"人之水镜"(同上),王右军"叹林公'器朗神俊'"(同上),"王子猷说:'世目士少为朗,我家亦以为彻朗'"(同上),"时人目夏侯太初'朗朗如日月之入怀'"(《容止》)。另如"清畅"、"清夷冲旷"、"清远雅正"、"朗拔"等等。与"朗"有意象上的关联的,尚有"玉山"、"瑶林琼树"等。"玉"似止于状其人之白皙(古代中国人显然对"白皙"有偏好),而"朗"在我读来,则是综合了所谓"风神""襟期"的完整意境,一种皎然莹然光明洞达的境界。

浊恶的社会,人心,也决不能容受"清""朗",必渴望玷污,使成同类。

对"清"、"朗"的赏誉,不消说与古人对水对月的审美经验相关。清风朗月,光风霁月,"水"之清澈,"月"之明亮柔和,更近于士夫所以为"美"的极致。人处浊世难免会有对豁朗清明之境的向往。而水、月以及同其为"朗"的人,使人间见出光洁,那光又不至于日光似的叫人晕眩,是士夫可期由此世得到的温柔的抚慰。传统的士夫,其生命力像是不大健旺,其所能承受的"美",亦与其心性相应。现代人对人的意境自然别有嗜好。且都会已在干裂;在水泥丛林与辉煌灯火中,那一轮月也不能不愈见柔弱而苍白。

魏晋人对于人的容貌的公然坦然的欣赏,也应让现代人惭愧的吧。现代人在此种场合,常不免于忸怩与虚伪,无论对于同性抑异性——尤其对于同性。我因而由遥远的古代,读出了健全的心理与明朗的语言氛围,读出了一片如此充满审美愉悦的感觉世界。

十三

以貌取人,也算得上极古老的偏见的。甚至皇上老子,也不能免俗。本来皇上也是人,如你我。你总不见得会不喜欢一张令人愉快的脸。《墨子·尚贤》批评最高权力者,说其"面目佼好,则使之,岂必智且有慧哉"。《明史》里就有现成的例子。该书卷一百二十六李景隆传,记李"长身,眉目疏秀,顾盼伟然。每朝会,进止雍容甚都,太祖数目属之"。皇上观感的非同小可,正因关乎其人的官运。同书卷一百九十六夏言传即曰:"言眉目疏朗,美须髯,音吐弘畅,不操乡音。每进讲,帝必目属,欲大用之。"卷二百五十七王治传记治"仪表颀伟",帝奇其状貌,"即擢任之"。于是,非本人所可选择的相貌以及嗓音,对于其人,竟确确实实地有了"命运"的意义。有明一代,取士而以"俊秀"抑"年老貌寝"为甄别,是屡屡见诸铨选的事实。《日知录》卷十六"拟题"条即提到"年少貌美者,多得馆选";卷十七"恩科"条,也说及铨选的淘汰标准,如所谓"人物鄙猥",如所谓"残疾貌陋不堪"等。

但皇上老子对臣下的脸的兴趣,不大像是出自"纯粹的"审美热情。古代中国极其发达的命相学,正如其名目所标,是研究"相"与"命"的关系的大学问。而在朝廷政治中,其"相"所关,被认为即国家命运。清人金埴《不下带编》卷三记其时皇上放官选将的"口敕""某汉仗好","某汉仗去得",即系对其人"禄命"的权威性判断。该条说:"唐李勣临戎命将必瞽相,其奇庞福艾者,遣之。或问故,答曰:'薄貌命寝之人,不足与图功名。'此即今之汉仗与才具也。"至于因悦而"嬖",使"奸佞"得以浊乱朝政,虽古今同愤,却仍不过证明了那皇上老子也是人而已。

正是在"命相"的意义上,对"残疾"、"貌寝"的歧视,较之对"美风仪"的宠爱更深刻。视"残"与"畸"为不祥,是那时代皇上与草民共享的偏见。《韩非子·亡征》以"女子用国"与"刑馀用事"并论,均应根于男性中心社会有关"残缺"的神秘观点的。司马迁《报任安书》所谓"身残处秽"、"刀锯之馀",真沉痛之至。"亏体辱亲",人所不齿。但我疑心"亏体"云云,半是借口。未便明言的,也应有传统社会对"不常"、"异类"的根深蒂固的恐惧的吧。

明太祖本人的发迹,竟也与他那张据说其貌不扬的脸有关。《明史》郭子兴传即记有郭氏因"奇"朱元璋之"状貌",而将他收至帐下的一段故事(卷二百二十二)。元末群雄之一的徐寿辉,也因状貌之"奇"而被推举为主。这里的标准不是美而是"奇"——应系大英雄(或曰大盗)当起事之时特有的关于相貌的一种迷信。

甚至"贼",对其"臣"的相貌也同样挑剔。《明季北略》卷之二十二记"从逆诸臣"中的刘馀谟,说其"以貌不当贼意",由庶吉士"改顺天伪教"。而李自成本人,据同书说,"貌奇陋,眇一目"(卷之二十)。

十四

以貌取人,在人类生活中如此普遍,只不过古人做得更坦然也更公然罢了。

据王鏊《震泽纪闻》,后来颇显赫的李东阳,也曾有过被"时宰"所歧视的经历:其人虽"字画遒美,诗词清丽,盛有时名,作为诗文殆遍天下。然以貌寝,好诙谐,不为时宰所重。"《明史》卷一百四十三,则记有与后来的"王学"大将同名的王艮因"貌寝"科试"对策第一"而被易以他人的故事。这倒多半是臣下在迎合皇上的意旨。

当然每有偏见,必有其逆反。《抱朴子》于此,也标出不同于《世说》的另一种趣味,像是在处心积虑地败坏名士们的雅兴。其《行品》篇即说:"士有颜貌修丽,风表闲雅,望之溢目,接之适意,威仪如龙虎,盘旋成规矩,然心蔽神否,才无所堪,心中所有,尽附皮肤"——即中看不中用者。《清鉴》篇也说:"欲听言察貌,则或似是而非,真伪淆错";"夫貌望丰伟者不必贤,而形器尫瘁者不必愚"。你可以承认,这里有更"深刻"的经验,只不过与《世说》非属同一文化意境,因而不便比较而已。

世俗社会不消说更有对"貌"的歧视,亦俗世的一种势利。我童年时,每见市井顽童对盲人、畸残者的捉弄,与书写在胡同墙壁上的淫秽符号一起,都属于我个人关于"儿童的残忍性"、"儿童的恶"的最早的经验的。近年来"开放"了,但在有些方面,今人仍不见得比古人高明。前几年流行的关于择偶的身高标准,即一例。当然,择偶较之朝廷用人,其轻重已不可比较。近几年开始了面试录用，自会为人才的面世打开方便之门，但我怕上述那种古老文化，也会因而"复兴"。这是否过虑？

十五

上文已说到了"儒家"及"之徒"。应当承认，正是他们，将有关"形"与"神"的经验理论化了。被后儒征引不已的《礼记》卷六《玉藻》篇所谓"九容"，①到宋明已成修身教科书，且更加具体化。即如所谓"目容恭"，即具体化为视线不可"上于面、下于带"，更具体化为"视不离乎袷带之间"，据说"上于面则傲，下于面则忧，倾则奸（倾，斜视也）"，而袷带之间，"此心之方寸是也"（参看《明儒学案》卷五十二）。这一番标准化制作的成绩，自然会是如鲁迅所说"两眼下视黄泉，看天就是傲慢，满脸装出死相，说笑就是放肆"（《忽然想到》五）。但儒者的想象力也仍有足令今人佩服者。如说古之君子佩玉，"在车则闻和鸾之声，行则鸣佩玉，是以非辟之心，无自入也"（《礼记·玉藻》）。

至于由内（神）作用于外（形），《荀子》以为，是可经由"学"达成的。其《劝学篇》即说："君子之学也，入乎

---

① "九容"谓"足容重，手容恭，目容端，口容止，声容静，头容直，气容肃，立容德，色容庄"。

耳,箸乎心,布乎四体,形乎动静,端而言,蝡而动,一可以为法则。小人之学也,入乎耳,出乎口,口耳之间,则四寸耳,曷足以美七尺之躯哉!""学"以"美七尺之躯",这意思不也值得现代人体味?

据此,你已经知道了上述训练的目标决非止在"仪态"。明末大儒刘宗周即说:"天命之性不可见,而见于容貌辞气之间,莫不各有当然之则,是即所谓性也。故曰:威仪所以定命。"(《人谱》续篇三《证人要旨》)。

"纷吾既有此内美兮,又重之以脩能。"你也会认为,对"完美"的无厌追求,永远是人类自身发展的动力。当然现代人已不必懂得什么"礼仪三百、威仪三千";"九容"一类训练之为戕贼人性也不言可喻。但你仍不妨承认,关于仪态服饰之于精神的作用,基于极细心的体察。这里确有古人研究得颇为精到的一门学问。你想,古代的儒者无须懂得物理化学,苦心孤诣在规范人的行为,其思理焉能不入于精微!

十六

对于性情的鉴赏,较之对容貌的,一向有更大的难度。

欣赏性情之难,也因性情较之形貌,人所以为"美"的标准更难一致;甚至对圣贤。"亚圣"何许人!宋儒却说"孟子有些英气。才有英气,便有圭角。英气甚害事"。且将孔孟比作玉与冰、水精,以为"冰与水精非不光,比之玉,自是有温润含蓄气象,无许多光耀也"(《四书集注·孟子序说》)。上述比较或适足以证明"后儒"心性的柔弱,但你仍不妨佩服那种辨识细微差异的能力。

上文已说到传统社会视"残""畸"为不祥。那个社会能够容忍以至欣赏的"畸",在"性情"的一面,如世俗所谓的"狂""怪",并相沿而成一种趣味。"归奇顾怪"(归,归庄;顾,顾炎武)、"倪迂"(倪,倪瓒)一类说法,几于无代无之。以至到明清之际,迂执如颜元者,说"偏胜"也何等通达!① 但仍不便夸大这一点。我相信那欣赏与容忍,本身也非"常态"——更多的"不常",被过于常态的社会吞噬或消磨掉了。只要看那被人以"奇"目之的归庄,也以其友顾炎武为"迂怪之甚",谆谆劝诫其"抑贤智之过,以就中庸"即可知(《归庄集》卷五《与顾宁人》)。而那有限度的欣赏与容忍,也要拜老祖宗之赐的吧。"子曰:'不得中行而与之,必也狂狷乎!狂者进取,狷者有所不为也。'"(《论语·子路》)"狂狷"与"乡原"同属经典性概念,启示了观察人性的眼光;其中

---

① 颜元《存性编》卷二《性图》曰:"全体者为全体之圣贤,偏胜者为偏至之圣贤……宋儒乃以偏为恶,不知偏不引蔽,偏亦善也。"也可读作夫子自道。

有关"狂狷"的释义,又标出了"容忍"的条件与边界。①

最为世人所容忍(这类"容忍"中或从来就有更深的歧视)的,是文人尤其画家的"怪"。这也多半因了文人自己的夸张,使人相信"怪"是成就其为文人或画家的条件。这倒暗合了现代心理学有关"精神病与天才"的观点。清人姚元之解释"倪迂、萧尺木辈性不能与人同",说其人"丘壑幽邃,花竹清闲之气蕴酿已深,故画品愈高,而其性愈僻"(《竹叶亭杂记》卷五)。我相信正是这一类说法,鼓励了文人、画家的作怪——即使其文、其画不足传,也要造出足传的故事。我们的祖宗也自有其"广告艺术"。至于造作故事者的心理,则与今天的艺术家造出"艺术"之前,先披长发作落拓不羁状相似。

---

① 上述尺度影响于士人之大,以明清之际为例,即如王夫之的说"江左风流":"其失也,浮诞而不适于用;其得也,则孔子之所谓狂简也。狂者不屑为乡原之暖姝,简固可以南面者也。"(《读通鉴论》卷十三)黄宗羲说丰坊之"狂易",谓其人"眼底无一人当其意者,故其注《六经》,视训诂为可厌,别出新意僻经,怪说以佐之。然其中惊骇创辟处,实有端确不可易者,乃概以狂易束之高阁,所以叹世眼之如豆也。"(《明文授读评语汇辑》)在王氏上述言论中,"狂"系"乡原"的对立物;在黄氏那里与"狂易"成对照的,则无疑是琐琐小儒的"僻固狭陋"。

十七

将"色"与"精神"作对立观,其为偏见同样古老。我常疑心那些声称美与德行、学问不可得兼者,只是出于嫉妒。

曾在一种刊物上读到对台湾女学者林文月的访谈录,其间林女士谈到其要证明一个女人的美貌并无妨其博学。对着那刊物上林女士的照片,我竟也发了一会儿痴。真美!但美而博学,毕竟稀有,无论男女——尤其女人。

然而对学人,即俗世也有一份宽容(我也疑心这"宽容"竟是另一种歧视)。顾炎武其貌不扬,似无妨学人对其的崇拜。但事实仍不如此简单。我们已无从悬揣顾氏本人对其尊容作何感想,其友归庄倒是一本正经地劝他人"试略其寝貌,听其高言"(《归庄集》卷五《与王于一》),可知时人对这大学者的"貌寝",也决非全不在乎。当然更有可能因了那时的顾炎武尚未负盛名。

到了今天,一个美貌的女人或美风仪的男人而"做学问",也要被怀疑有病的吧。经大众文化也经文人文化的制作,"读书人"的形象早已定型,甚至若不敝衣缊袍、蓬头垢面,也会令人生疑。你只要看那些记述学人的文字,常要将不修边幅作为"勤奋"的证明即可知。

上述眼光或已成了学人的心理暗示,使其自以为不便对其形象过于认真。

不妨美貌却不必美貌的,更有忠臣。

据说史可法"形容猥陋"(参看计六奇《明季南略》卷之三)。同时却也有"忠"而"美"者,如名将卢象昇。明末的另一忠臣祁彪佳,据说"美风采",夫人"亦有令仪","乡党有金童玉女之目"(朱彝尊《静志居诗话》)。邵廷采为祁氏所撰传曰:"公美皙而顾,颜如玉人,每出,士女列观,而惮其英毅,莫敢犯。"文人貌美而无绯闻,大约也要被视为不正常的吧。但忠臣不在此例。上述祁氏之凛不可犯,即忠臣本色——忠臣也可能好色(也是明末忠臣的瞿式耜即此类),但仍以不好色者更"像"忠臣。

人确可以略形貌而取精神的,但我也仍不愿夸大这一点,因其与我的经验不符。艾丝米拉达毕竟不曾爱上卡西摩多(《巴黎圣母院》)。对形貌的"略"是有限度的。我们都是俗人。

十八

儒家之徒对"色"的戒惧,最足为男性的孱弱作证。"子见南子",子路尚要给他脸色看,逼得夫子指天发誓(《论语·雍也》)——在其徒眼里,即圣人也如此易于玷污!

男人的孱弱与自怜，还刻画在"狐媚"这个词里。你看那戏台上夹在两强（法海与二蛇）间的许仙是何等无辜。真是天可怜见！

《岭表录异》（[唐]刘恂）卷上记白州双角山下有绿珠井，"耆老传云：汲饮此水者，生女必多美丽。里闬有识者以美色无益于时，遂以石镇之。尔后虽时有产女端丽，则七窍四肢多不完全"。妇人的美，在此地竟类似"公害"。

《儒林外史》第十四回写马二先生游西湖，岸上女客"头上珍珠的白光，直射多远，裙上环珮，叮叮当当的响。马二先生低着头走了过去，不曾仰视"。到得山门，"那些富贵人家的女客，成群逐队，里里外外，来往不绝，都穿的是锦绣衣服，风吹起来，身上的香一阵阵的扑人鼻子"。马二先生似仍视若无睹，"横着身子乱跑，只管在人窝子里撞。女人也不看他，他也不看女人"。大约只有小说家，才能从中看出"讽刺"来的吧。手边的《陈确集》中，有记春游的一节文字，正可相映成趣："自南镇至禹庙，妇女塞路。吾三人偻行踽踽，殆无可舒步处，惟仰天看怪松数十树而归。"（文集卷八《春游记》）其狼狈可知。

儒学的道德论，阻断了由"性""欲"探究人性的路。"性"之为禁地不必说，儒者说"欲"，即有折衷，也难得逾限。上文已说到的山涛妻的窥看，与阮籍的哭兵家女,以及未说到的阮籍的卧邻女侧,①均被作为行为上"达"而不逾限的标本(《晋书》阮籍传于此所下的评语是:"其外坦荡而内淳至,皆此类也。")。这里不可能有"性心理"这一角度。于是小说赶来补了阙,那里可不乏赤裸裸的"性",因剥光了一切所谓礼义廉耻而无所忌惮的"欲"。

人如此地惧怕"人"! 惧怕"人"的人,自不敢走向"人"。惧怕"人"的人群中,也自不会有真的人。于是狂人说道:"难见真的人!"(鲁迅《狂人日记》)

畏"欲"如虎,畏"色"如虎——或者只是做作出来的惧意,指缝后面,正有窥视着的眼睛。但在此"限"后,男人不可能真知女人,即男人又何尝能真知男人!人不可能认识人自己。人世间所有的,是卑怯神情,与暧昧气氛,是交头接耳,喊喊嚓嚓,是蜚语流言出自墙根壁角。

同样是"文学",古今的,却一再神情诡秘地告诉你,真的人的孑遗保存在萑苻、丛莽间,在化外、法外,

---

① 《晋书》阮籍传:"邻家少妇有美色,当垆沽酒。籍尝诣饮,醉,便卧其侧。籍既不自嫌,其夫察之,亦不疑也。"

以至通常所谓"人类"之外……①

十九

正在读明清间人的文字。活在那个严峻的时代，处在那样严酷的政治中，士人的人伦识鉴，不能不别有一种重量之感。

宋明儒那里"天理""人欲"、"道心""人心"、"义理之性""气质之性"、"先天""后天"、"已发""未发"一类熟滥话头，确不像在通往人性，倒像是蓄意阻断向着"人"的探求；但士人仍未丧失经由经验辨析世情人性的能力。如王夫之《俟解》的"陈白沙、庄定山论"，就正有儒者式的对差异的敏感。其说"乐违人者，决于从人。一有所从，雷霆不能震，魁斗不能移矣"（《读通鉴论》卷二十四）；其说"盖其厚有所疑者，唯其深有所信也"，"夫人之多所疑也，皆生于不足"（同上）；其说"强

----

① 这副图画似过于黯淡。顾炎武本人貌陋，言及女人的容貌，见解却颇不陋。《日知录》卷三"何彼秾矣"条曰："古者妇有四德，而容其一也，言其容则德可知矣。（原注：《说苑》引书五事，一曰貌，貌者男子之所以恭敬，妇人之所以姣好也。）故《硕人》之诗，美其君夫人者，至无所不极其形容，而《野麇》之贞，亦云'有女如云'。即唐人为妃主碑文，亦多有誉其姿色者。（原注略）岂若宋代以下之人，以此为讳而不道乎！""宋代以下"，自与道学有关。从来世愈衰，忌讳也愈多；风气愈伪，士人的心性愈孱弱，言论也愈"道德"。

者力足以逞而怨愤浅,弱者怨毒深"(同书卷二十七);其说"君子之道,有必不为,无必为。小人之道,有必为,无必不为"(《宋论》卷六),均系明于世情洞见人心之言。至于"廉吏以廉自标举,气矜凌物,苛刻待下者,其晚节必不终"(《搔首问》),更是经验之谈。明清之际是个戏剧性的时代,士人也乐为夸张的表演。一时大儒却赖有"中"这一尺度,保有了对时尚的批判意识。

黄宗羲是明末三大儒中最有文人气味者,其碑铭文字所显示的对人、事的理解力,决不在一时"文人"之下。如说其弟黄宗会(泽望)的自虐,曰"隘则胸不容物,并不能自容"(《缩斋文集序》)。黄宗羲本人并不"隘",无宁说灵活稍过,①却不妨其读"隘人"。其评张居正文,说其《答五臺书》"纯是一片杀机",说"此老胸中,真有利刃"(《明文授读评语汇辑》),也算得上善读政治家的吧。

二十

其时文人的读人论人生,亦十足文人方式。钱谦益说:"余惟唐、宋以来,名人魁士,以风流儒雅为宗者,

---

① 黄宗羲自说"赋性偏弱,迫以饥寒变故,不得遂其麋鹿之一往,屈曲从俗,姑且不免,……"(《前乡进士泽望黄君圹志》)

若李泂公、米南宫、赵魏公之流,其标置欣赏,往往在勋名德业之外,无当于世用,而世顾不可少焉者,何也?"其回答是,生命世界的丰富性,与人的需求的多样性(参看《李君实恬致堂集序》,《牧斋初学集》卷三十一)——尽管"无用"之为"用",仍不能全出"用"这一价值尺度。至于儒者所深惧的"玩"("玩物丧志"的"玩"),钱氏说:"古之人追耆(应即"嗜")逐好,至于破家发棺,据船堕水,极其所之,皆可以委死生,轻性命。玩此者为玩物,格此者为格物,齐此者为齐物。物之与志,器之与道,岂有两哉!"(同书卷三十三《琴述叙》)钱氏在此,说的是"古之人"。这一种非世俗所谓"功利",目的像是只在生命高扬、激情发越,而"纠缠如毒蛇,执着如怨鬼,二六时中,没有已时"(鲁迅《杂感》),以至为淋漓尽致的高峰体验不惜"一掷"者,或当钱氏发此议论之时已然罕见。"文化过熟"的民族及其"实用理性",甚至不大会是"文人文化"的适宜土壤,虽然看起来像是满世界都是"文人"。

正是文人所坚持的非功利性,补了儒者、功名之徒文化心态的偏畸,否则古代中国有关"人"的认识土壤,将会何等贫瘠!

二十一

"明亡"这一巨大事件,刺激了对于"人",对于"理想人格"的寻找。如王夫之史论以说大臣、"社稷臣",表达其政治人格期待,将那意境结构得何等完整!

有农民般迂执的颜元,将此"寻找"也落在了实处:他竟赴中州"阅人"。

由人群中觅不到,即向山野去找,向边鄙去找。刘献廷《广阳杂记》的记山水,何尝不是读人!不满于吴中人文的熟软,即寻访至湘至鄂至赣。顾炎武、屈大均,更寻访到边塞,向荒寒处寻找人的雄强、坚忍,寻找被认为失却了的人性力度,与对于萎弱人性的批判力量。最终,那又不能不是向着自身的寻找。寻找的无非是其所心仪,所向慕,是原即存在其心中的那段精神。因而读山水又是自读,自我诠释与表达。

吾与我晤对,吾向我倾倒其情怀,孤独而又悲壮。

几乎每当"历史变动"之际,都有对"人"的寻找——清末民初,本世纪二、三十年代,以至所谓"新时期"。这本应是永远的寻找。我想问的是,我们是否真的不曾放弃过寻找?我们还能否读懂那种寻找者的情怀?我们是否还保有为这种寻找所需的庄肃心情?如果我们自以为在寻找,我们果然知道要找的是什么吗?

一九九五年五、六月
(收入随笔集《独语》,辽宁教育出版社1996年版)

我读傅山

本文的读傅山,所读乃《霜红龛集》(丁宝铨刊本,山西人民出版社 1984 年影印出版)中的傅山。《霜红龛集》非即傅山,自不能指望从中读出傅山全人。但其中有傅山,尽管所读出的或因人而异。本文所写,即我所读傅山之为"文人"、"名士"、"遗民"。

文人傅山

明代江南(尤其东南)文人文化昌盛,相形之下,北方即见"厚重无文",人文风物似质实而乏情韵。生长晋中的傅山富于文人趣味,只是其人以遗民名,以医名,以金石书画名,以侠义名,其"文人"之名不免为上述诸名所掩。

自扬雄说"雕虫篆刻""壮夫不为"(《法言·吾子》),文人虽手不能缚鸡,却每大言"经世",似鄙文事为不足道。傅山虽也偶尔袭用这类话头,但他确实一再表达过对文事的尊重。这里有明确无疑的价值态度。其《老僧衣社疏》说:"若夫诗是何事,诗人是何如人,何谈之容易也!"(《霜红龛集》卷二二,下引同书,不一一注明)在傅山那里,文与书与画,境界无不相通。但他说"一切诗文之妙,与求作佛者境界最相似"(《杜遇馀论》,同书卷三〇),却是参悟了妙谛之言。他说:"明经处到不甚难,以其是非邪正显然易见,而文心掂播鼋谑,实麋糟所难得窥测"(《文训》,同书卷二五)。由儒者看,怕是将难易颠倒了。傅山醉心于文字之美,对其论文的手眼也颇自负,自说"胸中有篇《文赋》"(卷二五)。① 至于其说"世间底事,好看在文,坏事在文,及至坏事了,收拾又在文"(《老子十三章解·绝圣弃智节》,卷三二),却又不免出诸文人(不限于文人)式的夸张。

---

① 卷二六的《失笑辞一》、《失笑二》,似即可读作傅氏的《文赋》。二文叹文事的奥妙无穷,状其境之壮丽丰富。他笔下的"文",亦一种生命现象(有其"天"),"拘士"、"文章礼法之士"只能使生气全失。其不满于"劝百讽一"的儒者所谓"诗赋之经"。至于所说文的"无古无今"的非时性、超时性,亦可注傅氏在时风中的态度。

清初北方遗民中,傅氏是博雅与通脱足与江南人士比拟的人物。由他的《与戴枫仲》(卷二四)一篇说为文次第,可知其文章背后的知识准备:子、史之外,尚有佛典道藏("西方《楞严》"、"东土《南华》"等)。傅氏本人行文造句常出乎绳尺之外,正依据于他多方面的学养与才艺。他的画论尤可自注其文字。① 似乎是,傅山以书画家而为文,即将书画径直作进了文章,表达也往往因突兀而警醒,陈腐于此即成新鲜。《犁娃从石生序》(卷一六)劈头一句是"犁娃方倚晋水之门",就颇饶"画意",决非一味规摹唐宋者所能写出,更不必说"制艺"那一种训练。至于似率易的文字间每有精悍之气溢出,又是性情不可掩也不欲掩者。

傅山长于记事而不循史法,传状文字常杂用小说笔法,取一枝一节,或略小而存大(其所以为的"大"),适足以造成叙述的个人性。命意亦奇。如《耸道人传》(卷一五)的发挥"耸"(即聋)之义,《叙灵感梓经》(卷一六)的说"受苦"、"受救苦"、"救受苦",思理活泼,议论风发泉涌。下文将要谈到的《书山海经后》更属巧于设论,妙于用喻的一类。傅氏所谓能使"精神满纸"的那"三两句

---

① 《题赵凤白山水巨幅》即有"绝不用绳尺"一句。因出乎"此事法脉",方成"奇构"。论梁乐甫字,亦欣赏其"全不用古法,率性操觚"(卷二五)。

警策"(卷二五《家训》),他得之似易易。不同于寻常传状文字的还有,不大记传主的政绩,而好写家常琐屑——也透露出傅氏的价值态度,其所轻与所重。至于如《汾二子传》,不妨读作关于士的处境的寓言:士处俗世、庸众中。该篇写王、薛二人的行径为"汾之人"所非笑,其死义之后"汾之人皆益笑之"。这里的"汾之人",也如三百年后鲁迅笔下的"鲁镇人"、"未庄人",像是某种"总名"。"士在众人中",是傅山关注的一项主题,这类主题也更能注释其自我界定与处乱世的姿态。

傅山文字"拙"而富于谐趣。"拙"正属他所好。但拙非即枯淡,傅山所好的,是古拙而有风致(亦即"韵")的一类。他本人的文字就一派朴茂,因古拙以至生涩示人以"人性力度",那"拙"于此是文境又是人性境界。① 其朴其

---

① 傅山说"拙",如《喜宗智写经》(卷二二)。与此相通,他乐赏"高简",《家训·文训》曰:"文章未有高而不简、简而不挚者。"(卷二五)乐赏"直朴",《题汤安人张氏死烈辞后》所谓"直朴不枝","专向自己心地上作老实话"(卷一七)。品藻人物也用同一尺度,如《太原三先生传》(卷一五)形容王先生"真朴懒简"。但这仍只是其一面。由其所作大赋,可知其对华丽富赡的嗜好,也可知其所论拙、朴,非枯淡之谓也。你自然感到,"拙"在傅氏,是审美更是道德境界,且已非"本色",而是出于自觉的提炼。他本人的文字决非一味"拙"。其行文运思的机智处,显然得诸对《庄子》的嗜好与佛学(包括禅宗机锋)训练。

拙,都经了打磨烧炼,类木石之精,精气内蕴,只待由文字间稍泄而已。他那种半口语化的非规范(不合文法)表达,故作唠叨,足以酿成一种俳谐趣味。写风情固谐,送行文字亦不妨调侃(如卷二二《草草付》),传状文字更庄谐杂出(如《明李御史传》摹仿口吃)。谐趣、乡野村俗气、狎邪趣味,诸种成分出诸傅氏笔下,已难以离析。善谐本是一种心智能力,在傅山,又根源于温暖的世俗人间感情。至于庄严文体(如卷二二《红土沟道场阅藏修阁序》等)用不庄严语书写,则又属于傅氏特有的智慧形式。傅山曾自忏其不庄,①但性情在这里也终不能掩。

为傅山之人之文在雅俗间定位很难。南方人士由其乡俗、村野处读出了"萧散"。如下录的小笺《失题》(全文):"老人家是甚不待动,书两三行,夥如胶矣。倒是那里有唱三倒腔的,和村老汉都坐在板凳上,听甚么'飞龙闹勾栏',消遣时光,倒还使的。姚大哥说,十九日请看唱,割肉二斤,烧饼煮茄,尽足受用,不知真个请不请。若到眼前无动静,便过红土沟吃碗大锅粥也好。"(卷二三)像这样土色斑驳且古意盎然,在城镇消费文化

---

① 《明观察杨公蕡田先生传》(卷一五)传后附记:"忆三十年前,或有以画册属余题者,余颇为离合体讥之……而先生颇闻之。尔桢与余言:'先生云:人以文事相属,是雅相重,何轻薄尔为?'余闻之,猛省,谢过,自是凡笔墨嘲诮之习顿除于中。"

发达的江南(尤其东南),已难以在士人文字中觅见。因而好傅氏之文者,也可能出于文化怀念。其实为南方人士所感的"萧散",在北方士人,倒可能是直白地写出的日常状态,经了不同情境中的阅读才成"闲适"的。傅氏的这一种"近俗",所近乃"村俗"(不同于"市俗"),要由北方生活本身的"乡村化"来解释。北中国"城市化"水准长期低于江南(尤其东南),而傅山又拒绝晋商所代表的那一种文化。① 他的古风与乡气,因于环境也出于主动的选择。但也仍不妨认为,傅氏的这类短章小简,与同时张岱等人的小品,虽有人生及文字意境的不同,却都呈示了悠然宽裕的一道人生风景。

至于如傅山那样,将方言俚语运用得一派娴熟,则又是江南的博雅之士所不屑为也不能为的。这也堪称傅山的一绝。"乡俗"于此,即成别趣。傅氏虽杂用各体,但在我看来,最本色当行者,还是那些像是率尔为之的文字,如《草草付》、《失题》之类。你大可相信这类文字间散发出的世俗人间气味,正为自居"方外"的傅山所沾恋。而他的文体趣味,也包含了对那形式所寄存的生活方式的肯定态度。

---

① 参看卷三六《杂记一》说"丐贷决不可谩为",似惟恐其浼,宁人负我,不可负人,甚至不可以"负我""藏诸心"——确也古色烂然。

其时的北方人物,傅山之外,如孙奇逢,均有似出天性(而非出诸义理如"道平易")的"平民气"。孙氏在我读来,尤其气象浑厚宽和如大地,与同时理学中人颇不侔。但那是"乡土"而"庄"的一类,与其人的儒者身份一致,风味仍不同于傅氏。傅山即其平民气,也根柢于文人性情。① 傅氏对类似的人生意境极具鉴赏力。《题唐东岩书册》中记唐颐(东岩)之子近岩老人佚事,谓其"质实无公子习","传闻访先大夫来时,每骑一驴,随一粗厮。坐久,厮睡熟,不能起。先生蹙之,令牵驴,不即应,笑而待其寤"(卷一八)。

如此近俗的傅山,偏能行文古奥,佶屈聱牙,又使你相信其人的嗜古(当然其"嗜古"与前后七子的根据未必同),正在其时的复古空气中。② 清人及近人好说

---

① 但他颇能欣赏孙奇逢,说孙氏"真诚谦和,令人诸意全消",自说"敬之爱之",甚至为孙氏的"模棱"辩护(《杂记三》,卷三八)。他对"王学"有显然的好感。

② 傅山对汉代文化情有独钟,不但对汉赋、汉碑,且对《汉书》。这也是其所尤"嗜"之"古",上述"拙"、"朴"、"高简",均可注此种"嗜"。他要戴廷栻(枫仲)"细细领会《汉书》一部整俊处",说"外戚一传,尤琐碎俏丽,不可再得"(《与戴枫仲》,卷二四)。"整俊"而"琐碎俏丽",是其读"汉"而尤有会心处,也是其为文用力处。卷一六《两汉书人姓名韵叙》说早年读《汉书·东方朔传》,"颇好之"。卷三七自述早年学书,"既一宗汉法,回视昔书,真足唾弃",说"汉隶一法,三世皆能造奥"。对东汉节义,更再三致意。

傅山与清学、清学家的关系(如其金石学、训诂,与阎若璩),似欲以之为其人增重。但傅山的神情显然与学问家不似,所用也非严格的学术方式。① 至于以佶屈聱牙状难状之境,迷离惝恍,出入于真幻、虚实、梦觉、明晦、空有之际,也足以使他的文字脱出陈、熟——尽管有时像是走火入魔,仍不妨看作精心设计的文体策略,其中或暗含了对士人的"不学"的反讽。他的《序西北之文》说毕振姬之文"沈郁,不肤脆利口耳。读者率佶倔之,以为非文"(卷一六),径可移用于形容他本人的这一路文字。你可以据此认为,傅山对"拙"的喜好,与佶屈聱牙,固然系于性情学识,也出于自觉的文化姿态:逃避媚俗。他极其鄙夷以至憎恶他所谓的"奴俗",

---

① 其以书法家,由文字学、金石学知识解字,却每每动情,似由字中感觉得一派生意,不唯"是"之求,有时传达的无宁说是对文字的诗意感受。如以为"春"字"最韵","罄"字"妙理微情","惷之心动,亦有女怀春,妙字,不必以淫心斥之"(《杂记二》,卷三七)等。至于因解字因释义而驳正成说,不惜穿凿(亦每有妙解),也更显示了思理的活泼,证明了其知解、想象力,与严格的训诂旨趣有异。

对这种俗,敏感到近于病态。① 这里又有傅山的洁癖,对某种文化"纯洁性"的几近于苛的要求。傅山的近俗与对"俗"的极端拒斥("和""同"与拒绝和同),就如此地呈现于文字层面。不如说,傅山以个人化的形式,将所谓"漆园"(《庄子》)的文化品性固有的矛盾性呈现了。

有如此深的文字缘,即不大会附和禅宗和尚所谓的"不立文字"。文人禅悦,所"悦"往往就在文字所负载的智慧与"文字智慧"。这通常也是文人与佛学的缘。② 傅山的文字兴趣,对"无用之用"的兴趣,对心智

---

① 傅氏说"奴俗"处甚多,尤其在论书法的场合。如说"奴态","婢贱野俗之气",说"字亦何与人事,政复恐其带奴俗气……不惟字"(卷二五《家训》)。还说"奴儒"、"奴师"(卷三一《学解》),"奴书生"(卷三七《杂记二》),讥讲学曰"鏖糟奴货"(卷四〇《杂记五》),党争则有"奴君子"(同卷《书宋史内》),至论医亦说"奴"(卷二六《医药论略》)。说"不拘甚事,只不要奴"(卷三八《杂记三》)。"奴"在傅氏,乃极鄙之称。"奴人"的反面即"妙人"、"高爽者",亦应即其他处所谓"韵士",实即慧业文人。"奴人"有时也指庸众(参看卷二八《傅史》)。

② 参看卷二二《募智慧缘》、《草草付》。傅氏写梵境,笔下也一派生机,且有画家所好的繁富意象。"必使境界墟芜,是为真空,不见华严铺陈,亦自受用"(《五惜社疏》,卷二二)。有此见识,也自不会附和"黜聪明"之说——或许因此,骨子里倒是更近"漆园"的吧。

愉悦的追求,确也有助于解释其对佛经的耽嗜。① 傅氏一再以"俗汉"与"韵士"对举。《恭喜》一文说:"诸佛菩萨无不博学,语言文字谓不用者,皆为诳语。"(卷二二)《劣和尚募疏》(同卷)更比较了"俗汉"与"风韵君子"宗教趣味之别:也可读作他有关"文人与宗教"的一种解释。该文说谢灵运一流文人有"作佛根器";谢灵运也正属于黄宗羲以之为"山林之神"的"慧业文人"(参看黄氏《靳熊封游黄山诗文序》)。民间信仰与文人信仰根柢本不同。文人非但向宗教寻找"人生观",且向宗教寻诗,寻找构造人生意境的材料,与佞佛求福祉者,动力自异。傅山《药岭宁宁缘》断然道:"若云庄严不是风韵,风韵不是庄严,都无是处。"(卷二二)吸引了文人的,即此融会了"庄严"与"风韵"的宗教意境。南北或有不同的智慧形式,如南方的义理兴趣,与北方的践履热情,但"文人性"却无间南北。傅氏也即据此解释了爱佳山水(如谢灵运)与"作佛"的内在关联。

---

① 参看卷三四《读子三》读公孙龙子的几则。其于世儒的不契,亦可由此种文人根性得一解释。他说儒家"所谓布帛菽粟之文,一眼而句读而大义可了",非但无馀蕴(如公孙龙如《楞严》的"幽杳"、"空深"的"旨趣"),且不能变化多姿("变化缥缈恍惚若神著")。其对《墨子》的兴趣,则也因其"奥义奇文"(卷三五《读子四》)。其读《公孙龙子》、《墨子》,均可自注其与佛教之缘与道教皈依。

傅山与佛、道的缘，又不只系于文字。傅山嗜读佛经，《家训·佛经训》（卷二五）说佛经"大有直捷妙谛"，"凡此家蒙笼不好问答处，彼皆粉碎说出，所以教人翻好去寻讨当下透彻，不骑两头马也"（按"此家"应指"儒家"）。即使如此，佛教仍未必可以作为信仰，故"须向大易、老子寻个归根复命处"——又解释了其所以"黄冠"而不"披缁"。佛教盛行于南方，道教流行于北方，固有各自的根据；傅山的"黄冠"，却要由其人的"终极关怀"与立身的严肃不苟来解释。

这里说文人傅山，以"文人"（亦一种读书人）为身份、角色，何尝不出于选择！在傅山，选择"读书"之为生活方式，也即选择"纯洁的人生"，使"一切龌龊人事不到眼前心上"（《佛经训》）。他训子侄，也说："凡外事都莫与，与之徒乱读书之意。"（卷二五《家训》）当易代之际，这种"文人"的角色选择，也即选择与当世的关系，选择活在当世的方式，其意味可知。他甚至具体描写了他想象中的那一种文人生活情境："观其户，寂若无人；披其帷，其人斯在。"（同上）这里又有晚年傅山所希冀的生存状态。洁癖、对纯净度的苛求中，从来有文人式的"弱"。这不消说是退守的人生。傅山于此，也更见出了"道人"面目。

周作人自说"甚喜霜红龛集的思想文字"（《风雨谈·〈钝吟杂录〉》），作过一篇《关于傅青主》（《风雨谈》),大半是抄录,却也可见其喜之"甚"。周作人谈论傅山,将傅山与颜元比较,我读傅山,想到的却是其时浙西的陈确。颜元思想虽较顾炎武、黄宗羲为"古怪",但那种圣徒气味,即与傅山不伦。陈确虽师事刘宗周,但似生性与理学不契,①有与生俱来的文人习癖,饶才艺,富情致。其人之"韵",正近于傅山的一路。骨子里那股倔强廉悍之气也相类。只是陈确虽不契理学,仍未全脱道学方巾气,是儒家之徒,辟起佛来即武断到不

---

① 黄宗羲《陈乾初先生墓志铭》二、三、四稿均曰其人"不喜理学家言","格格不能相入"(《黄宗羲全集》第10册)。《霜红龛集》卷三一《学解》则批评"世儒","世俗之沟犹瞀儒"。(该文解释"沟犹瞀儒"曰:"所谓在沟渠中而犹犹然自以为大,盖瞀而儒也。")卷四〇记李颙,尤生动地自白了与其时主流思想学术、主流话语的"不契"。该书中其他批评理学、宋儒处尚多。

由分说,没有傅氏思想的"宽博"。① 但陈确的透彻处,又非傅山所能梦见——对此,我将在下文中谈到。

名士傅山

周作人说:"傅青主在中国社会上的名声第一是医生,第二大约是书家吧。"(《关于傅青主》)我相信傅氏生活的当时,其人事迹传播于人口的,肯定还有(或曰"更是")豪侠仗义。几种关于其人的传记文字,都说到崇祯九年傅山率众赴阙为袁继咸讼冤的壮举,以之为令傅氏名声大噪的重要事件。正是此举使你相信,易代之际他的身陷囹圄,是命中必有的一劫。傅山本人像是并不即以豪杰自命,那篇《因人私记》披露的更是

---

① 关于陈确之饶才艺、富情致,参看黄宗羲《陈乾初先生墓志铭》初稿。陈、傅二氏可比较者尚不止于是。他们均有"世家"背景;均擅书法(傅山更负盛名);都好说"孝"(陈确曾书《孝经》),但傅山却绝无陈确关于"节义"的通达见识;明末浙、晋两地著名的诸生干政事件,分别由陈、傅倡首(黄氏所撰墓志铭说陈确"廉劲疾恶,遇事发愤有大节",傅山也略同);陈、傅均丧妻不再娶,不纳妾,陈氏且著《女训》,与其论学宗旨不合的张履祥亦称道其"居家有法度"(《杨园先生全集》卷三二,道光庚子刊本)——姿态大异于其时标榜"通脱"的南北名士;只是陈确更有端谨,并傅山那种诉诸文字的狭邪趣味也绝无。作为其时有名士气的南北著名遗民,其人与其时其世、当代思想学术、伦理观念的关系,是研究士的精神自由及其限度的材料。

世情、"士情";对入狱事更讳莫如深。但那血性,那豪气仍每出文字间,而且是北方式的血性与豪气,沾染了"冰雪气味"。

他的《叙枫林一枝》记丹枫阁外雪,"落树皆成锋刃,怪特惊心"(卷一六)。读戴廷栻《枫林草》残编,见其"俱带冰雪气味"。傅氏正有此冰雪情怀。其兄傅庚说其"无问春侧侧寒,辄立汾河冰上,指挥凌工凿千亩琉璃田,供斋中灯具"(卷一四傅庚《冷云斋冰灯诗序》)。有此豪兴,且好奇境奇情,正是名士面目。

真名士无不是所谓"性情中人",如黄宗羲所说"情之至者,一往而深"(《时禋谢君墓志铭》,《黄宗羲全集》第10册,浙江古籍出版社,1993)。深于情也即伤于情。傅山本人就说过,"无至性之人,不知哀乐;有至性之人,哀乐皆伤之"(《佛经训》)。孙奇逢《贞髦君陈氏墓志铭》记傅山之母:"当甲申之变,山弃家而旅,随所寓奉母往,母绝不以旧业介意,沙蓬苦荁,怡然安之。迄岁之甲午,山以飞语下狱,祸且不测,从山游者金议申救。贞髦君要众语之云:'道人儿自然当有今日事。即死亦分,不必救也。但吾儿止有一子眉,若果相念,眉得不死,以存傅氏之祀足矣。'逾年,飞语白,山出狱见母,母不甚悲,亦不甚喜,颔之而已。"(《夏峰先生集》卷七)傅山母确可称乱世奇女子。但"奇"而至于出人情之常,令人但觉气象荒寒,不似在此人境。傅山的道行似终不能至此。《霜红龛集》卷一四那一组《哭子诗》，写亲子之情，篇篇血泪，悲慨淋漓。"无情未必真豪杰。"在我看来，惟其如此，才更足称名士。

钟于情，即有所执持，对人间世有其沾恋，非世俗传说的那种亦人亦仙的怪物。傅山的《明户部员外止庵戴先生传》，说戴氏"天性专精坚韧人也"（卷一五），也是夫子自道。这"专精坚韧"与下文将要说到的"不沾沾"、"不屑屑"，决非不相容。周作人读傅山，读出了"倔强"与"辣"（《关于傅青主》），所见即与顾炎武不同。但傅氏的魅力维持得较为长久者，却又确实更在顾炎武所说的"萧然物外，自得天机"（《广师》，《顾亭林诗文集》）。那萧然也同样根柢性情，又是一种经了理性熔冶的人生态度。无论作字还是作诗作佛，他均不取"有意"，以为如此方能不失其"天"。他笔下人物亦可注此。《帽花厨子传》说其人"聊为诸生，不沾沾诸生业"（卷一五）。《太原三先生传》写王先生"好围棋，终日夜不倦，亦不用心，信手谈耳"（同卷）。写钱先生："时时有诗，不屑屑呕心，所得佳句率粗健淡率，极似老杜口占诸奇句。七十以后，益老益健益率益淡，绝不尔恤也"(同卷)。① 但更难能的,还应当是对产业的"不沾沾",用了"漆园"的话说,即不"役"于此"物"。② 有这份洒落,才足以令其人不鄙(《帽花厨子传》所谓"鄙夫"的"鄙")。"不沾沾"、"不屑屑",也即不亟亟,不热中、奔竞,才会有其魅力所在的那份悠然、宽裕,他人所乐赏的"萧然"、"萧散"。有这种似执持非执持的态度,也才配说所谓"漆园家法"。

傅山式的萧然自然不是"做"得出来的。那萧然并

---

① 傅氏本人对文字的态度亦然。参看《霜》集附录三刘贽录戴廷栻刻《晋四人诗》"凡例"。刘霖《霜红龛集备存小引》亦曰:"傅青主先生足迹半天下,诗文随笔随掷,家无藏稿,亦无定稿。甚有执所著以问先生,而先生已忘为己作。"(同上)《霜》集乾隆年间张思孝所辑乃12卷,刘霖辑40卷付梓已是咸丰年间,傅氏著述尚多佚。另有未"佚"而为编刻者摒弃的。傅氏晚年对自己文字的态度似有变化。《家训》嘱孙辈:"凡我与尔父所为文、诗,无论长章大篇,一言半句,尔须收拾无遗,为山右傅氏之文献可也。"(卷二五)

② 其《佛经训》说:"一生为客不为主,是我少时意见欲尔。故凡事颇能敝屣遗之,遂能一生无财帛之累。"郭铉《征君傅先生传》(《霜》集附录一)说傅氏为袁继咸讼冤"出万馀金",可知其饶于赀;又说其易代后"弃数千金腴产,令族分取,独挈其子眉隐于城东松庄"。能敝屣富贵,才是"世家子"且"漆园"之徒本色。

不由于天真，倒更像是因了入世之深。① 傅山深于世情，对"人"甚至未必有粹儒式的乐观信念，竟说"最厖最毒者人"(《杂记三》，卷三八)；对人加之于人的迫害，像是创巨痛深。这足以提示"萧然"的限度。《汾二子传》写庸众的麻木冷漠，《因人私记》写"人情反复，炎凉向背"，都凛凛然透出寒意。他也从来无意于掩饰其现世关切。他本人曾自说其"萧散"之不得已。《寄示周程先生》曰："弟之中曲，不必面倾。示周吾之道义友，自能信之。然成一骑虎神仙人，或谓其有逍遥之致，谁知其集蓼茹蘗也！"(卷二三)这逍遥中的苦趣，也要深知遗民者才能品出。实则傅山其人热烈与萧散兼有之。一味激切，即不像人生；萧散不已，人生又会少了分量。顾氏所见，未必误解。②

既有名士风，见识自不同于俗流。名士例不讳言

---

① 由傅氏名臣、名将像赞(参看卷二七《历代名臣像赞》)，及《傅史》一类文字，可感其人对事功的渴慕。他说韩愈，说白居易，对其政治才具、事功，均艳称之，又未始没有对"文章士"的轻视。至于他本人的强毅、能任事，则可证之以《因人私记》等文。

② 全祖望《阳曲傅先生事略》(《鲒埼亭集》卷二六，四部丛刊初编集部)："惟顾亭林之称先生曰'萧然物外，自得天机'，予则以为是特先生晚年之踪迹，而尚非其真性所在。卓尔堪曰：'青主盖时时怀翟义之志者。'可谓知先生者矣。"可见知人之难，即遗民也不即能知遗民。

"色",通常也就以此与道学、礼法士较劲。《霜红龛集》卷二《方心》序径说"色何容易好也"《书张维遇志状后》一篇则许张氏"敢死",说"敢死于床箦,与敢死于沙场等也。且道今世纵酒悦色以期于死者,吾党有几人哉"(卷一七)——确系出于"别眼",所谓"常人骇之,达者许之"(《书郝异彦卷》,同卷)。《犁娃从石生序》写风情,题旨严肃,却也仍能令人感得透出于文字间的狭邪趣味。至于乐府《夕夕曲》(卷二)等,更流于香艳。傅山或许属于周作人所说为人谨重而文字放荡(偶一放荡)的一类。他所作传奇竟被编刻其文字者付之一炬,其"猥亵趣味"可知。① 傅氏所好之风情,与东南名士所好的风雅文人与旧院才媛间的"风情",显然有质地的区别。至于上文说到的陈确,其笔下绝无傅山那一种村野气、俗文化气味。这里或许又可见出乡村式的北方,与城市较为发达的南方的文化趣味的不同。

说"色"态度世俗,说"食"亦然。傅山自称"酒肉道人"(《帽花厨子传》);他确也颇不薄待自己的那副皮囊,非但不讳言口腹之欲,且写"吃"的津津有味,像是

---

① 由刘霖《霜红龛集·例言》可知,傅山所作传奇内容多俗,其中"语少含蓄"(应即不雅驯)者,"古娱一见,即投诸火。诗文有类此者,概不收录"(《霜红龛集》附录三。古娱,待考)。傅氏不讳而他人讳,亦文人身后遭际之奇特者。倒令人想到傅氏本人是否尚有未传之奇?

在蓄意冒渎雅人。如上文所录《失题》中的"烧饼煮茄"及"大锅粥",《麷麷嗢陀南赋》(卷一)、《麹麨小赋》(卷二)、《无聊杂记》(卷七)的咏"合络"(《书张维遇志状后》所写"河漏",疑亦"饸饹")。他对于食,所欲不奢,写到的多属民间且地方性小食或野味,其乡土爱恋在上述表达中,也格外切实。由这类文字还可知,傅山虽言及"易代"即不胜怆痛,但并不即因此而自虐,其人的"遗民生涯",并不如人们所设想的那般枯寂。

傅山好"以道人说和尚家语"(卷二一《天泽碑》)。他虽于道学不契,对道学而"忠义"者却不吝称许。甚至谈及"门户",也不标榜超然,附和时论(参看卷一五《明李御史传》)。他撰《题三教庙》,用了调侃的口吻,说:"佛来自西方,客也,故中之;老子长于吾子,故左之;吾子主也,故右之。虽然,他三人已经坐定了,我难道拉下来不成?"(卷一八。按"吾子"即孔子。)非但于"三教"不设畛域,对三教外之教也不排攘,表现出包容的气量(时下所谓"同情之了解"),像是并无"异教"概念。① 在门户、宗派之争势同水火的明末,可算得异禀之尤"异"者。在我看来,唯其能如此,较之其时名士,是更"彻底"的名士,也是更诚实无伪的信徒。

傅山非但不以"出家"为佛徒的标志,且以为"真作佛者,即真佛牙亦不持"(《傅史》,卷二八)。由其文字看,傅山做"道人"同样不拘形迹,做得一派自在。《书扇寿文玄锡》曰:"不知玄锡之事天,不于其众所匍伏之寺,而独于其屋漏,俨然临汝,无时不畏威惩住此。"但"事天"而"独于其屋漏,俨然临汝"者,较之"匍伏"之"众",对宗教从来更有一份虔信。傅氏何尝独于信仰为然!他从未自放于礼法之外,面对礼法秩序,其神情无宁说有十足的庄重。这也应是《庄子》以还几千年间士的历史的结果。你看他以批评神宗为"大不敬"(卷一七《书神宗御书后》),即决不像是会有黄宗羲《明夷待访录·原君》的那种思路。他自说曾编"性史","深论孝友之理","皆反常之论"(《文训》),那"反常"多半也如不守戒律,更因了对经典的尊视、对义理的深求。

---

① 他强调夷夏之辨,但在信仰层面上,却又持论通达,重在"真"与境界之相通,而无论胡、华、佛、儒。《太原三先生传》说回教:"乃知其教之严净,非异端也。"说教中人:"今七十矣,而奉其教不衰,可不谓用力于仁者哉!"其《书扇寿文玄锡》:"先生原西极人。西极之学,与耶苏同源而流少异。今互争正陪,然大都以事天为宗。"(卷一九)

这只要看他即使为佛家书碑,也呶呶说忠孝不已即可知。他自说"颇放荡,无绳检"(《跋忠孝传家卷》,卷一八),也偶有狭邪之作,对儿女情事别具鉴赏态度,却又乏关于节烈的通达见识,如东南人士归有光、归庄等人那样。你决不能想象其人能如钱谦益似的娶河东君之流"礼同正嫡"——且不论荒寒的北方有无可能滋养出河东君。他说如下的话时的态度,是绝对严正的:"凡妄人略见内典一二则,便放肆,有高出三界意,又焉知先王之所谓礼者哉!礼之一字,可以为城郭,可以为甲胄,退守进战,莫非此物。"(《杂记二》,卷三七)正是由纲常伦理,标定了其人"心灵自由"的限度。你不妨相信,叛逆性的伦理思想,倒是孕育在风流的南方,商业化、城市化水准较高的南方,有着风雅文士与旧院才媛的南方。其时北方优秀之士,常显示出土地般素朴的智慧,甚至不避"猥亵趣味",却可能有骨子里的迂陋。傅氏论书、训子,一副端人正士面孔。那为人艳称的旷达澹泊,是以道德自律为底子的。周作人虽"甚喜"傅山的思想文字,对其家训却不大以为然,也正因此(《〈钝吟杂录〉》,《风雨谈》)——由通达之士的不甚通达处，正可看出其人与其时其世的更深刻的精神联系。①

因而上文所说傅氏之洒脱，之不拘形迹，要与其自律之严，行事为人之不苟一起看，才读得明白傅山的。傅氏确也好说"作人"。其书法论往往即人格论。他一再强调的，是书写行为的严肃性。至于鄙赵孟頫的人格，甚至以早年学赵为"比之匪人"，②他自己也意识到苛。对书艺尚

---

① 嵇曾筠《傅征君传》（《霜》附录一）："失偶时年二十七，眉甫五龄，旁无妾媵，誓不复娶。"丁宝铨所辑《傅青主先生年谱》系张氏卒于崇祯五年，傅山二十六岁。

② 《作字示儿孙》诗后记："贫道二十岁左右，于先世所传晋、唐楷书法无所不临，而不能略肖。偶得赵子昂、香光诗墨迹，爱其圆转流丽，遂临之，不数过而遂欲乱真。此无他，即如人学正人君子，只觉觚棱难近；降而与匪人游，神情不觉其日亲日密而无尔我者然也。行大薄其为人，痛恶其书浅俗如徐偃王之无骨，始复宗先人四五世所学之鲁公而苦为之，然腕杂矣，不能劲瘦挺拗如先人矣。比之匪人，不亦伤乎！不知董太史何所见而遂称孟頫为五百年中所无——贫道乃今大解，乃今大不解。""然又须知赵却是用心于王右军者，只缘学问不正，遂流软美一途——心手之不可欺也如此。危哉！危哉！尔辈慎之。毫厘千里，何莫非然。"（《霜红龛集》卷四）傅山对其论赵之苛也有反省。《家训·字训》："予极不喜赵子昂，薄其人，遂恶其书。近细视之，亦未可厚非。熟媚绰约，自是贱态；润秀圆转，尚属正脉——盖自兰亭内稍变而至此。与时高下，亦由气运，不独文章然也。"（卷二五）即属原情、平情之论。

如此，与南方名士之一味尚通脱者，意境自然大异。

傅山乃真名士。凡此豪杰气，侠气，痴情，及诸种大雅近俗处，均成其"真"。但这里以"名士"说傅山，恐非其人所乐闻。那时代实在不缺"名士"，无宁说"名士"太多，故傅山讥假名士，说彼人"窃高阳之名，欺人曰：我酒狂。若令伯伦家荷锸见之，必以锸乱拍其头矣"（《老僧衣社疏》。伯伦：刘伶）。

遗民傅山

明人颇有属意山右人物者。与傅山同时的吴伟业《程昆仑文集序》就说过："吾闻山右风气完密，人材之挺生者坚良廉悍，譬之北山之异材，冀野之上驷，严霜零不易其柯，修坂骋不失其步……抑何其壮也！"（《吴梅村全集》卷二九）但要到明末傅山之出，山右才有更足为其地文化骄傲的人物。而当明清之际，傅山首先是以名遗民而为世人瞩目的。

傅氏并不自掩其遗民面目，无宁说有意彰显之。《霜》集卷一〇《风闻叶润苍先生举义》的"山中不诵无衣赋，遥伏黄冠拜义旗"、《甲申守岁》的"梦入南天建业都"、《右玄赠生日用韵》（乙酉）的"生时自是天朝闰，此闰伤心异国逢"、"一日偷生如逆旅"，无不是其时"典型"的遗民话语。他自说"耽读刺客游侠传"而"喜动颜色"〔《杂记》（三），卷三八〕，说"耿耿之中有所不忘，欲得而甘心者"(同上),也无不在有意示人以遗民心事,展布血性男子抑郁磊落的情怀。《巡抚蔡公传》、《汾二子传》等作的感人处,亦在其中的"遗民情结"。他的《家训·仕训》(卷二五)等篇,更令人可知他所认为的遗民处易代之世的原则。"遗民"在傅山,并非一种特别的标识,借助一套特殊行为呈现。你由上文可知,他的"文人"及"名士"姿态中,无不寓有"遗民"身份自觉。事实上,一部《霜》集的大部,均可读作这一"遗民"状态、经验的记录。"遗民"是时间现象,但有关的士人经验,却有不限于时间者。如上文已经说到的,傅山以他的文字,将士人生存体验的严酷性凸显了。

由《霜》集还可知傅山与同时南北名遗民(顾炎武、阎尔梅等)间的往还,彼此的精神慰藉与呼应。卷九《顾子宁人赠诗随复报之如韵》曰:"秘读朝陵记,臣躬汗浃衫。"《奉祝硕公曹先生六十岁序》说阎尔梅(古古)"不应今世,汗漫去乡国。旧善骑射,今敛而不试。时寄豪诗酒间……""我方外之人,闻之起舞增气"(卷一九)。而傅山本人作为名遗民,其所经验的情境的讽刺性,莫过于因他的"名"而为时主(清主)与众人("满汉王公九卿贤士大夫逮马医夏畦市井细民",参看嵇曾筠《傅征君传》等)所强。他于此证明了"世网"的难脱,欲"方外"的不能。这或许也是《庄子》之徒所能遭逢的最具讽刺性的情境。

至于他的说死说风节,则全在时论中,且较诸一般论者更有激切——这一层却显然与所谓"漆园家学"无涉。他好说"出处"之"大",一言及忠义即辞情慷慨,以为关涉人之为"人"(参看卷二八《傅史》),与同时儒者所谓"存人道",思路相通。本文开头即说傅山之为"文人";但要由他的说"文行"之"一",说"文章生于气节"(卷二七《历代名臣像赞·韩文公》),方可知他作为仪型的"文人"。他对他本人的风节也颇自负。《书金光明经忏悔品后》曰:"山自遭变以来,浸浸四十年,所恶之人与衣服、言语、行事,未尝少为之婀娜将就,趑趄而从之……"(卷一七)他的"遗民道德",更有严于时流者。他不但宣称不欲人"诬以刘因辈贤我",更不以吴澄、虞集等为然,《历代文选叙》讥此二人"弃其城而降于人之城"(卷一六),持论较同时遗民如孙奇逢、刘宗周等为苛。① 他的"赵孟頫论"的严重其辞,也令人可感"遗民社会"语境的紧张性:失节的忧惧,自我丧失的忧惧。上文已说到他的嫌恶"奴俗"。

---

① 《家训·训子侄》:"著述无时亦无地,或有遗编残句,后之人诬以刘因辈贤我,我目几时瞑也!"(卷二五)《杂记》(一):"薛文清公云:'许鲁斋无时不以致其君尧舜为心。'此语极可笑",因不察"其君何君"(卷三六)。傅山对元人也非一味作苛论。《祝榆关冯学师七十寿》曰:"吕思诚三为祭酒,而以许衡为法衡世,所谓大有得于程、朱,而以道为己任者也。"(卷一九)

在他看来,赵孟頫应是媚俗之尤者,而媚俗也是一种失节,或正与失节于夷狄同一根柢。

作为遗民,傅山深刻地感受着他生存的时代,体验与表达着他对生存处境的感知。他一再描绘其时士所处言论环境,讽喻的笔墨间透出冷峻的现实感。在这方面,上文已提到的《书〈山海经〉后》最是奇文。该篇据《山海经》第一《南山经》"洵山……有兽焉,其状如羊而无口,不可杀也,其名曰䍩",发挥道:"可以杀者,职有口也,无口则无死地。文章士不必辄著述持论始为有口,始鼓杀身之祸,居恒一言半句,皆为宵人忌,皆是兵端。介母曰:言,身之文也。愚谓不但文,几以身为的而积人矢镞者。"①将士人、文人处境之凶险,渲染得淋漓尽致。以下因《山海经》第二《西山经》"天山……有神焉,其状如黄囊,赤如丹火,六足四翼,浑敦无面目,是识歌舞,实为帝江也"说"囊",更有妙解:"老子曰:宁为腹,不为口。腹也者,中也,囊也。孔子亦曰:几事不密则害成,亦申括囊之谨。故囊者,天下之妙道也,然而自无口始;无口而后可囊,可不杀……不能无口而不见杀者,幸而已矣。人不杀,造物者杀之矣。""囊之时

---

① 郭璞注:"禀气自然";郝懿行云:"不可杀,言不能死也;无口不食,而自生活。"(参看袁珂《山海经校注》页15,巴蜀书社1993年版。)

义至矣哉！然囊难能也，无口或可能也。"（郭璞、毕沅、郝懿行诸家均不及此义，参看袁珂《山海经校注》）奇思妙想，一派愤世嫉邪者言，也可作为与清学家的训诂不同方法及旨趣之一例。这是一篇演绎寓言（《山海经》）的寓言：关于"言"的寓言。而具有讽刺意味的是，《霜》一集中刻露而尖锐的，却正是说言之为祸的这一篇。因而其说"言祸"，也如龚自珍的说"避席畏闻文字狱"，倒是表明了并不真惧祸，及意识到了可供言说的缝隙。同文篇末说到"诞"与"实"。"诞"乃现实本身的品性，"现实"无非一大寓言。《书〈山海经〉后》说现实的荒谬，正系用了《庄子》式的智慧说《庄子》式的命题。由此等文字推测傅氏之于"漆园"，他的终于"黄冠"，也应当可得一解的吧。

傅氏生前身后，颇吸引了对他的诠释。其友戴廷栻所撰《石道人别传》（《霜》附录一）杂采传说，似已不以常人视傅山：傅氏当其世就已传奇化了。此传的精彩处，如说"道人习举子业，则读方外书；及为道人，乃复乙儒书而读之"，令人想见傅氏的文化姿态。至于郭铉所撰传，说傅氏"更著奇书，藏其稿于山中"——像是到死还特意留了悬念。其他，如赴阙讼冤，如黄冠，诸传所记互有异同，无非见仁见智，各见其所欲见。

在我看来，诸传状中，以善读明遗民著称的全祖望的那篇《事略》最得其人精神。全氏强调傅山的风骨气节,现世关怀,谓其人以学庄列为韬晦,记述其遗民遭际,剖露其遗民心事,所传也更是"遗民傅山"。但"遗民"毕竟不足以尽其人。清末如丁宝铨等人笔下的傅山,欲彰显其遗民精神而愈将其片面化了。① 片面化也罢,误读也罢,有意误解也罢,对傅山本人已无所损益,知人论世,照出的永远更是"读"者自己的期待以至面目。本文也难免于此,故题作"我读"。

(本文发表于《文学遗产》1997年第3期,后收入《明清之际士大夫研究》附录)

---

① 傅山《霜红龛集》丁宝铨《序》(宣统三年)谓:"《潜丘劄记》谓啬庐(按傅山别字啬庐)长于金石遗文,尝谓此学足以正经史之讹而补其缺,厥功甚大(约原文)。按本朝庄氏(葆琛)、吴氏(荷屋),为用金文证经之巨子,毕氏(秋飐)、阮氏(文达公),为用石文考史之大宗,其源乃开于啬庐。由是以言,金石文证释经史,傅学也。"同文说颜元学风"啬庐所渐渍者也",说曾(文正)氏文派,"为啬庐宿所主张者",还说傅氏"昌言子学,过精二藏,乾嘉以后遂成风气",甚至说"近日之哲学实啬庐氏之支流与其余裔",似对傅氏的影响力有夸大。同文说:"然石庄《绎志》,谭氏访求于海壖扰攘之时;船山遗书,曾公雕刻在江皖糜烂之日,儒书讲习,卒赞中兴。啬庐贞谅,迥异吊诡。倪承学之士闻风兴起,则人心世道之已荡决者,或回澜于学术之流行,亦未可知。"宗旨本不在学术。